En la tierra de los primeros besos

En la tierra de los primeros besos

Dulcinea (Paola Calasanz)

Rocaeditorial

© 2020, Paola Calasanz

Primera edición: marzo de 2020

© de esta edición: 2020, Roca Editorial de Libros, S. L.
Av. Marquès de l'Argentera 17, pral.
08003 Barcelona
actualidad@rocaeditorial.com
www.rocalibros.com

Impreso por LIBERDÚPLEX

ISBN: 978-84-17805-80-7
Depósito legal: B. 3043-2020
Código IBIC: FA

RE05807

A Pati, porque sin nuestro encuentro este libro no existiría. Porque gracias a ella he podido tener tiempo para mí y para la escritura. Por guiar mi viaje de punta a punta de Estados Unidos en busca de inspiración para acabar esta historia. Ha sido mágico escribir mientras atravesaba más de trece estados hasta llegar a Carolina del Sur y vivir algo similar a lo vivido por mi querida Crystal, que muy pronto vais a conocer.

1

Crystal, hace doce años, Carolina del Sur

—Como no saltes, ratita, te tiro —me grita Zach desde el agua.

Miro el columpio que cuelga del centenario roble de ángel, tan típico de Carolina del Sur, y lo agarro con fuerza.

—¡Vamos, antes de que venga un cocodrilo!

—No pienso saltar si dices esas gilipolleces —le grito acojonada. Pues sé que en este lago hay varios cocodrilos, aunque en esta zona no suelen estar.

—¡Esa lengua, nena! Es la pura verdad, hay que hacerlo rápido. Vamos, demuéstrale al capullo de mi hermano lo que vales.

—Tranquila, Crystal, ya sabemos que no te atreves —me presiona Chris desde el agua, mirando también a su hermano Zach.

—No seas tonto, ¡claro que me atrevo! —Giro la vista hacia la preciosa casa abandonada del lago que queda justo detrás de nosotros. Me imagino que es nuestra casa y que solemos bañarnos a diario en nuestra zona de lago personal y, sin pensar, cierro los ojos y cojo impulso—. Allá voy. —Suelto un grito, me cuelgo del columpio y salto.

—¡¡Esta es mi chica!! —grita Zach, y nada hacia mí. Me agarra por la espalda y me besa.

—¡Mierda! Está helada.

—Sí. —Se ríe a traición—. Se me olvidó decírtelo.

Me entra rabia y lo ahogo con todas mis fuerzas. Oigo a Chris detrás de nosotros riéndose y de repente siento cómo Zach me coge las piernas desde debajo del agua y tira de mí con fuerza. Me hunde, y todo lo que veo es el color verdoso del fondo del lago y la cara de Zach. Me abraza fuerte y me muerde el cuello. Lucho por volver a la superficie.

—¡Para, imbécil! —le grito de coña, quiero salir del agua y me lo está impidiendo.

—Hoy tienes la lengua muy larga, tendré que hacer algo al respecto —me dice provocándome, pues sé a lo que se refiere mi chico.

Nado con rapidez hasta el pequeño muelle de madera que hay enfrente de la casa de mis sueños y Zach finge perseguirme, solo lo finge, porque no me alcanza y, si quisiera, lo haría.

Salgo lo más rápido posible y Chris, que ya está fuera, me tiende una toalla.

—¡Gracias! Menos mal que al menos uno de los Hall es un caballero.

Chris le lanza una mirada de satisfacción a Zach, que está saliendo del agua con cero dificultades.

—¡Anda ya! —me dice con su peculiar aire chulesco y de superioridad. ¿Cómo puede gustarme tanto?—. Sabes que soy el mejor de los hermanos Hall.

Chris, que es un año menor, pone los ojos en blanco ante la arrogancia de su hermano y luego me dedica un guiño.

—Lejos de mi chica, hermanito —le dice Zach, propinándole un golpe flojo en el brazo, y se envuelve conmigo en la toalla mientras a escondidas me pone la mano en el culo y me susurra al oído—: Yo te voy a enseñar lo que es ser un señorito… —se queda en silencio para hacerse el interesante— en la cama.

Le doy un empujón y vuelvo a tirarlo al agua. Chris y yo estallamos a reír y corremos hacia el porche de la casa.

—Prepárate cuando te pille, ratita —me grita mi novio desde el agua.

Nos sentamos en el viejo balancín del porche y esperamos a que Zach se seque y se una a nosotros.

—No entiendo cómo puedes estar tan enamorada de Zach —me suelta Chris con total honestidad.

—Ni yo. ¿Será por lo guapo, seguro de sí mismo, interesante y loco que está?

—Será… —Se ríe de mí su hermano y me da un abrazo.

Es mi mejor amigo y me conoce a la perfección. Zach y yo somos novios desde que me alcanza la memoria. Este verano cumplo los diecisiete años y no recuerdo otro chico en mi vida, desde que cumplimos los quince no nos separamos y, tras el accidente de mis padres, su madre y su casa han pasado a ser mi hogar; aunque tengo a la tía Dorothy, que se ha convertido en mi tutora legal, la verdad es que me paso la vida en la granja de los Hall.

—¿Entramos un rato? —me pregunta Zach mirando la casa que sabe que me encanta.

—Sí, me apetece.

—Yo me voy para casa, pareja; he quedado con Troy para ayudarlo.

Troy es su hermano mayor, algo más centrado que estos dos, y siempre lleva a Chris por el buen camino, ya que con Zach es imposible.

—Vale, hermanito, ahora iremos a comer. Dile a mamá que comemos todos en casa hoy.

—¿Hoy? Como cada día, dirás.

—Pues eso, vamos, lárgate —le dice en broma a su hermano.

A pesar de hablarse así, se adoran y son inseparables. No me imagino a ninguno de los hermanos Hall enfadados

11

o separados. Zach es alto, delgado, tiene la cara muy masculina, con la mandíbula perfectamente marcada, sin barba y con una mirada intensa de color azul turquesa. Sus ojos son profundos y embaucadores. Es guapo a rabiar, y su fiel seguridad en sí mismo le hace ser irresistible para todas las chicas del instituto.

Entramos en la casa, que conserva a la perfección su estructura, está vacía y limpia. De las dos últimas cosas nos hemos encargado nosotros. Cuando la descubrí y se la enseñé a Zach, él me propuso que podíamos arreglarla un poco y pasar tiempo aquí. Así que tiramos toda la basura que había y la limpiamos sin decir nada a nadie. Nos la hicimos nuestra. Es amplia, a pesar de lo pequeñita que es, tiene el techo abuhardillado de madera y el altillo queda a la vista.

—Señorito Zach, ¿me acompaña al piso de arriba? —le digo aprovechando que Chris se ha ido, pongo voz sexi y lanzo la toalla al suelo. Me bajo un tirante del bañador y luego el otro—. ¿Qué es eso para lo que tenía que prepararme? —bromeo para provocarle y excitarlo. Siempre funciona.

—Uuuuuuh. —A Zach le cambia la mirada y da una zancada hacia mí.

Tira de mi bañador y me deja totalmente desnuda en medio del gran salón de madera de esta casa que hemos hecho nuestra.

—¿Y si viene alguien?

—¿Me provocas y luego te echas atrás? —me dice mientras yo avanzo por las escaleras y él me sigue. Subo los escalones desnuda y Zach detrás de mí no deja de mirarme de arriba abajo—. Pobre de ti si haces eso.

—Yo mando, ¿recuerdas? —le digo juguetona.

—Sí, eso es lo que te hago creer, cosita bonita.

Salgo corriendo hacia la habitación que siempre decimos que será la nuestra y me lanzo sobre el colchón que hemos instalado. Solemos venir mucho y a veces pasamos noches aquí juntos.

—Te voy a comer entera.

—Demuéstramelo.

Le provoco de nuevo y Zach se tira encima de mí y empieza a recorrerme a besos. Esos besos que son mi hogar, en esta casa que es un sueño para nosotros, y todo cobra sentido. Gracias a él he podido superar la pérdida de mis padres. Es fundamental para mí. No imagino mi vida sin él. Sé que nos casaremos, tendremos hijos y compraremos esta casa. Dicen que soñar es gratis, pero yo sé que así será. Mis pensamientos divagan por el infinito universo de las posibilidades mientras Zach recorre con la lengua cada rincón de mi cuerpo. Hacemos el amor con pasión, enamorados, ilusos. Solo a su lado me siento a salvo.

Entre jadeos, Zach alcanza a pronunciar:

—Eres increíble.

—¿Por qué? —Quiero oírlo de su boca.

—Porque haces que sea yo mismo, que no necesite aparentar lo que no soy, lo que no tengo, me amas tal como soy y nunca me fallas. Eres mi mejor amiga, Crystal.

—Tú eres el mío también. Te quiero. —Le doy un suave beso en los labios que sin querer se convierte en uno tras otro, y acabamos haciendo el amor de nuevo, sudando, enredados, extasiados, adolescentes.

—Para siempre —me susurra al llegar al orgasmo al unísono.

—Para siempre —le contesto.

13

2

Crystal, en la actualidad, Seattle

—¡*F*ierecillas, la cena está lista!

Me llega la voz animada de Josh desde la cocina a la vez que oigo cómo saca la bandeja del horno e inunda la casa con el aroma exquisito de su mayor especialidad: lasaña de berenjenas asadas con extra de crema. La verdad es que tener una tregua de horno en casa es una suerte, todos los días horneando montañas de *muffins* y *plumcakes* en la *bakery shop* hace que cuando llega mi día de fiesta no quiera saber nada de un horno, ni de una cocina siquiera.

—Ya vamos, cariño —contesto desde el baño mientras termino de pintarme las uñas. Sin lugar a dudas el color coral es siempre mi mejor elección—. ¡Bonnie, a comer, ya has oído a tu padre! —Alzo la voz para que se entere; últimamente nos cuesta la misma vida arrancarlo de su habitación cada vez que es la hora de comer.

Dichosos ordenadores. A veces me pregunto cómo sería mi pequeño si se hubiera criado en el campo como yo. Imagino que hoy en día ya no importa dónde se críen los niños, la tecnología llega a todas partes.

Me asomo al marco de la puerta de su habitación y lo veo con los cascos y su guitarra. Me alivia saber que aún le queda un poco de tiempo para la música, me encanta oírle tocar, con solo diez años tiene un talento increíble. Hago gestos exagerados haciendo el tonto para llamar su atención, como si fuera el fin del mundo y necesitara ayuda, muevo los brazos en señal de alerta. Bonnie me mira y se ríe, es tan dulce.

—Ya va, mami, dime que has traído bizcochito, porfi.

—Primero la comida, luego ya veremos. Mueve ese culito, anda —le digo mientras le pellizco los vaqueros y le doy un empujoncito para que espabile.

—¡Para! Ya no soy pequeño.

—Eres enano, anda, tira.

—¡Pesada!

—¿Qué me has dicho? —Finjo estar enfadada.

—P-E-S-A-D-A —me vacila letra por letra, y sale corriendo.

Lo persigo sin éxito y llegamos ambos en tromba a la cocina.

—¡Hey, hey, hey! —Josh, siempre tan correcto, nos regaña—. ¿Quién es el niño y quién es la madre?

—Chsss. —Le hago callar con un beso y Bonnie y yo nos sentamos de una zancada en la mesa; huele increíble y estamos muertos de hambre.

Por fin es viernes, nuestra noche en familia; mañana ni trabajamos ni hay cole, así que siempre hacemos una cena especial que acaba con palomitas y *muffins* en el sofá. Por suerte, Bonnie aún se comporta como un niño, todavía no tiene actitudes preadolescentes, cosa que agradezco; quiero seguir disfrutando de su ingenuidad. Es un chico muy especial y bueno.

—Papi, está tan bueno como los *muffins* de mamá.

—Está más bueno, no mientas para complacer a tu madre —dice Josh dedicándome una mirada de satisfacción.

Miro de reojo con cara de asesina a mi marido.

—Ni se te ocurra poner a mi hijo en mi contra o te las

verás conmigo. —Apunto a Josh con el cuchillo y Bonnie estalla a reír con su peculiar risa.

—Mami, tú no puedes con papá. Ya te gustaría.

Fulmino a mi hijo con la mirada y le tiro un trozo de pan, casi le doy en la cara. Bonnie esquiva mi ataque y me lanza una oliva que me da en toda la frente. Su risa inunda la casa y me contagia. Josh sonríe y niega con la cabeza, no tenemos remedio. A veces pone en duda quién es más maduro, si Bonnie o yo. La verdad es que ser madre joven me ha dado dos lecciones muy grandes. La primera es que no hay nada mejor que actuar como un niño. Espontáneo, ilusionado, sin juicios. Y la segunda es que los niños más felices son los que se crían desde el amor y la alegría, y no desde el miedo, la inseguridad y los enfados. Bonnie es un niño feliz, tranquilo, y apenas tenemos que reñirle o castigarlo. Eso es algo que tuve claro desde que me quedé embarazada con tan solo dieciocho años. No iba a ser como mi madre. Tantas normas, rigidez y mano dura hicieron que quisiera salir huyendo a la que tuve ocasión. Luego fallecieron y todo fue muy difícil: los miedos, el sentirme sola… Bonnie es mi hijo, pero también es mi mejor amigo. Sin duda, Josh es el policía malo de la familia, yo soy la buena. Y me encanta, en el fondo a él también le encanta ser la figura autoritaria. Hemos encontrado el equilibrio.

Miro a Josh a los ojos y me viene un *flash* del día que le dije que estaba embarazada. En un primer instante me recorre una oleada de nostalgia y acto seguido me da un vuelco el estómago. No fue fácil, no es fácil. Aparto enseguida esos pensamientos de mi mente y sonrío para ocultar el malestar que me invade cada vez que pienso en ese momento. Ya ha pasado mucho tiempo y prefiero no pensar en ello. Josh es un buen padre y un compañero ejemplar.

Disfrutamos de la cena y elegimos una película de anime para conciliar el sueño; a Bonnie le encantan y a nosotros

17

nos encanta verle feliz a él, así que nos tragamos el film acurrucados bajo la manta en el sofá. Este otoño está siendo más fresco de lo normal en Seattle.

—Cariño, me voy a acostar ya; mañana quiero aprovechar para ordenar todo el papeleo que tengo en el escritorio. Hace varios días que no me pongo con eso, así lo ordeno todo y podemos pasar el día fuera. ¿Os apetece?

Me encanta que me hable en plural aunque solo esté yo; Bonnie duerme entre mis piernas desde hace más de media hora y al final la película me ha atrapado y me he quedado absorta.

—Vale, cariño, ¿acuestas tú al peque, porfa? Yo, en cuanto acabe la peli, voy para la cama.

Josh carga en brazos a Bonnie y me da un beso en la frente.

—No te quedes dormida aquí hasta las tantas que luego te levantas con dolor de espalda.

—Sí, papi —le contesto muy flojito burlándome de él por su instinto sobreprotector.

Sus ojos de color pardo y su cara angelical me provocan ternura. Me viene otro *flash* del embarazo, cuando no me dejaba hacer nada sola. Llegó a ser hasta incómodo lo servicial que se volvió, parecía una enfermera en vez de una embarazada.

—¡Tira, anda! Aquí estoy bien, cielo. Descansa —le deseo con un beso en los labios y un toquecito en el culo.

No pasa ni media hora y ya se me cierran los ojos. Josh siempre tiene razón, soy una cabezota.

—Mamiiiiii, despierta. —Bonnie tira de mi brazo y casi me tira de la cama.

—Enano, pero ¡qué fuerte estás! —Lo empujo, con el doble de fuerza que la suya, y me lo meto conmigo bajo las sábanas—. Aún es demasiado temprano, vuelve a dormirte.

La cama para nosotros solos siempre termina en una batalla de cosquillas de la que salgo yo victoriosa y Bonnie enfadado. Empieza con las risas y acaba realmente molesto conmigo. Pero le dura solo dos minutos.

—Eres mi *partner in crime*, ¿verdad, feíto?

—Sí, lo soy —me dice, y se pone en modo defensa de boxeo—. Por ti mato dragones, mami.

—Te como a besos. Yo por ti mato…, mato… dinosaurios.

—¡Halaaa, si ya no existen!

—Ah…, ¿y los dragones, sí?

—Pues sí, son muy fuertes y sacan fuego. Pero tranquila, yo te protegeré —me dice, y nos tapa con la sábana como si estuviéramos en un escondite seguro.

—¿Está papá en el despacho?

Bonnie se encoge de hombros y sigue jugando a ser un superhéroe. Me levanto ligeramente resacosa por la copa de vino de más que me tomé anoche en la cena y miro el reloj. ¡Maldita sea! Las doce ya. ¿Cómo me dejan dormir tanto?

—Enano, ¿qué has hecho toda la mañana? ¿Habéis desayunado?

—Nooo, estaba jugando en el ordenador. Tengo hambre.

—Vamos a desayunar unos *muffins* de calabaza.

—Ñaaammm, mis favoritos.

—¡Síííí, y los de mami!

Mi receta estrella, nunca falla ni en casa ni en la *bakery shop*. Son los *muffins* más esponjosos y dulces que he probado nunca. Los ingredientes son sencillos e infalibles:

250 g de harina

200 g de calabaza (hecha puré)

125 ml de aceite vegetal

40 g de margarina derretida

2/3 taza de panela o azúcar moreno

una pizca de sal
1 cucharadita de extracto de vainilla
1 cucharadita de canela en polvo
una pizca de bicarbonato
1 cucharadita de levadura en polvo
pepitas de chocolate

Y tan fácil de hacer como mezclar la calabaza con la margarina y el aceite, después añadir el azúcar, la sal, el bicarbonato, la levadura, la vainilla y la canela y, por último, cuando ya está todo perfectamente integrado, mezclar la harina poco a poco hasta lograr una masa uniforme y con un olor delicioso. El olor que impregna la cocina a calabaza siempre me ha fascinado. Creo que la gente sobrevalora los *carrot cakes* porque nunca ha probado los *pumpkin cakes*. Me encanta añadirle pepitas de chocolate a la masa como último paso para darle un toque de cacao que hará resistible el *muffin* o bizcocho. Se me hace la boca agua. «¡A desayunar!»

Me pongo un peto negro y dejo la ducha para más tarde. Asomo la cabeza en el despacho de Josh, pero no hay rastro. Qué raro que no haya preparado el desayuno.

—¡Papi, *muffinsssssss*! —grita mi pequeño buscando a su padre en vano mientras da saltos y corre hacia la cocina.

Vivimos en una casa apareada a las afueras de Seattle. Josh es abogado y dirige su propio bufete, junto a su hermano Ben, a escasos veinte minutos de casa, aunque se trae a casa las tareas administrativas para hacerlas desde aquí. Veo que la pila de papeles que había anoche en su escritorio ha desaparecido, así que intuyo que ya habrá acabado con el trabajo. ¿Dónde se ha metido?

—Cariño, ¿estás arriba? —lo llamo por el hueco de las escaleras por si está en el desván, donde guarda sus archivadores con sus casos cerrados.

No responde, ¡qué raro! Preparo el desayuno para Bonnie y mientras devora *muffins* recorro la casa en busca de mi marido. Nada, habrá salido a comprar. Caigo en la cuenta de que tengo el móvil sin batería. «Maldita sea, siempre igual.» Lo pongo a cargar y ordeno un poco la cocina de la cena de anoche mientras espero a tener cobertura para llamarlo. Abro mi bandeja de entrada y veo un correo nuevo en la cuenta de la *bakery shop*. Lo leo por encima mientras mordisqueo un culín de *muffin* que se ha dejado el peque. Es de mi compañera.

De: Cat
Para: Bakery Shop
Asunto: Prepárate

Princesa dulce, prepárate esta semana. Me acaba de llamar una mujer excéntrica para que le preparemos una montaña de *cupcakes* para la fiesta del cumplemés de su bebé. El peque cumple un mes y quiere celebrarlo por todo lo grande. ¡¡¡Estos son los clientes que necesitamos!!! Je, je, je.

Llevo toda la mañana llamándote, siento interrumpir tu día libre pero necesito cerrar contigo el encargo de los ingredientes, porque la mejor parte de todas es que tiene que estar listo para el lunes por la noche. Sí, yo me he quedado con la misma cara, je, je. Te quierooo, llámame yaaaaaa.

Dios mío. ¿La gente no puede avisar con un poco de antelación? Adiós a mi día libre. Acabo de recoger la cocina mientras Bonnie ordena su habitación. Tengo que cambiarme el móvil. Tarda demasiado en encenderse cuando se queda sin batería. Me pregunto por qué son tan crueles los creadores de móviles de última generación, que hacen que a los dos o tres años dejen de funcionar como el primer día.

21

Veo iluminarse la manzanita en mi teléfono y corro a teclear el pin. Ya es la una, llamo a Cat antes de que sea más tarde. Tengo cinco llamadas perdidas suyas.

—¡Por fin! —contesta Cat aliviada.

—Buenos díasss —digo con voz de cansada.

—Buenas tardes, Crystal.

—¿En serio quieren los *cupcakes* para el lunes a última hora?

—Sí, tía, se ha flipado. Pero tenemos que hacerlo. Es un mes muy flojo. No podemos perder esta oportunidad. Además, es una ricachona de Fremont; tiene contactos seguro.

—¡Genial! Por mí no hay problema. Josh tiene trabajo en casa, así que seguro que no le importa que me escape para allá. Creo que ha salido, porque no está en casa, así que me llevo a Bonnie.

—Genial, nos irán bien un par de manitas más.

—No voy a dejar que explotes a mi inocente hijo —bromeo, y Cat se ríe.

—¿Te veo a las cuatro? Come tranquila, me paso yo por el obrador a por todo lo que nos falta.

—Me haces un favor.

—Valeee, besos.

Cuelgo y marco el teléfono de Josh. Salta el buzón. Qué raro que no haya dejado ningún mensaje de WhatsApp o una nota. Seguramente haya ido al bufete a por algún documento porque, si hubiera salido a comprar, ya estaría de vuelta. Me doy una ducha antes de preparar al peque para irnos para la *bakery*, lo cual le entusiasma, y como no logro localizar a Josh le dejo una nota en su despacho.

Cariño, no te localizo. Pedido de última hora que
va a hacer que nos forremos (ojalá fuera verdad).
Me voy con Bonnie, llámame cuando me leas.

Le dejo una nota de voz en el buzón con el mismo mensaje, preparo un par de sándwiches y salimos para allá.

—Mami, ¿podré comerme alguno de los *cupcakes* que preparemos?

—Hoy ya has comido, cielo, pero cogeremos alguno para otro día, ¿vale?

—Valeee.

Se pone los cascos, marca algo en su iPod y empieza a menear la cabecita de lado a lado. Lo miro por el retrovisor: es tan guapo… Con su pelo oscuro y ondulado y sus ojos color azul turquesa, desde luego a mí no ha salido. Yo, morena, pelo liso y con ojos castaños oscuros. Suspiro al ver el hombrecito en el que se ha convertido. Ya tiene casi los diez años. Me parece cruel que el tiempo pase tan deprisa.

23

Pasamos el resto de la tarde preparando masas y más masas, decantándonos como siempre por nuestra especialidad: los de calabaza con cobertura de tofe y chocolate.

—Algún día tendrás que contarme esa debilidad tuya por las calabazas —me suelta Cat mientras me ve concentrada en el robot de cocina que bate la masa.

Le dirijo la mirada y un pelotón de recuerdos se amontonan en mi cabeza. Les veto el paso y cambio de tema. Mejor no pensar en eso…

—Algún día… ¿Cómo va esa cobertura?

—¿Qué misterio tendrás tú por ahí? —me suelta como si me leyera la mente.

—Soy una mujer con pasado, bonita —me hago la interesante.

—Uuuuuuh —se pone intensa ella.

—Yo, siempre.

Bonnie se ríe de nosotros e imita a Cat:

—Uuuuuuh —se pone a gritar.

—Niñito, no grites —le dice Cat intentando ser cariñosa, pero sin poder ocultar su poca habilidad con los niños.

Cat es joven, pero con sus veinticinco añitos hace uno de los *plumcakes* más deliciosos que he probado en mi vida. De hecho, así es como contrato siempre a mis empleados. Cada vez que alguien me trae un currículo le pido que se lo lleve y que me traiga primero su mejor bizcocho; si logra sorprenderme, entonces cojo su currículo. Cat no solo me sorprendió, Cat me dejó sin palabras con su *plumcake* de arándanos y sirope de arce, sin gluten ni leche ni huevo. Aluciné. Es otro de nuestros *best sellers* de la semana aquí en la *bakery*. Y los ingredientes son sublimes:

1 taza de arándanos frescos

½ taza de yogur vegetal

¼ taza de sirope de agave

1 taza de harina de avena

¼ taza de harina de maíz

1 y ½ taza de bebida vegetal

1 cucharadita de levadura

½ cucharadita de bicarbonato

¼ cucharadita de sal

1 cucharadita de aceite de coco

zumo de medio limón y su ralladura

1 cucharadita de vinagre de manzana

Recuerdo el modo en que me detalló los pasos, fue escueta y directa: «Mezclo los ingredientes secos por un lado, los líquidos por otro, los junto, añado los arándanos, horneo durante unos treinta minutos y *voilà*». Rememoro el día que me lo explicó y una sonrisa visita mis labios sin que me dé cuenta.

Ƴ

—Salgo un segundín a ver si logro contactar con Josh. Son las seis, debería estar ya en casa —le digo a Cat mientras me quito el delantal y busco el teléfono dentro de mi caótico bolso XL.

Miro la pantalla, pero no veo ni una sola señal de vida por su parte. Ahora sí que empiezo a extrañarme. Josh jamás se iría de casa sin avisar, y mucho menos estaría todo el día, siendo nuestro día en familia, sin dar señales de vida. Con lo calculador que es él. Marco su número y sigue sin batería, o apagado. Raro, lleva cargador siempre en el coche. Llamo al despacho y al fijo de casa. Pero no responde en ninguno de los dos teléfonos. Trato de explicarme qué puede haber pasado. Es la primera vez en los diez años largos que llevamos juntos que Josh se queda incomunicado.

Empiezo a temerme que le haya pasado algo; a pesar de ser siempre tan despreocupada, soy muy sufridora cuando algo se sale de lo normal. Marco el teléfono de su hermano Ben antes de perder los nervios, y para mi sorpresa me asegura que Josh no ha pasado por el despacho porque él lleva todo el día allí y no lo ha visto. Se me encoge el estómago al no saber dónde está o si está bien. Entro corriendo y le susurro a Cat para que no nos oiga Bonnie:

—Tía, no lo localizo. —Cat se asombra, pues sabe que no soy nada de preocuparme o controlar la situación.

—Qué raro… Para que tú estés así de alterada.

—¿Me ves alterada?

—Mujer, pues un poquito.

—¿Qué hago?

—Llama a la policía. Yo qué sé.

—¡Anda ya! ¿Qué dices…?

—Crystal…, ¿dónde puede estar Josh si no está en el despacho ni en casa?

—En ningún sitio. —Empiezo a ponerme verdaderamente nerviosa—. No va al *gym* ni tiene amigos en la ciudad, todos nuestros amigos viven en las afueras y son amigos comunes, no iría a verlos sin decírmelo. Su familia vive lejos, y Josh no es de irse por ahí solo a desconectar.

—¿Discutisteis anoche?

—¡Qué va! Si no discutimos nunca, y menos anoche, que cenamos y vimos una peli los tres. Me dijo que esta mañana ordenaría unos papeles y luego pasaríamos el día juntos. Joder, estoy preocupada...

—Llamemos a los hospitales —propone Cat.

Una sensación de mareo me azota y mi hijo se da cuenta.

—Mami, ¿qué pasa? ¿He hecho mal los pasteles?

—No, cielo, están quedando deliciosos; es que del calor a mami le ha dado un mareo. Vete a dibujar un poquito, que lo colgaremos en la nevera.

—Vale.

26 Mi hijo me obedece y mi mareo vuelve repentinamente.

—A ver, pueden ser mil cosas, no te preocupes. Voy a llamar yo a los hospitales. Descartemos lo peor.

—No tengo coraje para llamar, quedaré como una loca, no hace ni seis horas...

—Para eso están las amigas. —Me sonríe y me abraza con una mano mientras busca su teléfono con la otra.

La oigo llamar a todos los hospitales de la ciudad uno por uno, con un nudo en el estómago, y me siento aliviada cada vez que cuelga sin noticias de Josh.

—Nada. Ningún paciente llamado Josh ha entrado hoy en Urgencias de ningún hospital.

—Gracias, tía, quizá es excesivo, pero me quedo un poco más tranquila. Aunque también me preocupa que le haya pasado algo y no haya nadie para ayudarlo...

—Pero ¿qué le ha podido pasar en Seattle y que nadie se entere? Esta maldita ciudad no tiene ni una calle sin abarrotar.

—Ya, ya... —intento convencerme—. Creo que será mejor que nos vayamos para casa, quizá ha llegado y tenga algún problema con el móvil. ¿Quién sabe?

—Sí, vete y descansa, que mañana será intensito, empaquetando y etiquetando todas estas monadas —dice mientras señala los *cupcakes,* que nos han quedado de infarto.

Robo uno y me lo llevo a la boca sin vacilar, y mi hijo, que no se pierde ni una, me lo reprocha:

—¡Mami! Has roto la regla de no más de tres al día.

—Mami se encuentra mal. Vámonos a casa.

—Pues no comas bollos si te encuentras mal.

—Sí, tienes razón. Vámonos ya.

Bonnie le entrega su dibujo a Cat, que sobreactúa fatal haciéndose la sorprendida con el resultado de su obra de arte. Mi hijo tiene muchas habilidades, pero el dibujo no es una de ellas. Quizá cambie con el tiempo, quién sabe. De todos modos, le encanta ver a Cat tan emocionada.

—Puedes llevártelo a tu casa. Puedo hacer otro para colgarlo en la nevera de la *bakery.*

—¡Oh! —dice Cat haciéndose la afortunada y mirándome con cara de complicidad.

—Deberías sobreactuar menos —le digo con los labios sin pronunciar palabra.

—¡Que te den! —me contesta también sin hablar.

Nos reímos y agradezco un poco de ironía en un momento tan extraño para mí. Cogemos el coche y durante el trayecto elaboro en la cabeza mil hipótesis de lo que ha podido pasarle a Josh, a cada cual peor.

Llegamos a casa y nada más entrar me doy cuenta de que desde que nos hemos ido no ha entrado nadie. Todo está exactamente igual que lo he dejado. No veo las llaves de Josh en la cajita de mimbre de las llaves, ni su cartera. Sus zapatos no están al lado de la alfombra y, sin duda, con este frío no es normal que haya alguien en casa sin poner la calefacción.

27

Me siento en el sofá un segundo, ahora sí que empiezo a perder la calma y no quiero que Bonnie se entere, pero, como si me leyera la mente, me sorprende su vocecita:

—¿Dónde está papi?

—No lo sé, peque. —Detesto a la gente que miente a los niños—. Estará a punto de llegar porque es muy tarde. Date una ducha, voy a preparar la cena y a hacer un par de llamadas a ver si lo localizo, ¿vale?

—¡Qué pereza!

Bonnie se arrastra hasta el cuarto de baño y yo me pregunto cómo puede un niño odiar tanto la hora de la ducha.

3

*D*esbloqueo el móvil, que sigue sin ningún mensaje ni llamada de Josh, y vuelvo a marcar su número. Al no recibir respuesta, decido mandar todo a la mierda y me atrevo a llamar a su hermano de nuevo; nada. A su madre; nada. A nuestros mejores amigos, por si acaso; ni rastro. En estos momentos desearía que Josh usara las redes sociales como un loco para rastrear sus últimos movimientos. Pero no, mi marido jamás usaría esas plataformas. Está totalmente en contra.

Desesperada, se me ocurre mirar si ha hecho algún movimiento bancario con alguna de nuestras tarjetas. Entro en la *app* de nuestro banco sin mucha esperanza de encontrar nada. Pero lo encuentro. Y lo que veo me deja sin aliento. Hay tres pagos realizados a lo largo del día de hoy. Lo hubiera imaginado todo, menos esto.

El primer pago lo ha realizado en una estación de servicio en el estado de Montana, sesenta dólares. ¿Qué coño hace Josh a cinco horas de casa? La cabeza me da tumbos. Esto ha sido al mediodía. Dos horas después hay un pago de veinte dólares que, por la hora, podría ser de un restaurante a la hora de comer. Tecleo el nombre de la compañía que emite el pago y enseguida me aparece el establecimiento: Cameron's Restaurant, en el estado de Dakota del Sur. Siento un puñal en el estómago, no es posible... ¿Qué está pasando? ¿Por qué está mi marido dirigiéndose al este? ¿Qué puede haber pasado tan grave para que desaparezca de este modo?

De repente, Bonnie se cruza en mis pensamientos. «¿Y si es eso…? ¡No, no y no! ¡Imposible! ¡Es imposible que se haya enterado!», me digo enterrando todas las sospechas que pueden nacer de mis delirios. El tercer pago es en una cafetería. Rebusco la localización del pago de nuevo y al verlo cierro el portátil con un golpe tan fuerte que me temo que lo haya roto.

¡Mierda! ¿Qué coño hace Josh en mi pueblo natal, en Mount Pleasant, Carolina del Sur? No entiendo nada. Es imposible. Hace más de diez años que hui de allí, más de diez años que no vuelvo, más de diez años que olvidé ese lugar, y jamás le he hablado de él a Josh, al menos no de forma que a él le entre la curiosidad de ir.

Además, Carolina del Sur está en la otra punta del país, a más de cuarenta horas en coche, si ha llegado tan deprisa es que ha tenido que coger un avión en algún punto. No entiendo nada. No hay ningún pago de compra de billetes.

—Mami, ya estoy.

Bonnie me destierra de mi paranoia, lo miro y por un segundo no veo a Bonnie, lo veo a él. Él. No veo a Josh, ni a mí, sino a él. ¡Maldita sea!

—No tengo hambre.

—No pasa nada, cielo. Vamos a acostarte, es tarde.

—Buenas noches. —Mi hijo una vez más me lo pone tan fácil que me siento agradecida.

Es como si estuviéramos conectados aún por un cordón umbilical invisible. Nunca me monta escenas o se pone intenso en momentos en los que no podría soportarlo. Como en este preciso instante. Le doy un abrazo y un beso, y se va para su habitación.

Oigo el teléfono sonar. Corro, casi me abro la cabeza con el canto de mármol de la cocina al precipitarme hasta el teléfono y todo para nada. Es Cat. «Joder.»

—¿Noticias?

—Está en Carolina del Sur —le suelto.

—¡No fastidies!

—Pues ¡sí!

—Crystal, ¿qué coño significa esto?

—Significa que aquí hay algo que no cuadra, significa que hace muchos años dejé toda esa historia atrás y significa que estoy jodida.

Cat se queda en silencio, pues no tiene ni idea de la mitad de las cosas que ocurrieron en Carolina de Sur antes de que dejara atrás mi estado natal y cambiara mi vida al completo. Nadie de mi vida actual sabe mucho sobre mi vida anterior. Quise enterrarlo todo cuando decidí coger ese maldito avión.

—Hace muchos años que nos conocemos y somos amigas, Crystal, creo que ya va siendo hora de que me cuentes qué carajo ocurrió en ese terrible pueblo del que nunca quieres hablar.

—Ahora no, Cat.

—Pues no puedo ayudarte mucho… si no confías en mí.

—No es eso —me disculpo—, no es que no quiera, es que no sabría ni por dónde empezar.

—Cuando quieras, aquí estoy. Lo que necesites, ya lo sabes.

—Necesito pensar y contactar con él.

—Vale, llámame, ¿vale? Mantenme informada.

—Lo haré.

Cat es ahora mismo mi más íntima amiga y confidente, lo sabe todo; bueno, casi todo. Tarde o temprano, tendré que hablar con alguien de todo aquello. Pero no, aún no estoy preparada. La mirada fiera de Zach se cruza en mis pensamientos. Zach. Tantos años sin saber de él; no puedo decir que sin pensar en él, pues mentiría. Se cruza por mis entrañas de vez en cuando, sí, por mis entrañas, porque no es por mi cabeza, porque me revuelve, me araña. Me duele.

Borro sus ojos azul turquesa de mi memoria y corro hacia el despacho de Josh. Tengo que encontrar algo. Josh no es impulsivo, no recorrería tantos estados si no fuera por algo tangible. Por algo grave y real. Todas las promesas que Zach y yo nos hicimos estallan en mi cerebro. Tantos «para siempre» que nunca cumplimos. No quiero, no quiero pensar en él ahora.

Abro todos sus cajones; papel por papel saco todo lo que tiene y leo por encima los remitentes, aparentemente nada sospechoso. Sigo con sus carpetas de anillas e incluso con sus casos cerrados. Josh lleva todos los papeleos que se refieren a temas legales míos, y de la familia, bancos y demás. Yo soy un desastre para todas estas cosas, así que se lo dejo siempre a él. Le doy vueltas y más vueltas pero no se me ocurre qué cosa podría empujar a mi marido a cometer tal locura. ¿Qué busca? ¿Qué ha encontrado?

Releo sus correos en busca de alguna pista, pero no me suena ninguna cuenta, nada de nada. Me siento agotada en su butaca beis, consumida y muy nerviosa, cuando mis ojos se dirigen a la caja fuerte. Nuestra caja fuerte. Tecleo nuestro número secreto y para mi sorpresa: ERROR. «Ya te tengo. Serás cabrón.» Ha cambiado la clave. Jamás haría algo así sin comentármelo. Todas las contraseñas son la fecha de nuestra boda, no cambiaría algo así. Pruebo con su fecha de nacimiento: ERROR. La de Bonnie: ERROR. No puede hacer esto… Pienso qué combinación pondría Josh para que yo no me enterara y de repente me ilumino. La fecha de hoy. No sé por qué, pero siento una corazonada: ERROR. Maldita mi suerte.

Me siento al lado del mueble que contiene la caja fuerte y, ahora sí, me dispongo a llamar a la Policía.

—Emergencias, ¿dígame?

—Mi marido ha desaparecido.

—Disculpe, señora, ¿dice que su marido ha desaparecido? ¿Cuándo?

—Esta mañana.

—Bien, en ese caso no se puede considerar una desaparición. Han de pasar setenta y dos horas para que nos pongamos a la búsqueda de un adulto. ¿Han discutido?

—No, no hemos discutido.

—En algunas ocasiones, las parejas tiene malas rachas, quizá su marido…

—¡Le he dicho que no! Mi marido se ha ido esta mañana como un día cualquiera y no ha vuelto. Ha cambiado la clave de nuestra caja fuerte.

—Tranquilícese, por favor. ¿Por qué no pasa por la comisaría y le tomamos testimonio? En caso de que no aparezca en setenta y dos horas, empezaremos su búsqueda.

—No, tengo aquí a mi hijo pequeño. No voy a ir ahora, necesito que venga una patrulla y abra la maldita caja fuerte. Ahí está la respuesta. —Me doy cuenta de que estoy sonando como una auténtica loca, pero la desesperación me puede.

—Está bien, le mandamos ahora mismo una patrulla para que la ayude. Tiene que tranquilizarse y mantener la calma. Dígame su dirección, por favor.

Le dicto mi dirección en piloto automático y sé que la mujer me manda la patrulla más por miedo a mi estado de ansiedad que por la desaparición de mi marido. Pero me da igual, solo quiero que vengan.

—¡No tarden! —alcanzo a decir antes de que cuelgue el teléfono.

Veinte minutos después y dos cafés más, oigo el timbre de la puerta. ¡Por fin!

—Buenas noches, señora.

—Pasen.

Sin tener claro qué quiero decirles, los siento en mi salón y empiezo a contarles todo lo que ha pasado, lo extraño que es que Josh se vaya así. Y mis sospechas sobre la caja fuerte.

33

—Señora, si el problema es la caja fuerte, puede llamar a un cerrajero, él se la abrirá.

Soy imbécil. Podría haberme evitado todo este circo. ¿Cómo no se me ha ocurrido antes? Les doy las gracias y les digo que así lo haré, pero mi actitud no les convence.

—¿Está con su hijo, señora?

—Sí, está durmiendo.

—Su estado es muy inestable, ¿podría llamar a alguien que le haga compañía, al menos hasta que se calme un poco?

—¿Perdone? —replico molesta.

—Pues que, en el estado que se encuentra, no es la mejor idea que se quede sola con un menor —me dice, y se queda tan ancho el cabrón.

—¿Me está diciendo que no soy buena para mi hijo? —salto a la defensiva.

—No, señora.

—No me llame «señora», soy más joven que usted.

—Señorita Crystal, le digo que, por su propia seguridad, en un momento tan complejo y confuso como este sería mejor que tuviera a algún familiar o amigo a su lado —trata de disculparse el policía.

—Así lo haré, gracias —les digo mientras me levanto y abro la puerta para que desaparezcan de mi casa—. Gracias por nada —murmuro consciente de que estoy siendo injusta con los pobres muchachos que solo cumplen órdenes.

Nunca me ha gustado la Policía. Tan dispuestos a todo y, a la hora de la verdad, nunca hacen nada. Ahora mismo el mundo me parece miserable.

Llamo a un cerrajero barato que encuentro en Internet y se presenta en media hora.

Cuando oigo el clic de la cerradura me invade un miedo atroz.

—Aquí tiene, señora. Ya puede configurar la nueva contraseña, y no la olvide la próxima vez.

—Sí, disculpe, tengo tantas cosas en la cabeza —le miento al pobre señor, que ha venido de urgencia.

Miro con disimulo, sin que se note que no tengo ni idea de lo que hay dentro, y le doy una buena propina antes de cerrar la puerta. El cerrajero es ya mayor y me lo agradece con una gran sonrisa de amabilidad.

—Buenas noches.

—Descanse —le digo, y tomo aire antes de enfrentarme a lo que pueda haber ahí dentro.

Sé que en la caja fuerte está la respuesta.

35

4

Los treinta y dos pasos —sé cuántos son porque los he contado— que me separan de la caja fuerte son como cruzar un desierto en pleno verano. Me arrodillo delante del mueble y me decepciono al ver que solo hay una carpeta de anillas. Resoplo y la cojo con desgana, desfondada por no encontrar algo más, qué sé yo. Una caja, algo más. Pero la desilusión se convierte en otra cosa cuando abro la carpeta y leo la procedencia de lo que parece una carta certificada: «Mount Pleasant, Carolina del Sur».

El remitente es un bufete de abogados. Por un instante siento que me voy a ahogar, no consigo tragar aire, siento una bola en la garganta. «No, no, no, no... Imposible. No puede ser. No puede ser que lo sepa...» Ahora mismo deseo que me trague la tierra y no seguir adelante con esa carta. Pero sé que ahí está la respuesta, que por eso Josh se ha cruzado ocho estados para ir a mi pueblo natal, y la respuesta tiene solo cuatro letras: Zach.

Cierro la caja fuerte y me siento en el suelo apoyando la espalda en el mueble. Me cojo el pelo en una coleta y abro el sobre con los dedos temblorosos.

La carta va dirigida a mí. ¿Quién se ha creído Josh que es para abrirla, leerla y guardarla sin decirme nada? Es algo personal. ¿Cómo se atreve?

No entiendo nada. Es un testamento. Un testamento

de la señora Dorian Hall. Dorian ha muerto; no, no puede ser… Adoraba a esa mujer. Trago saliva y una lágrima recorre mis mejillas, y no es por lo que pueda venir. Es por Dorian, mi segunda madre durante muchos años. Dorian es la madre de Zach, mi primer amor. Ella me cuidó y acogió en su casa y me ayudó con tantas cosas…, y es la única que sabe la verdad. No entiendo por qué tengo el testamento yo, ni por qué demonios Josh se ha atrevido a abrirlo.

Miro el documento sin entender nada, empiezo a leerlo con suma atención y no doy crédito a lo que leen mis ojos.

La señora Dorian Hall deja en herencia una propiedad de la familia, la granja de calabazas Pumpking Hall, a Bonnie Connor, que a esta fecha es menor, por lo cual establece que sea su tutora legal la señora Crystal Connor hasta que Bonnie cumpla su mayoría de edad. Es el deseo expreso de Dorian Hall que la misma Crystal Connor muestre este testamento a los familiares e hijos de la señora Hall, que estarán a la espera de conocer sus últimas disposiciones. A la atención de Crystal Connor adjuntamos una carta sobre la que la señora Hall expresó la voluntad de que fuera entregada junto al testamento.

Se me cae el papel de las manos y no puedo moverme. No puede ser, no puede ser que Dorian haya dejado en herencia la enorme y preciosa granja de la familia, más de cien hectáreas con la increíble casa blanca de madera colonial acristalada, a mi hijo de diez años. «Maldita seas, Dorian Hall. ¿Cómo te atreves…?»

Me dan ganas de chillarle y enfadarme con ella, y al instante siento una inmensa gratitud: Dorian no ha hecho esto en vano. Tenía muy claro lo que quería. Ahora lo entiendo todo. No pienso aceptar, ni de coña. No pienso volver a Carolina del Sur. «No, no y no. Josh, diablos, ¿por qué no me preguntaste? ¿Por qué has tenido que ir tú solo a entender algo que jamás entenderás?»

Jamás lo entenderá. Mi vida acaba de desmoronarse y yo con ella. Lloro durante horas, sin darme cuenta son las tres de la mañana y sigo con la carta entre los dedos, sin abrirla; no me atrevo. Pero ya va siendo hora. Me armo de valor para afrontar lo que esta mujer tiene que decirme, tomo aire y la desdoblo.

Querida Crystal:

Siento mucho sorprenderte de esta manera y en este momento, ojalá hubiera podido hacerlo en persona, sé que lo habrías entendido todo mejor.

Han pasado muchos años y te has convertido en toda una mujer, aún recuerdo cuando correteabas por los campos de calabazas siendo solo una niña. Siempre junto a Zach y sus hermanos. He sabido de ti gracias a algunas fotos que tu tía Dorothy me ha enseñado a lo largo de los años, y aunque me he muerto de ganas de hablarte en muchas ocasiones, he preferido cumplir la promesa que te hice. No sabes lo difícil que ha sido para mí. No sabes la de veces que me he mordido la lengua, pero ya no puedo más. No puedo llevarme esto a la tumba. Espero que me perdones.

Sabes que fuiste una hija para mí cuando tus padres murieron en ese terrible accidente y te quedaste con tu tía Dorothy, de la que siempre querías escaparte porque te daba demasiadas verduras para comer, y venías a casa a comer tus pasteles de calabaza favoritos. Te echo de menos, siempre lo he hecho, y sé que Zach también. Recuerdo aquella última noche, estabas aterrorizada, solo querías irte, me lo contaste todo porque de no haber sido así habrías soportado demasiado peso. No hay día que no piense en esa maldita noche y en que yo hubiera tenido que hacer algo más. Me siento culpable por haberte dejado ir, Crystal. Zach lo pasó tan mal… y solo yo sabía el motivo de tu partida. Ha sido duro guardármelo tantos años.

Rehiciste tu vida y me alegro, pero debo ser sincera contigo: me arrepiento de la promesa que te hice. He envejecido sin conocer a mi único nieto, lejos de ti, que eres como una hija más. Supe que era hijo de Zach cuando tu tía me enseñó su primera foto. He tenido que mentir a mi hijo día tras día, y sé que esto nunca me lo perdonará. Por suerte, cuando se entere yo ya no estaré y será un poco más benévolo conmigo, porque sé lo que le está afectando mi partida.

Enfermé de cáncer hace un par de años. Lo que parecía un leve dolor en la cabeza se convirtió en un tumor maligno, por suerte ha sido rápido… Ya me voy, y necesito hacerlo en paz. Por ello te pido ahora yo a ti un favor. Entrega esta carta a Zach.

40

Rebusco en el sobre y veo otro más pequeño donde pone a mano «Zach». Me cuesta respirar… Sigo leyendo.

Sabía que si no lo hacía así, con algo legal entre manos, tú nunca tendrías el valor para contarle la verdad a mi hijo. No te culpo, fue muy duro para ti y lo entiendo, pero erais unos niños. Ya no lo sois, y él merece saber que ese precioso hijo al que has criado es suyo. No tengo prisa, pero me temo que tendrás que emprender un viaje de vuelta a casa para explicarle a mi hijo por qué no ha recibido mi herencia; él no sabe quién la tiene, te he reservado los honores de contárselo todo.

Y sí, dejo la granja familiar a mi único nieto porque necesito que su padre sepa que él existe. Siento en el alma el daño que pueda ocasionarte mi decisión, pero sé que es lo correcto y que con el tiempo, esté donde esté, me lo agradecerás. Mi granja es tuya mientras el pequeño Bonnie no pueda hacerse cargo de ella. Cuidadla, por favor, es un tesoro para mi familia y para mí, y vosotros sois mi familia. Zach no lo entenderá y probablemente crea que te odia cuando se entere… Créeme cuando te digo que el odio no es más que el amor mal gestionado. Y tú, hija mía, y Zach teníais mucho amor entre las manos. Merece saber lo que ocurrió esa noche y tú mereces contárselo y liberarte, porque estoy segura de que no has logrado olvidarlo aún, pues todo lo que se oculta persiste.

Te dejo ya, tesoro, y te deseo lo mejor del mundo. Que tengas una vida larga y feliz, y que mi pequeño Bonnie pueda disfrutar de las tierras que le pertenecen. Siempre tu segunda madre.

Te querré siempre desde allá donde esté,

DORIAN

Ufff… Las lágrimas corren por mis mejillas y solo puedo pensar en todos los veranos que he pasado en esa granja, corriendo entre las flores de las calabazas, disfrutando del enorme bosque y de los prados, montando a caballo y corriendo con los perros, los Halloween vaciando calabazas y haciendo formas terroríficas, las recetas que Dorian me enseñaba, sus pasteles y *muffins*… Los besos, las caricias y los «te quiero» esfumados por cada metro cuadrado de esa plantación siempre de la mano de Zach. Nuestra primera vez… La última…

Sus hermanos y lo que les gustaba molestarnos cuando estábamos a solas, románticos. Mi amistad inquebrantable con el pequeño, Chris. Joder, lo echo tanto de menos. Tanto que me sorprende haberlo enterrado tan hondo todos estos años. Toda mi infancia y adolescencia. Fui feliz, no puedo negarlo.

Pero también me vienen imágenes de lo que pasó la última noche. El miedo, los gritos y la ausencia de Zach.

Nunca se lo conté; de hecho, esa última noche no la conoce nadie... Todos los recuerdos inundan mi mente y, por un instante, la desaparición de Josh deja de importarme; sin darme cuenta, caigo rendida con las cartas entre las manos, en el sofá del despacho de Josh.

5

$\mathcal{M}$e despierto antes que Bonnie, con los ojos hinchados y la boca pastosa; apenas he dormido tres horas. Me aseo un poco, no quiero que mi hijo me vea así. Guardo toda la documentación junto a mi portátil. Miro el móvil por si acaso Josh se ha puesto en contacto, pero nada. Reviso la cuenta bancaria y lo único que veo son varias extracciones de dinero desde distintos cajeros, por un importe total de cinco mil dólares. Me quedo con los ojos como platos y entiendo al instante que no quiere que sepa dónde está, que se ha dado cuenta o quizá lo ha hecho aposta, ha dejado el rastro hasta Mount Pleasant para que sepa que lo sabe y ahora va a desaparecer de verdad, con cinco mil dólares en metálico será fácil perderle la pista. Una parte de mí se hizo añicos anoche pero otra parte de mí, muy oscura y enterrada, ha salido a flote, doliendo como lo hacen las cosas enterradas bajo llave en el alma.

Tengo que hacer las cosas bien por una vez en la vida. Me preparo un café doble y engullo unas galletas pasadas que compré para Bonnie hace una semana y no le gustaron; ahora mismo me saben al mismísimo cielo aunque estén blandas e insípidas. Tengo que cumplir la voluntad de Dorian y no será fácil. No sé ni por dónde empezar, porque Zach no es mi único cabo suelto del pasado: está mi tía Dorothy, a la que he abandonado después de todo lo que hizo por mí, la he invitado un par de veces a casa y la he llamado algunas pocas, pero desde luego no hemos mantenido una relación estrecha y por supuesto no he vuelto a visitarla nunca a Carolina. Para ella desaparecí de cuajo, como si la tierra me hubiera engullido, al igual que hice con Zach y sus hermanos. La única persona de la que me despedí fue de Dorian, y debo admitir que lo hice porque me pilló, porque me sorprendió mientras hacía las maletas, y porque no pude callarme todo lo que había pasado la noche anterior. Pues ella fue quien me encontró esa maldita noche y me ayudó.

Suena el teléfono y corro como si me fuera la vida en ello. Es Cat.

—Cariño, ¿todo bien? —pregunta antes de que me dé tiempo a responder.

—Sí, me temo que ya sé dónde está Josh y por qué se ha ido.

—¿En serio? ¿Qué ha pasado? ¿Quieres que vaya para allá? Estoy cerca.

—Mmmm… Uf, la verdad, no me apetece hablar con nadie ahora, no te lo tomes a mal. Tengo que ordenar mis ideas y tengo algo importante que hacer.

—No vas a dejarme así, ¿verdad?

—Lo siento, hay algo de mi pasado, algo que no sabe nadie, que ha salido a la luz, y Josh lo ha descubierto…

—Me estás asustando.

—No, tranquila, no es nada malo… Bueno… No sé si es malo o no, pero todo está bien, no es grave.

—No entiendo nada, Crystal. No sabía que guardaras un pasado oscuro.

—Todos tenemos nuestros secretos…

—Pues parece que el tuyo es uno muy gordo. Tu marido lo ha descubierto y ha desaparecido…

—Sí, para él sí es muy gordo…

—¿Le has sido infiel, Crystal?

—No, Cat, pero me temo que es mucho peor.

—Oye, en cinco minutos estoy en tu casa. Me estás preocupando.

—No hace fal... —Antes de que acabe la frase, Cat ha colgado y sé que viene corriendo hacia aquí.

Me dirijo a la habitación para comprobar que el pequeño sigue durmiendo y cierro la puerta al ver que aún duerme. Cojo una maleta pequeña que guardo debajo de la cama y la extiendo encima de mis sábanas. Vacía. Abro el armario y cojo cuatro cosas para pasar unos días fuera. He tomado una decisión. Voy a ir a buscar a mi marido, voy a entregar la carta al maldito Zach y arreglaré las cosas. Josh tiene que perdonarme. Aún no sé cómo lo haré, pero tengo muchas horas por delante para pensar. Tengo que salir ya, o corro el riesgo de que Josh se vaya. Anoche estaba en el pueblo. Hay esperanzas. Suena el timbre de la puerta y abro sin ganas.

—Crystal, ¿qué está ocurriendo?

—Tengo que pedirte por favor que te encargues del negocio unos días —digo sin parar de meter cosas que me parecen imprescindibles en la maleta. Calcetines, botas de montaña, espray para los mosquitos, maquillaje...

—Qué remedio... Claro... Pero podrías explicarme...

Miro hacia la puerta de Bonnie para asegurarme de que no está levantado y no me oiga.

—Bonnie... No es de Josh.

—¿Qué? —Abre los ojos como platos.

—Pues que no es hijo biológico de Josh, que es hijo de mi primer novio, de Carolina del Sur.

—¿Y cómo es posible que él crea que es suyo? Si no le has sido infiel, tiene que haberte conocido embarazada, no entiendo nada...

—Es una larga historia... Ya te la contaré.

Se queda callada y sé que mi respuesta no la convence.

—Me fui embarazada de Carolina del Sur, pero no lo

45

sabía, conocí a Josh unas semanas después... Nos enrollamos y a los dos meses de salir con él me enteré de que estaba embarazada. Pensé que era de él, no tenía sentido...

—¿Y en qué momento supiste que no era suyo?

—Cuando Bonnie empezó a crecer... Tiene los ojos de su padre... Su padre de verdad.

—¡Joder, tía!

—Sí... ¿Cómo iba a decírselo? ¿Qué importaba? Él era con quien quería estar, quien estuvo todos los días de mi embarazo, quien me ayudó a traerlo a este mundo... Era mi marido. ¿Cómo podía explicarle que no estaba segura de que fuera el padre? No pude.

—¿El padre lo sabe?

—No... Lo jodido es cómo se ha enterado Josh.

—No sé si estoy preparada para más.

—La madre de Zach, la abuela biológica de Bonnie —sigo en voz baja mirando de vez en cuando en dirección a la puerta de mi pequeño para asegurarme de que no se despierta—, ha muerto y ha dejado en herencia su propiedad a su único nieto. Mi hijo.

—¿Y cómo sabe ella que es su nieto?

—Vio una foto de mi hijo..., y una madre no es tonta. Además, ella me conocía muy bien. Sabía cosas de mí que nadie más sabía. Ató cabos.

—Pues no entiendo cómo Josh ha abierto ese documento sin consultarte, pero sí, es un gran problema... Aunque no es digno de Josh actuar así. Jamás hubiera pensado que, si lo sospechaba, desaparecería... Es muy sensato.

La cara de Cat es un poema. No tengo tiempo para esto. Tenemos que irnos cuanto antes.

—Lo siento, no sé qué decir.

—Puedes decir que la he cagado pero bien.

—Bueno... No sé, no creo que sea así. Cielo, tú amas a Josh, ¿no es así?

—Sí, claro —contesto sin vacilar.

—¿Y este tal Zach está más que olvidado?

—¡Sí, sí! —digo con una seguridad tan fuerte que me hace dudar a mí misma.

¿Por qué he dudado? Por supuesto que pasé página de Zach. Es normal pensar en un antiguo amor de vez en cuando, añorar ciertas cosas, y más con Bonnie en mi vida, pues cada vez que me mira siento que lo hace él. Joder, admito que quizá sí que he pensado en Zach más de la cuenta en los últimos años.

—¿Qué piensas? —Me arranca de mis sinsentidos Cat.

—Nada... Que será mejor que despierte al peque y nos vayamos. Tengo que encontrar a Josh. He de comprar un billete, en coche tardaría más de dos días en llegar.

—Madre mía, esto es una locura. Voy a ayudarte, trae el portátil.

Rebuscamos vuelos *last minute* y por suerte encontramos uno que aterriza en Atlanta, Georgia.

—Perfecto, allí alquilaré un coche y listo. Está cerca. Sale en cuatro horas, así que ya vamos tarde.

—Por favor, llámame en cuanto llegues. Ve con cuidado. Yo me encargo de la *bakery*, no te preocupes, pero mantenme informada. Esto es una locura y apenas entiendo la mitad de todo lo que está sucediendo, llámame y hablamos...

—Te lo prometo —la interrumpo para que pare, pues sé lo sufridora que es.

—¿Necesitas ayuda?

—Voy a terminar de hacer la maleta de los dos y la bajo al coche, ¿me vigilas al peque por si se despierta?

—Por supuesto. ¿Dejarás el coche en el aeropuerto?

—Sí. Estaremos bien, ¿vale, Cat?

—Uf... Como no te comuniques conmigo, cierro la tienda y me planto allí, te lo juro.

Cojo cuatro cosas para Bonnie de su armario sin hacer

ruido; son apenas las siete de la mañana, suele despertarse a las nueve. Meto todo en la maleta y lo bajo al coche en un abrir y cerrar de ojos. Lo más difícil: despertar al peque y contarle que nos vamos de viaje. Subo a su habitación rezando para que no me haga preguntas sobre este cambio de planes. Me acerco a su cama y le doy un suave beso en la frente. Gruñe con dulzura.

—Mami, hoy no hay cole, un ratito más…

—Nos vamos de viaje, cariño —le susurro al oído mientras deslizo la manta sin brusquedad.

Abre un ojo sin ganas.

—¿De viaje?

—Sí, vamos a buscar a papi, ya sé dónde está. O eso creo.

—¿Dónde?

—Lejos, en el pueblo en el que creció mamá.

—¿Tú no creciste en esta casa?

Me hace reír.

—No, cariño, crecí lejos de aquí.

—¿Y qué hace papi allí?

—Pues no lo sé muy bien, es lo que vamos a averiguar. Me temo que se ha enfadado conmigo.

—¿Por qué?

—Por cosas del pasado. Son cosas de mayores. Te cuento más cuando lleguemos a mi pueblo, ¿te parece?

—Mmm, tengo sueño.

—¿No quieres ver a papá? —«Seré zorra…, chantaje emocional a mi propio hijo.»

—Sí.

—Pues vamos.

Lo ayudo a levantarse de la cama y nos dirigimos al salón. Le doy el sándwich que Cat ha preparado y cojo los papeles que dejé en la funda de mi portátil. El testamento.

—¡Nos vamos de viaje, Cat! —grita entusiasmado Bonnie cuando la ve.

—Sí, ya lo sé, pásalo bien, ¿vale?, y cuida a tu madre.

—Siempre lo hago, me lo ha enseñado papá.

Puñal directo al corazón. Su padre. ¿Cómo se sentirá cuando le cuente la verdad? Porque se la voy a contar, no pienso dejar a mi hijo engañado. Ahora ya no. Pero bueno, aún tengo tiempo, primero lo primero.

Bajamos al coche y nos despedimos de Cat. Me disculpo de verdad por no estar en los preparativos finales del último pedido que preparamos y le prometo que la compensaré. Cat siempre le resta importancia al hecho de hacer favores a las personas; es un encanto. Me pide que la informe de todo y que vaya con cuidado.

Pongo un CD de Chris Stapelton y me dejo llevar por la voz de este hombre. Me enamora. Bonnie se pone los cascos y yo lo agradezco. Él prefiere el pop de adolescentes, aunque aún es solo un crío.

Conduzco hasta el aeropuerto y me doy cuenta de que no le he contado al peque que vamos a coger un avión. Es su primer avión, así que va a alucinar. Llegamos en un santiamén y aparco en la zona de larga estancia. Vamos sin billete de vuelta y no sé cuántos días tendremos que dejar aquí el coche. Espero que no muchos. Si no, me va a costar un ojo de la cara.

Bonnie se pone como loco con la idea de volar; me hace comprarle un cojín para el cuello, pues dice que quiere dormir en el avión, así que se lo compro y lo acabo usando yo más que él, que se pasa todo el vuelo viendo películas mientras yo duermo a cabezadas. El vuelo es tranquilo, largo pero tranquilo. Llegamos a Atlanta, y la sensación que me invade al saber que estoy tan cerca de casa no es agradable precisamente.

Alquilo un coche pequeño y barato en el mismo aeropuerto y salimos para Carolina del Sur. Me espera un largo viaje de casi cinco horas por los paisajes de mi infancia. Por los densos bosques y enormes pantanos. Debo admitir que esta zona es preciosa y que la he echado de menos. Cuando decidí mudarme al norte, solo lo hice por un motivo. Huir del sur y de su gente. Necesitaba el frío, la gente más seria y, sin duda, nuevas amistades. Que nadie me conociera. Pero, mientras avanzo con el coche, a cada metro recuerdo la magia de este lugar y de su gente. Pienso en tía Dorothy y en la sorpresa que vamos a darle.

Cuando veo de lejos el cartel de «*Welcome to South Carolina*», con su característico color azul eléctrico y su mítica frase de bienvenida: «*Smiling faces, beautiful places*», un miedo atroz me recorre la médula espinal. ¿Y si la gente del pueblo me odia? Siento un cosquilleo en las costillas. Mi tierra, tantos recuerdos de mi infancia. Rememoro el día que mi madre me llevó a la *Farm fair* local para visitar a los mejores productores de melocotones locales, pues ella era una enamorada de las granjas de melocotones tan típicas de este estado, y acabé perdida entre las inmensas casetas; yo aún era muy pequeña por aquel entonces. Se embobó tanto con la feria que no se dio cuenta de que yo había desaparecido.

Lo recuerdo perfectamente: acabé sentada a los pies de una mesa de un productor muy agradable que me iba cortando trozos de melocotón mientras aseguraba que, sin duda, la mejor manera de esperar a mi madre era degustando los mejores melocotones del condado, es decir, los suyos. Un hombre poco humilde, sonrío para mis adentros al recordarlo, pero me mantuvo tranquila y alimentada. Yo debería tener la edad de mi hijo ahora. Cuando mi madre me encontró se puso a llorar, tiró el canasto lleno de melocotones y la gente se puso a aplaudir... Un *show*.

Mi madre siempre era un *show*; en realidad, yo he salido

un poco a ella: despistada, caótica... Aunque no recuerdo mucho de ella, sí recuerdo estas cosas. Era muy severa en cuanto a mi educación, aunque a la hora de la verdad siempre me salía con la mía. Fue Dorothy, años después, la que me pondría a raya de verdad, con buena intención, mi pobre tía, pero para una niña como yo ya era tarde para la mano dura. No debió de ser fácil para ella, una mujer soltera de ya más de cincuenta, hacerse cargo de una niña que acababa de perder a sus padres. Menuda responsabilidad. Nunca se lo he agradecido. Podría haberse negado y yo habría acabado en un centro de acogida o con una familia terrible, quién sabe. No se lo puse fácil a la pobre.

Cuando mis padres sufrieron aquel accidente de coche que los mató en el acto un día volviendo del trabajo, ella se encargó de todo. Se mudó conmigo a nuestra casa, que pasó a ser suya, e hizo que fuera más fácil superar la terrible pérdida de lo que hubiera sido tener que irme de mi casa. Nunca estuve muy unida a mis padres, pues ambos trabajaban sin parar y apenas pasaban tiempo en casa. La madre de Zach cuidaba de mí todas las tardes antes del accidente, mientras mis padres trabajaban, y así siguió siendo hasta el día que me fui del pueblo.

Lo pasé mal, pero la verdad es que tener a Zach y a su familia tan cerca fue lo que más me ayudó, pues su casa sí tenía un ambiente familiar para mí. Siempre comían todos juntos, organizaban salidas, se cuidaban unos a otros. Ahora que soy adulta me doy cuenta de lo mucho que mis padres hacían por mí, pues nunca lo tuvieron fácil. Ambos eran de familias pobres y trabajaban muchas horas para que a mí no me faltara de nada. Mi padre era serio y poco hablador. Mi madre era cariñosa, pero siempre la recuerdo cansada. La verdad es que superé rápidamente su pérdida porque me cobijé en la madre de Zach y porque la tía Dorothy me dio todo lo que necesitaba. Debería haberles dado las gracias a

51

ambas mujeres más a menudo, pero, por desgracia, de estas cosas solo te das cuenta cuando eres madre o cuando maduras. He sido una egoísta todos estos años.

—Hemos llegado al estado en el que nací, Bonnie, mira —le digo señalando los amplios campos que se extienden a ambos lados de la carretera interestatal.

—¿Qué es eso, mami? —pregunta mi hijo señalando los cultivos.

—Melocotones... A tu abuela le encantaban.

«Y a tu padre», me muerdo la lengua para no decirlo en voz alta. A Zach le encantaba ir a robar melocotones y meterme en líos. Recuerdo una tarde muy calurosa que me retó a ver quién llenaba la cesta antes; nos colamos en la propiedad de los señores Hutson y empezamos a saquear sus árboles. La mujer me pilló y me cayó la mayor bronca de mi vida; por aquel entonces ya vivía con mi tía y me tuvo diez días sin salir de casa. Fue horrible.

—A mí me encantan también —mi hijo me devuelve a la realidad.

—Lo sé, peque.

—Podemos parar y coger uno.

—No, no es buena... ¡Maldita sea! ¡Claro que sí! Paro ahora mismo —me desdigo a mí misma.

Podemos robar un par de melocotones, no pasa nada. Seguro que está el suelo lleno, es época.

Aparco el coche en una área de descanso que justo está al lado de la gran granja y bajamos a estirar las piernas un rato.

—A ver si me pillas. —Mi hijo arranca a correr y me entran ganas de pegarle un grito.

Estoy anquilosada de conducir; si corro, me da un tirón fijo.

—¡Bonnie, no! —le grito desde el coche.

Me hace una mueca y sigue corriendo. Veo que se agacha, coge algo y se lo lleva a la boca. *Voilà*, me ha salido un hijo ladrón. Como su padre. Y por primera vez este pensamiento me suscita más ternura que enfado. Algo está cambiando para mí, estar aquí, tan cerca de casa…

Bonnie me trae cuatro melocotones preciosos, se ayuda con su camiseta en forma de canasto para acarrearlos, se le cae uno. Es tan guapo y tierno…

—Gracias, enano, pero no vamos a llevarnos los cuatro. ¿Tú quieres alguno más?

Niega con la cabeza.

—Bien, pues los dejamos aquí para el granjero. Son suyos. Una cosa es coger uno para comer, otra es hacerse con una cesta de melocotones.

—Valeee —dice, y suelta la camiseta dejando caer los melocotones y haciendo que se piquen.

El pobre es pequeño aún. Cojo uno de los que han caído y le doy un mordisco.

—¿Seguimos?

53

6

*N*os pasamos el resto del trayecto hablando, le cuento mil aventuras de mi infancia y, sin darme cuenta, llegamos al pueblo. «*Mount Pleasant welcomes you.*» Tomo aire y sobrepaso el cartel de bienvenida. Bonnie está superanimado con esta aventura, y yo siento que Josh tiene que estar cerca. Estoy segura de que ha ido directo a la granja de la familia Hall pero no pienso ir todavía, no estoy preparada. Mi primera parada será visitar a la tía Dorothy; menuda sorpresa le vamos a dar. Paramos antes en el supermercado de la entrada del pueblo rezando por que nadie me reconozca, pero eso aquí es imposible. Bonnie me pide quedarse en el coche, está cansado del viaje.

Una de las cajeras, nada más verme, suelta un grito:

—¡Crystal! ¿Eres Crystal? No me lo creo.

La miro detenidamente y enseguida caigo: íbamos juntas al instituto; no solo eso, era de mi grupo de amigas, de las amigas a las que abandoné sin decir nada.

—Ann, cuánto tiempo.

—No me creo que estés aquí.

Miro a Ann de arriba abajo: está gorda, tiene alguna que otra cana y parece feliz.

—Estás radiante, Crystal.

—Tú también, Ann —miento.

—¿Qué te trae de regreso al pueblo?

—Vengo a visitar a mi tía Dorothy.

—Oh, la adorable Dorothy, es íntima de mi madre, van siempre juntas a la parroquia.

—Me alegro. —Un poco sin saber qué decir, trato de despedirme.

—Bueno, te dejo, que tengo a mi hijo en el coche, solo he venido a por unas flores para la tía Dorothy.

—Oh, estupendo, ahí tienes las de oferta. Espero que nos veamos de nuevo antes de que te vuelvas a ir y desaparezcas diez años más.

«Gracias por la puñalada, Anastasia.»

—Sí, claro, seguro. Encantada de haberte visto. Me alegro de que todo te vaya bien

—Bueno, no te he contado si me va bien o no. —Suelta una risa.

«Mierda, seré estúpida.» Sonrío y me cuelo por los pasillos del supermercado en busca de las flores.

Conduzco a través del pueblecito hasta llegar a las afueras, a la que fue mi casaa. Sigue idéntica que la última vez que la vi, típico del sur, pero con más flores, y me fijo en que han pintado los postigos de las ventanas de color granate, antes eran verdes. La verdad es que quedan más bonitos así. Bajamos del coche y nos adentramos en el porche de la casa. Llamo y al poco Dorothy se asoma por la puerta, su cara es un poema.

—No puede ser... ¿Estoy soñando? —bromea risueña y con algunos años de más, que le han pasado factura.

Se lanza a mis brazos en lágrimas y agarra a Bonnie también. Dorothy es la hermana pequeña de mi madre, pero no se parecen en nada.

—Siento no haber venido antes. —Le tiendo el ramo de flores.

—¡Nada! Lo importante es que estáis aquí. Cuánto tiempo. Qué feliz me has hecho. ¿Qué os ha traído de vuelta a casa? Gracias por el detalle, hija. —Me coge las flores y me besa.

—Pues quería enseñarle todo esto a Bonnie —miento.

—¿Y tu marido?

—Josh… Es una larga historia, te la cuento más tarde con una buena taza de té.

—Eso está hecho. Estáis guapísimos, pasad, pasad. —Dorothy está emocionada.

—Venimos con un poco de equipaje, ¿te importa si nos quedamos aquí unos días, tía?

—Eso no se pregunta. Esta es vuestra casa, por fin un poco de compañía.

La miro mientras nos ayuda con la maleta; debe de tener casi sesenta años ahora, muy bien llevados, eso sí. Sigue siendo la misma. Nostalgia. Entramos en la casita y me asombra lo poco que ha cambiado. Está igualita que siempre por dentro.

—Ya sabes dónde está tu habitación. Podéis instalaros ahí los dos. He cambiado tu cama por una de matrimonio, podréis dormir juntos.

—Sí, claro, genial. Vamos a dejar la maleta.

Bonnie mira hacia todas partes. Conoció a Dorothy cuando tenía apenas dos años y ella nos visitó en Seattle, pero no nos hemos vuelto a ver, así que él no se acuerda de ella en absoluto.

—¿Aquí naciste, mami?

—Aquí nací.

—¿Por qué murieron tus padres?

—Un accidente de coche, yo era muy pequeñita, como tú, era tarde, llovía mucho y mis padres volvían de trabajar. Tuvieron un accidente por culpa de la lluvia y de un camión que conducía muy rápido delante de ellos…

—¿Y murieron en el coche?

—Sí… Fue muy triste para mí.

Veo cómo Bonnie se emociona y una lágrima rueda por su mejilla. Lloramos los dos.

—Es muy triste, mami. —Me abraza—. Yo no quiero que te mueras.

—¡No me moriré!

—¿Papi se ha muerto? Dime la verdad…

Veo cómo se le cambia la cara a mi hijo y se me parte el corazón.

—Nooo, claro que no. Solo se ha ido porque necesita tiempo para estar a solas, seguro que pronto nos llama.

Me extraña tanto que Josh no haya querido ponerse en contacto con Bonnie, con lo dependiente y controlador que es. No sé ni por dónde empezar. No puedo plantarme en la granja como si nada, no estoy preparada para ver a Zach. Ni siquiera sé si Zach sigue en el pueblo, podría haberse ido como hice yo. Lo más sensato es hablar con mi tía y pedirle consejo; es lo mínimo después de presentarme aquí como si nada.

—Cielos, ¿os apetece comer algo? Es tarde.

—Sí, claro —le contesto agradecida—. Cariño, ¿te apetece ir un rato a jugar al columpio del jardín mientras mami ayuda a la tía Dorothy?

—Vale.

Veo a mi hijo salir por la puerta de la cocina y la imagen me resulta familiar.

—Tía Dorothy, he de contarte algo y necesito que me escuches.

—¿Ha ocurrido algo?

—Es muy difícil para mí explicar esto…

—Sabes que puedes confiar en mí.

—Lo sé —le digo honestamente, y le doy un abrazo intenso.

Le cuento todo con pelos y señales, la desaparición de Josh, el descubrimiento del testamento y la noticia de quién es en realidad el padre de Bonnie. Lo único que no tengo valor de contarle es lo que sucedió la última noche; no creo que esté preparada para saberlo, ni yo para explicarlo. Así que Dorian sigue siendo la única que sabía lo ocurrido.

—¡Cielo santo bendito! —suelta, y hace el signo de la cruz para santiguarse—. Voy a preguntar en la parroquia si han visto a Josh. Te aseguro que, si ha estado por aquí, ellos lo saben. Aquí no para un forastero sin que la comunidad lo sepa.

Había olvidado la piña que hay en este pueblo, la poca intimidad y lo conectado que está todo con todo. Hasta lo añoraba un poco.

—Gracias, Dorothy. Ahora comamos. Aún no sé por dónde empezar.

59

Llamo a Bonnie y comemos una sopa de cebolla deliciosa con un plato de garbanzos y tomate. A Bonnie no le gusta y apenas lo prueba, a mí me sabe a infancia y me chupo hasta los dedos.

—¿Por qué no vas a dar una vuelta por el pueblo? Yo me quedo con Bonnie —me sugiere Dorothy.

—Uy... No sé si Bonnie querrá. —Miro a Bonnie, que está sentado a mi lado.

—Cielo, ¿quieres venir conmigo a la parroquia? Hacemos unas partidas de bolos que te encantarán, y tenemos un coro.

—¿Bolos?

—Sí, bolos, tiramos una pelota contra una figura y ¡pam! Todas las figuras al suelo. Es muy divertido. —Dorothy me mira de reojo y me guiña un ojo porque sabe que necesito tiempo para ordenar mis ideas y sobrellevar la situación.

—Suena díver, mami, ¿puedo ir?

—Si quieres, claro que sí.

—¿Tú ibas de pequeña?

—Uy, a la parroquia mucho, a los bolos no, la tía aún no era aficionada, parece que esto le viene de hace poco.

—No, querida, soy campeona estatal —me corrige orgullosa—. Desde hace ya seis años.

—Vaya. —Esta mujer siempre me sorprende.

—Pues vamos, dadle duro a los bolos, yo estaré por el pueblo dando una vuelta.

—Bien. Si me entero de algo en la parroquia, te digo.

Decido ir andando hasta el pueblo, la última pista que tengo de Josh es la cafetería. Así que me dirijo a ella sin vacilar. Ojalá alguien lo haya visto. Desde la acera miro por el cristal para ver quién hay dentro, no reconozco a nadie y me decido a entrar.

—Buenas tardes, ¿te apetece cenar?

—Tomaré un batido, gracias.

Ya es tarde, entre el vuelo, las horas de coche y el rato que hemos estado charlando se han hecho las ocho de la tarde. Ya está oscuro. Me siento en la mesa más alejada de la barra, al lado de un gran ventanal que da a la calle, así puedo ver si pasa alguien conocido, puedo ver si pasa Josh. Aunque sé que estoy siendo estúpida: si Josh ha ido a algún sitio es a la granja a conocer a Zach.

Cuando la amable camarera me sirve el batido, me lo bebo casi de un sorbo; está delicioso.

—Vaya, vaya. —Una voz masculina me sorprende a la altura de la nuca—. Parece que la ratita ha salido de su escondite. —Suena sexi y demoledor.

Cierro los ojos antes de girarme, porque sé que a partir de este dichoso instante habrá un antes y un después en mi vida. Se me hiela el corazón.

—Zach… —susurro aún sin girarme.

Pero él es rápido y se sienta en el banco vacío que hay enfrente de mí, como si fuera mi acompañante. Si tuviera que explicar lo que siento ahora mismo, me faltarían letras en el abecedario. Es él. Dios, joder, es clavado a Bonnie. Me mira con sus ojos color azul turquesa, traviesos, como si fuera un juego. No parece contento, pero quiere jugar. Hay un atisbo de rencor en su mirada. Está diferente. Más fuerte, ya no lo veo delgado, su espalda es mucho más amplia de lo que recuerdo, y su mandíbula también. Se ha convertido en un hombre, y ahora sí que puedo decir que es el tipo más atractivo que he conocido nunca.

—Al menos recuerdas mi nombre... ¿Se puede saber qué haces sentada en esta cafetería?

—Pues lo mismo que tú, supongo: tomar algo.

—¡Y una mierda!

—Eres un grosero.

—¿Yo soy un grosero?

—Sí, tú eres un grosero.

—¿Conque esas tenemos? —Se ríe y me duele.

—Tengo que irme. —No sé por qué actúo así. Estoy aterrorizada, no quiero afrontar nada, no quiero afrontar que me conmueve verlo, no quiero afrontar que tengo un hijo con él.

Zach me agarra de la mano y no deja que me vaya.

—Disculpa, volvamos a empezar. No te vayas así. —El tono de su voz cambia por completo y me parece ver un resquicio de miedo.

—Tengo que irme. —Me zafo de su mano y camino hacia la caja.

—¿Me cobra, por favor? —le pido a la cajera.

—Ya está pagado, ha invitado Zach —dice señalando al capullo engreído que sigue sentado mirándome despiadadamente. Tomo aire y le digo—: Una pregunta, a ver si

61

puede ayudarme. ¿Ayer estuvo aquí un chico, moreno, alto, forastero, con apariencia de ciudad?

—Mmmm... Diría que sí. Ayer vino un tipo a cenar que podría encajar con esas características, me acuerdo porque dejó una generosa propina.

—¿Le dijo algo?

—¿A mí? No... No entiendo.

—No sé, ¿no oyó nada, estaba solo, no llamó a nadie?

—Recuerdo que era muy guapo, educado y rico. Cenó y, sin hablar con nadie, se fue.

—¿Vio hacia dónde se fue? —Parezco una acosadora.

—No, señorita. —La camarera no entiende nada y pone los ojos en blanco antes de darse la vuelta y seguir sirviendo mesas.

Salgo por la puerta sin mirar atrás. No puedo. Creía que podría, pero no, no puedo. ¿Y de qué coño va llamándome «ratita» como si no hubiera pasado el tiempo? Zach siempre me llamaba así cuando estaba cariñoso. Lo odio.

Camino por la calle principal, antes de coger el desvío que va a la parroquia, cuando un coche que circula más rápido de lo normal me cierra el paso.

—¿Sabes qué? Me repatea que te niegues a hablar conmigo. —Zach grita por la ventanilla. Cómo no. Sigue siendo igual de testarudo—. ¿Se puede saber qué te he hecho para que me ignores de este modo?

«La cosa va más de lo que yo te he hecho a ti, de lo que yo te he ocultado a ti, pero no estoy preparada», me digo a mí misma.

—Disculpa... Tengo un mal día.

—Podrías haber empezado por ahí. —Zach se baja del coche y se acerca a mí—. Hola.

—Hola —le respondo.

Joder, cómo puede estar tan guapo. Lleva el pelo corto y no se afeita desde hace semanas.

—¿Empezamos de cero?

—Empecemos —le sigo el rollo.

—Soy Zach, encantado —bromea vacilón.

—Qué tonto. —Tonteo, y para tonta yo—. Crystal, un placer.

—¿Qué te trae por aquí?

Es mi momento. Podría soltárselo de una y olvidarme. «Tengo un hijo tuyo, tengo el testamento de tu madre, que, por cierto, le ha dejado la herencia de vuestra granja a mi hijo, bueno, a nuestro hijo. ¡Sorpresa! ¿Contento?» Pero no me atrevo. Tendría que añadir más explicaciones de las que estoy preparada para dar.

—Estoy de paso, visitando a la familia, diez años son muchos años —miento.

—Once años para ser exactos —me corrige, y me doy cuenta de que lleva la cuenta—. No me lo creo, pero de acuerdo... ¿Estás sola?

—No, he venido con mi hijo.

—Sé que tienes un hijo, me lo contaron. Ya sabes, es un pueblo pequeño.

Siento un nudo en el estómago, se me da fatal mentir.

—Bueno, tengo que ir a buscarlo. —Trato de escapar de la situación.

—¿Volveré a verte?

«Más de lo que imaginas.»

—No lo sé, supongo, me quedaré un par de días. Bueno, Zach, hasta pronto.

—Cena conmigo esta noche. Tenemos mucho de que hablar.

—No puedo, ya sabes, estoy con mi hijo.

—Cenemos los tres. Me da igual.

Este tío está flipando.

—Gracias por el ofrecimiento, pero no.

—Como veas...

Se sube al coche y, sin decir adiós, arranca y desaparece. Uff, cómo odio su carácter.

Me flaquean las piernas, cierro los ojos por un instante y sigo adelante. Ya llegará el momento de contárselo todo, pero necesito pensar cómo.

7

Crystal, hace once años, Carolina del Sur

—*T*ía Dorothy, salgo con Zach, dormiré en la granja.

—De acuerdo, querida, porque son vacaciones, en nada empieza la universidad.

—Sí, tía, lo sé.

—Sed buenos e id con Dios.

—Siempre.

«Te aseguro que Dios se tiraría de la melena si viera lo que hacemos», pienso sin verbalizar, y cierro la puerta de un portazo. Salgo y Zach está fuera esperándome con su moto nueva. Menuda sorpresa, no lo esperaba; pensaba ir en bicicleta hasta su casa.

—¡Síííí! ¿Ya la tienes? —le grito, y corro hacia él y me lanzo a sus brazos.

Nos damos un largo beso con lengua, que Dios me perdone si tía Dorothy se entera porque pienso subirme a esta moto y abrazar muy fuerte a Zach en ella.

—Ratita, ya tengo vehículo para llevarte a las estrellas, despídete de la camioneta vieja de mi padre.

—Mmm… La vieja camioneta tiene sus cosas buenas —le digo traviesa rememorando los revolcones que nos damos en ella.

—Dios, cómo me gustas. Vámonos, sube antes de que tu

tía tenga que rezar diez avemarías por verte subida en la moto de un Hall. Un ateo —bromea, pues mi tía es muy religiosa y practicante, aparte de ser la mujer más clásica y conservadora que conozco.

—Ni de coña, como vea que no me he llevado la bici sospechará.

Cojo la bici y la escondo tres calles más allá.

—Recógeme enfrente de la casa de los Alfred.

—Hecho. Qué mala eres.

—Tú me haces serlo.

Nos damos otro beso con lengua y salimos cada uno con su vehículo.

El aire en la cara desde la moto de Zach me hace volar. No sé dónde me lleva, pero agarrada a su cintura iría al fin del mundo. No me importa que la gente crea que por ser jóvenes no sabemos nada del amor. Zach y yo somos los mejores amigos desde que me alcanza la memoria; aún recuerdo el día que me pidió que le enseñara una teta en la escuela. Debo admitir que lo hice a cambio de que me diera un pico. Que, por cierto, le dio mucho asco. Éramos unos críos. Es cierto que solo tenemos dieciocho años pero él es todo lo que quiero en esta vida. Veo cómo toma el desvío hacia las casas coloniales, tan típicas en el sur de Carolina, y se adentra en una granja de melocotones con campos inmensos.

—¡Coge unos cuantos! —me grita a través del casco mientras se pega tanto a los árboles que siento que vamos a chocar.

—¡Yihaaaa! Somos los fantasmas de la moto —grito como loca, y extiendo el brazo arrancando todos los que puedo.

Me encantan las locuras que cometemos juntos. La mayoría caen al suelo, pero logro coger unos cinco y meterlos dentro de mi jersey. Vemos al dueño de la granja salir corriendo maldiciéndonos, pero la moto es nueva y vamos con cascos, imposible reconocernos.

—¡Acelera, nos han pillado! —le grito.

Y acelera tanto que tengo la impresión de que caeré de la moto; me agarro aún más fuerte a él y cierro los ojos. Volamos. Esta vez hemos ganado al pueblo y a la cotilla comunidad, al menos por hoy seremos los fantasmas de la moto.

Zach conduce hasta la playa, donde nos sentamos a comer los melocotones. No suele haber nadie en época invernal. Y nos encanta, esta zona es tranquila, con las típicas casas enfrente del mar, de gente que viene a veranear aquí. Nuestro pueblo es grande, pero nuestras casas quedan a las afueras, en el interior, así que tampoco hacemos mucha vida en la civilización.

—¿Los fantasmas de la moto? ¿Así nos llamaremos a partir de ahora, ratita?

—¡Sí! ¿Qué te parece?

—Poco original. Propio de ti.

Le lanzo un melocotón a la cabeza y acierto.

—Toma.

—¿Toma? Más vale que corras —me dice antes de salir corriendo tras de mí mientras muerde su melocotón—. Como te coja, te tiro al agua.

—¡En tus sueños! —le grito justo antes de tropezar y acabar en el suelo, llena de arena y con Zach inmovilizándome sentado encima de mí.

—¿Prefieres que te coma a besos?

—Prefiero, prefiero —le digo mientras me río tan fuerte que siento que me falta el aire y Zach me hace cosquillas dolorosas, como yo las llamo—. Te quiero, maldito Zach Hall.

—Te quiero, casta y pura Crystal.

Y nos besamos, hasta que el sol desaparece por el horizonte y cogemos la moto, esta vez despacio, de camino a la granja para deleitarnos con la deliciosa crema de calabazas de la madre de Zach.

—¿Qué horas son estas de llegar? —nos dice Dorian al entrar en el amplio salón.

—Mamá, la moto, que es nueva y no quería correr con una dama encima —miente.

—Así me gusta —le dice Dorian, y me da un abrazo—. No te fíes de mi hijo, pequeña. Anda, a cenar, que ya estamos acabando.

Para Dorian la hora de la comida es sagrada, después nos dejaría ir hasta el fin del universo pero, a la hora de comer, la familia unida. Eso que no se lo quite nadie.

—Esta crema es diferente —le digo al probarla.

—Sí, a ver si adivinas —me dice.

—Venga, lista, adivina —me reta Chris.

—¿Qué os pasa a todos los hermanos de esta familia que me subestimáis?

—Venga, adivina y cállale la boca al bocazas de mi hermano —me anima Zach.

—Mmmm. ¿Puede ser que hayas añadido puerros a la receta y kale?

—No dejas de sorprenderme. Has nacido para la cocina. Así es.

—Me desdigo —dice Chris.

—No era tan difícil, la crema está verde y tiene un toque dulce, que no es cebolla. Y vi la cesta de puerros y kale del huerto anoche en la cocina.

—Observadora. —Sonríe Dorian—. Si te gusta, te paso la receta para que se la des a Dorothy.

—Claro, le encantará.

Cenamos todos juntos: Zach, Dorian, sus hermanos y yo. El padre de Zach se fue hace unos años y no han vuelto a saber de él. Era un alcohólico, nunca estaba en casa y nadie lo extraña. O eso parece.

Terminamos viendo la televisión con sus hermanos después de que Dorian se acueste y yo me duermo al poco de empezar la serie. Envuelta en el cuerpo de Zach mientras me acaricia el pelo. Sintiéndome tan parte de esta familia que casi no puedo creerme lo afortunada que soy.

8

Crystal, en la actualidad, Carolina del Sur

$\mathcal{M}$iro por la ventana de la gran parroquia de piedra y cristal del pueblo y veo a mi hijo cantando con el coro. No me sorprende, pues adora la música y tiene facilidad para desenvolverse en situaciones nuevas. Debe parecerse a Zach en eso, nunca lo habría pensado. «Tendríamos que haber traído la guitarra», me maldigo. Me quedo quieta, inmóvil, observándolo, se le ve feliz, sonríe, y tía Dorothy parece orgullosa. No debería haber rechazado sus invitaciones cada año para venir en Navidades. Es una mujer soltera a la que, a pesar de su rigidez, le encanta cuidar de los suyos. Aunque ahora los suyos seamos solo nosotros y su perro oso Fred, al que adora.

Me sorprende un recuerdo de la infancia de cuando venía a misa con mi tía, a pesar de importarme un bledo, pero ya he comentado que era rígida en sus creencias. Nos sentábamos siempre juntas en el banco del fondo, el cual da directamente a este ventanal, y Zach y sus hermanos venían a hacerme muecas desde esta misma ventana para que me riera y el reverendo me regañara. Esos niños eran lo peor. Aunque creo que lo que tiene tela es lo mucho que me gustaba en realidad verles haciendo el imbécil por el ventanal mientras yo me hacía la ofendida. Me llevé unas cuantas broncas de mi tía y del reverendo porque no podía parar de reírme, especialmente cuando los hermanos de Zach nos imitaban dando besos en el cristal. Lo lamían y ponían los ojos en blanco mientras Zach fingía machacarlos, eran unos guarros. Los tres. Sonrío al recordar esos tiempos.

Bonnie me ve y me pide emocionado con gestos que entre. Cruzar de nuevo estas puertas es todo un camino de regreso a casa. Es realmente una lección, pues fueron muchas las veces que maldije tener que venir y ahora mi hijo parece encantado.

—Mami, el coro es muy guay.

—Son todo señoras mayores…

—Por eso, soy la estrella, ellas chochean.

—¿Ellas qué? —¿De dónde ha sacado esta expresión?

—No sé, eso lo dicen ellas. ¿Qué significa?

—Mejor que te lo cuenten ellas.

—Tía Dorothy mola —me dice risueño, y aunque podría darle mil razones para hacerle cambiar de opinión, me encanta que piense eso; al fin y al cabo, es la poca familia que tenemos.

—¿Papi está aquí?

—Estuvo aquí ayer, pero ya no está, creo.

—¿Papi está enfadado con nosotros?

—Conmigo.

—¿Qué le has hecho?

Miro a mi pequeño a los ojos y no puedo mentirle, aunque me culpe y se enfade conmigo.

—Le dije una mentira.

—Pues… —Piensa y mira hacia arriba buscando las palabras—. Te va a crecer la nariz —me dice, y me aplasta la nariz con el dedo.

—Auuu, ¡qué bruto!

No está triste, gracias a Dios que no me lo reprocha ni lo entiende mucho, es solo un niño, y lo agradezco.

—Ven, Crystal. Únete a nosotros —me pide tía Dorothy desde el coro.

—Voy a hacer unas llamadas, Bonnie lo hará mejor que yo.

Bonnie corre hacia el grupo de mujeres, se pone delante de todas y se une al canto, que no entiendo cómo ha aprendido tan rápido. Este niño me sorprende.

Salgo a la calle y cojo el móvil para comprobar varias cosas. Miro la cuenta bancaria, pero no hay ningún movimiento más. Llamo a Josh sin esperanzas y por primera vez salta el buzón directamente. Ha apagado el teléfono. Doy un largo suspiro con el corazón roto y le dejo una nota de voz.

«Cariño, por favor, no cuelgues. Necesito verte y contártelo todo. Somos una familia. Bonnie es tu hijo, no importa la sangre. Todo tiene una explicación, una larga explicación. Ocurrió algo el día que hui de Carolina del Sur y yo no sabía, no sabía que estaba embarazada… Cuando lo supe ya éramos novios y no dudé de que fuera tuyo. Déjame contártelo. Te echo de menos y Bonnie te necesita. No voy a perseguirte más. Sé que sabes lo de Dorian y lo de la herencia. Estoy aquí. Voy a rechazar la herencia y entregárselo todo a su familia. Me gustaría tener tu apoyo, ni siquiera sé si puedo hacerlo sin abogados. Solo quiero volver a casa y estar contigo y Bonnie. Por favor, ven. Te lo contaré todo… Te quiero.»

Las palabras brotan honestas desde el fondo de mi corazón. Fui feliz aquí hace mucho tiempo, pero este no es mi pueblo, esta ya no es mi gente. El enfado que sentía por Josh por haberse ido así se convierte en nostalgia. Lo echo de menos. Y no pienso aceptar la herencia. Lo tengo decidido, voy a cumplir el deseo de Dorian, le contaré la verdad a Zach me cueste lo que me cueste; entregaré la renuncia de la herencia y volveré a casa para esperar a Josh. Es todo lo que deseo. Lo

73

que más me va a costar es contárselo a Bonnie, pero una cosa está clara, su padre siempre ha sido y será Josh.

Nos dirigimos a casa dando un tranquilo paseo y Dorothy nos prepara una cena deliciosa. Estamos cansados por el viaje y Bonnie y yo nos acostamos tranquilos en mi antigua habitación.

Al día siguiente decidimos tomar un desayuno típico de Carolina del Sur. Le doy a probar a mi hijo los característicos cacahuetes hervidos y le cuento cómo los hacen: se hierven con cáscara en agua con sal. Luego se pellizcan y se tiran las cáscaras, quedando un cacahuete tierno bañado en un jugo salobre. Tan típico de aquí. También le dejo probar el té helado.

Luego damos un paseo por la playa. Las casas de madera con sus escaleras que dan casi a la orilla son la estampa de mi infancia. Bonnie corre persiguiendo las gaviotas que revolotean y comen por la orilla, y yo aprovecho que Bonnie está entretenido para contarle lo que ocurrió la última noche a Dorothy. No escatimo en detalles, necesito su consejo; al final, ella es lo más parecido a una madre que me queda. Dorothy hace el signo de la cruz un par de veces en señal de asombro y acto seguido me tiende la mano.

—Esto que me cuentas me destroza, me destroza no haber estado ahí y haberte ayudado. No puedo ni imaginar el miedo que pasaste…. Menos mal que Dorian te encontró. Angelito. —Me abraza y se le escapan unas lágrimas.

—Estoy bien, tía, no te preocupes. Ha pasado mucho tiempo.

—Hagas lo que hagas, te voy a apoyar. Pídeme lo que necesites. Y habla con Zach. Merece una explicación.

—Ya no lo conozco, no sé ni por dónde empezar.

74

—¿Por qué no me dejas a Bonnie y vas a visitar la granja? Quizá te da fuerzas para decidir por dónde empezar. Sé que no es fácil, pero cuanto antes lo hagas, mejor.

—Uf, solo de pensarlo me atraganto...

—No finjas que no echas ni un poquito de menos hacer travesuras por esas tierras —me dice recordando los viejos tiempos, y me arranca una sonrisa.

—Un poco quizá sí.

—Yo me quedo con Bonnie, esta tarde toca coro de nuevo.

—Si no le importa, de acuerdo.

Llamo a Bonnie, le cuento que tengo que resolver cosas de mayores y le pido si no le importa quedarse con la tía Dorothy hasta la tarde. Se emociona al saber que volverá al coro y eso me tranquiliza. Volvemos a casa y comemos juntos mientras Dorothy aprovecha para contarle trapos sucios de mi niñez. Me divierte ver cómo mi hijo se sorprende de que yo haya sido una niña también. Debo admitir que yo fui una niña más difícil y mala que él. He tenido suerte.

9

Crystal, hace once años, Carolina del Sur

Empieza la universidad y detesto irme a Los Ángeles a estudiar. Preferiría trabajar en la granja con las calabazas que alejarme de aquí tanto tiempo. Las palabras de Zach me tranquilizan un poco, pero no puedo dejar de llorar.

—Por favor, ratita, no llores, yo tampoco quiero que te vayas. Pero puedes irte tranquila, me pasaré los meses que hagan falta esperándote.

—No quiero irme a vivir tan lejos. —Lloro como una niña pequeña.

—Lo sé... Pero eres inteligente, tienes que sacarte esa carrera, es tu pasión.

—No es mi pasión.

—Vale, tu pasión soy yo —bromea, como de costumbre—. Pero se te da genial la cocina. Tienes que sacarte la carrera y luego montaremos juntos un imperio de restaurantes especializados en calabazas. Yo seré el capataz de la granja y tú la cocinera oficial.

—Suena bien —le digo mientras me seco las lágrimas con la manga del jersey.

Dorothy ha pagado una fortuna para que pueda estudiar, para que tenga mi gran oportunidad, y realmente me gusta, pero no quiero irme a la universidad de Los Ángeles. Todo lo que tengo está aquí y me da miedo perder a Zach. Él me jura y perjura que eso no pasará, pero no puedo evitarlo. Tengo miedo, lo pasaré fatal sin él. No entiendo cómo han podido denegar mi solicitud las universidades cercanas y me han aceptado en una que está en la otra punta del país.

—Sabes que me putea más que a ti que te tengas que ir tan lejos, que puedas conocer al *quarterback* del equipo y enamorarte de él y dejar tirado al granjero pringado del pueblo. Pero creo en lo nuestro, nena, creo muy fuerte en esto y quiero que seas la mejor cocinera del mundo. Sé que lo serás. Yo estaré aquí esperándote al final de cada semestre. Te lo prometo.

—¿Me lo prometes?

—Te lo prometo como me llamo Zachary Hall.

Me besa la frente y me relajo en su regazo, en su habitación, a dos días de mudarme a la residencia de Los Ángeles y empezar la universidad.

—Zach, si te dijera que nos fugáramos lejos, ¿lo harías?

—Lo haría… Así que no me lo pidas.

—Lo tendré en cuenta por si lo necesito.

—Ya lo sabes, tú mandas, nena. Pero quiero que tengas tu oportunidad. Y en este pueblo no la tienes. Vales demasiado.

Lo último que recuerdo son las caricias de su mano en mi pelo y cómo el sueño se apodera de todo mi ser, en sus brazos, en casa.

10

Crystal, en la actualidad

Conduzco por la carretera secundaria del pueblo hasta llegar a las afueras de Mount Pleasant, donde empiezan las granjas y cultivos, y ya veo a lo lejos la entrada de la plantación de calabazas; me pregunto quién estará a cargo ahora mismo. Me consta que finalmente Zach no tomó el mando, así que imagino que no estará ahí. Solamente quiero ver cómo está el lugar y asimilar las cosas. Luego contactaré con un abogado para que me ayude con la herencia.

A medida que entro en la propiedad me invade una sensación de paz y sosiego muy conocida para mí. Estamos a finales de octubre y la cosecha está casi lista para recoger. Veo las largas extensiones de calabazas, algunas de ellas enormes; tienen variedades nuevas respecto a las que solían tener cuando yo aún vivía por aquí. Recuerdo las noches de Halloween y las fiestas que montábamos junto a los hermanos de Zach en el granero. Su madre siempre nos ayudaba, era superdivertido. Me pregunto si aún mantendrán esa tradición y si habrá niños disfrutando de ella.

Veo a dos trabajadores a lo lejos arreglando las malas hierbas del cultivo y a una señora haciendo la colada. Desde luego, ya no conozco a los trabajadores. Las cosas parecen haber cambiado un poco, ya no parece tan familiar, tienen pinta de ser trabajadores ajenos a la familia. Me miran con cara de «esta se ha perdido» y siguen con sus tareas. Aparco un poco lejos de la gran casa y me bajo del coche. «Maldita sea, Bonnie, todo esto podría ser tuyo. Perdóname por rechazarlo.» No me atrevo a acercarme a la casa por si hay algún miembro de la familia Hall dentro: demasiadas cosas que explicar si me pillan merodeando por aquí. No quiero llamar la atención, pero, para mi mala suerte, ya es tarde.

—¿Te has repensado lo de cenar conmigo?

—No, Zach —le digo antes de girarme y cerciorarme de que es él.

Se pone frente a mí.

—¿Y entonces? Déjame adivinar, la forastera se ha perdido —me vacila, pues sabe que me conozco estas tierras mejor que la palma de mi mano.

Zach viste todo de negro, tejanos y camiseta, y me parece más guapo incluso que el otro día.

—Quería ver cómo está esto…

—Pues aquí está…, ¿lo ves diferente?

—No, nada… Solo los trabajadores. —Miro hacia el granero y aparto la mirada enseguida.

Tantos romances encerrados en esas cuatro paredes. Un fotograma del pasado toma vida en mi cabeza con nitidez y quiero reír y a la vez llorar. No lo soporto. Miro a Zach para borrar ese momento de mi mente.

—¿Damos un paseo? —me invita.

—Sí, gracias —acepto, porque de verdad quiero hacer las paces con este hombre—. No sabía que estuvieras aquí.

—¿Dónde iba a estar?

—Tenía entendido que te dedicabas a los negocios con tu tío Drake.

—Pues hace mucho que no te ponen al día, por lo que veo. Ahora soy el capataz de la granja.

Abro los ojos como platos, pues nunca imaginé que finalmente lo fuera. Esto complica las cosas, se enfadará mucho cuando se entere de lo de la herencia.

—Finalmente cumpliste tu sueño —le digo alegrándome por él.

Aunque una parte de mí sabe cuál era su sueño en realidad. Casarse conmigo, tener hijos y llevar juntos la granja: yo iba a encargarme de cocinar pasteles de calabaza y venderlos y él sería el capataz. Al final, tampoco nos hemos alejado tanto del plan. Tenemos un hijo, yo preparo pasteles y él es el jefe.

—No del todo —dice, baja la mirada y sé a lo que se refiere

—Bueno…, seguro que la vida te ha deparado cosas mejores.

—Si tú lo dices.

Me doy cuenta de que no tengo ni idea de cómo es su vida. Lo imaginaba feliz, casado, trabajando de cualquier cosa en el pueblo o a las afueras…, y más feo y gordo de lo que está. Quizá deseaba que fuera así para no sentirme atraída por él.

—¿Y cómo están las cosas por aquí? ¿Cómo está el dúo?

—¿Mis hermanos? Buah, Chris está gordo y calvo. Solo como siempre. Y Troy, casado y con dos hijos.

—No te creo.

Me sorprende el modo en que me alegra saber de ellos. Paseamos entre los árboles de la plantación como tantas veces hicimos y acabamos sentados bajo un roble centenario. Chris era mi mejor amigo, era el guaperas del instituto, más que Zach incluso, puesto que era el pequeño; Zach el mediano y Troy siempre fue el mayor invisible, estaba claro que acabaría con una vida convencional. Chris y yo éramos los mejores amigos. Y estaba claro que acabaría solo también aunque jamás hubiera pensado que calvo y gordo.

—Mamá murió hace poco…

81

—Sí, lo sé. Lo siento tanto… —Mi corazón se hace añicos al ver la expresión triste que trata de esconder en la mirada.

Sonríe con nostalgia.

—Ha sido muy duro, pero prefiero no hablar de ello.

Uf, gracias a Dios que no saca el tema, porque no me siento preparada.

—¿Y tú qué? ¿Qué es de tu vida? Sabía que serías la madre sexi que siempre imaginé.

Le doy un codazo y nos reímos.

—Bueno, mi vida es algo caótica ahora mismo, pero bien.

—¿En qué trabajas? Dime, por favor, que diriges un restaurante especializado en calabazas.

—Pues casi. —Me río—. Tengo una pastelería en la que el pastel estrella es el de calabazas.

—Bueno, bueno, sabía que lo lograrías.

Un pequeño silencio nos envuelve y, aunque es extraño, no se hace incómodo.

—¿Eres feliz? —me sorprende de repente.

Hago un breve repaso a los últimos días de mi vida y contestaría con un no rotundo, pero debo decir la verdad. Y la verdad es que sí, soy feliz en Seattle, junto a Bonnie y a Josh.

—Sí, lo soy.

—¿Y por qué tenías un mal día ayer?

—Prefiero no hablar de ello ahora…

—Como quieras.

—¿Tú lo eres? —me atrevo a preguntarle yo.

—Bueno, dentro de mis posibilidades, sí, lo soy. Aunque también ha sido una época complicada.

—Imagino… ¿Te has casado? ¿Hijos?

—¿Casarme yo? No he encontrado a nadie que me caiga tan mal —bromea—. Pero vivo con Hannah desde hace dos años.

—¿Hannah, mi Hannah?

—Sí, Hannah, tu Hannah —responde avergonzado.

—¡Lo sabía!

—¿Qué sabías, lista?

—Sabía que os gustabais.

—Pero qué dices, loca, jamás me fijé en ella. Fue hace poco, hará dos años y medio, una tarde; por cierto, todo empezó hablando de ti; nos emborrachamos y pasó, y repetimos un par de veces y hasta aquí.

—Vaya, ¡qué romántico suena! —me burlo de él.

Hannah era mi mejor amiga en la escuela, aunque nos distanciamos cuando empezamos la universidad. Ella se fue a Nueva York a estudiar y ya nos perdimos la pista definitivamente cuando me fui a Seattle.

—No tenía ni idea de que había vuelto —le digo, pues pensaba que se quedó en Nueva York; era su sueño.

—Volvió hace tres años. Divorciada y con el corazón roto.

—Pues me alegro de que tú se lo reconstruyeras —miento, y siento una rabia inhumana de que estén juntos.

¿De qué van? No lo soporto. Pero finjo y lo hago genial.

—Tengo que irme.

—No te vayas aún…

—He de ir a por Bonnie.

—Bueno… —Ante lo de Bonnie no tiene mucho que decir.

—Un placer ponernos al día.

—Sí, lo mismo digo.

Le doy un abrazo y el tiempo parece detenerse. Me aprieta contra su cuerpo y nuestras caderas se juntan. Un abrazo de verdad, como diría mi pequeño. Nos separamos y sin pronunciar palabra me acompaña hasta el coche.

—¿Dónde está tu marido, Crystal?

—No tengo ni idea.

83

—¿Cómo?

—Hace dos días me desperté y no estaba en casa... No tengo ni idea de dónde está.

—Pero ¿ocurrió algo? ¿Cómo va a irse así teniendo un niño? Menudo cabrón.

—No te pases.

—Me paso si me da la gana. Si yo tuviera un hijo, jamás me alejaría de él. Pasara lo que pasara. Eso te lo aseguro.

Esas palabras se me clavan como un puñal, trago saliva y arranco el coche.

—Adiós, Zach.

Arranco y las lágrimas invaden mi rostro. Paro poco después, ya fuera de su vista, pues no puedo conducir, y lloro. Lloro por todo. No me doy prisa, me permito sufrir, que ya me toca. Pasan unos minutos y poco a poco me recompongo.

11

Zach, en la actualidad

«Maldita sea, ¿por qué coño ha tenido que volver ahora que por fin he pasado página? Y encima, está más buena que nunca. Es una mujer.» Mi cabeza va a mil por hora. Me siento torpe e imbécil. Cómo puede ser que esta mujer haga tambalearlo todo a su paso. Ya lo hacía de niña, no sé de qué me extraño. Tengo que avisar a Hannah de su llegada al pueblo, sé que será difícil para ella, pues en contadas ocasiones hemos hablado del pasado y le he sido muy sincero. Todo lo que pasó con Crystal, el modo en que desapareció sin decirme nada, aún es un misterio para mí. Desde el primer instante en que la he visto he querido gritarle por qué coño se fue de ese modo. Pero sé que no es el momento ni el lugar. Pero encontraré el momento como me llamo Zachary Hall.

—Cariño, a cenar. —La dulce voz de Hannah desde el salón me da fuerzas para contárselo.

—¿Sabes quién está en el pueblo?

—¿Quién?

—Crystal.

Se queda callada, la observo, tose y me dice:

—¿Es coña?

—Eso pensaba yo cuando la vi.

—¿Cuándo la viste?

—Ayer.

—¿Y me lo cuentas ahora?

—No caí —miento, y me lo nota.

—No me mientas.

—Lo que tú digas, cielo. No tiene importancia. Pero estaría bien que fueras a verla.

—No.

Su respuesta me coge por sorpresa. Siempre que hemos hablado de ella se ha mostrado amistosa y ha reconocido echarla de menos.

—Pero erais muy amigas, las más amigas.

—Sí, pero se fue y nunca contestó a mis mensajes. Además, ahora tú eres mi chico, no me apetece. Ya veo que a ti sí que te ha apetecido verla y hablar con ella. —Se pone a la defensiva y no me gusta.

—¿Qué insinúas?

—Dímelo tú. —Está enfadada y lo detesto.

—Mira, Hannah, no me va este rollito. Tu mejor amiga está en el pueblo. Si quieres verla, fenomenal; si no quieres verla, fenomenal también. Fin.

—De fin, nada. ¿Qué ha pasado? ¿De qué habéis estado hablando?

—Hannah, te estás portando como una niña.

Coge aire, cierra los ojos y empieza de nuevo:

—Disculpa, tienes razón, la noticia me ha dejado fuera de juego. No entiendo qué hace aquí. Me duele y a la vez me asusta. Sé lo que significa ella para ti.

—Lo que significaba —la corrijo.

—Lo que tú digas.

—Hannah, apenas hemos hablado. Está con su hijo visitando a su tía, e imagino que enseñando a su hijo su tierra, sin más.

—¿Qué has sentido, Zach?

EN LA TIERRA DE LOS PRIMEROS BESOS

—¿De verdad quieres hablar de esto ahora?

—Por supuesto. —Hannah deja los platos en la mesa y cruza los brazos. Está celosa, irascible y muerta de miedo, pero yo no pienso mentirle.

—Pues no lo sé, Hannah. Me ha descolocado. Me ha sorprendido y me ha traído recuerdos del pasado. Algunos buenos, otros malos.

—Dime que está vieja, fea y gorda.

Me río y Hannah sonríe. Hannah siempre fue la rubia guapa del instituto en la que nunca me fijé porque estaba demasiado enamorado de la morena guapa, divertida y alocada. Sigue siendo un pibón que más de uno querría en su cama, pero no puedo compararla con Crystal. Crystal es de esas chicas guapas que no parecen tontas, que se ve que son guais, inteligentes y con ese punto de locura y picardía que Hannah nunca tendrá.

—¿Hola? Tierra llamando a Zach. —Hannah se pone chula.

—Hannah, está como siempre. Sin más.

—¿Como siempre?

—Sí, no está vieja, ni gorda ni fea. Tú tampoco lo estás —le digo para animarla, y me acerco a darle un beso.

Pero se gira en seco y se va para la cocina. ¿Qué mosca le ha picado? Nunca se ha mostrado tan celosa con nada referente a Crystal. ¿Me ha mentido siempre o hay algo que le molesta?

—Hannah, creo que estás montando un drama —grito deseando que me oiga desde la cocina, pero no obtengo respuesta, así que prefiero pasar del tema y ponerme a cenar.

—¿Sabes lo que me putea? —Irrumpe de repente en el salón con cara de cabreo.

—A ver, sorpréndeme.

—Que aparezca de este modo, que ni me escriba ni me llame, pero que mi hombre ya haya hablado con ella.

87

—Eso son cosas vuestras. A mí tampoco me ha llamado ni escrito, me la encontré en el bar del pueblo y en la granja.

Abre los ojos como platos.

—¿Ha venido a casa?

—Hace un rato ha estado aquí, sí. Bueno, fuera, por la plantación.

—Alucino. ¿Pensabas contármelo?

—¿Qué coño se supone que estoy haciendo? Mira, me he hartado. Adiós. Cuando se te pase la rabieta, me avisas.

Me levanto y salgo dando un portazo. Lo que me faltaba. Cojo el viejo descapotable del abuelo y salgo cagando hostias. Malditas mujeres, no hay quien las entienda. No tengo por qué aguantar el sermón gratuito de Hannah. Necesito tomar algo. Algo fuerte y seco.

12

Crystal, en la actualidad

$\mathcal{N}$o puedo ir a por Bonnie en este estado, me arden las mejillas y tengo los ojos rojos. Llamo por teléfono a Dorothy. Llevo más de media hora metida en el coche en el desvío que lleva al pueblo. La radio no ha dejado de poner temas románticos que me han roto el corazón uno tras otro, y sigo sin noticias de Josh.

—Tía Dorothy, voy a ir a cenar con unas amigas para ponerme al día. ¿Cómo está Bonnie, le preparas algo de cena?

—Claro, está encantado, estamos viendo un programa de risa en la tele.

—Pásamelo, porfa.

—Mami, ¿dónde estás?

—He ido a dar una vuelta, ¿todo bien con la tía?

—Sí, estamos viendo la tele.

—Vale, cielo, ¿te importa si mami va dentro de un rato para casa?

—Tranquila, mami, si tienes cosas que hacer, estoy bien aquí.

La madurez de mi hijo siempre me sorprende, en eso se parece a Josh. Josh…, ¿dónde coño te has metido? Empieza a oscurecer y me siento aún más perdida que cuando llegué.

¿Cómo puedo localizar a mi marido? ¿Cómo puedo contarle la verdad a Zach?

Llamo a Josh sin ninguna esperanza, pero esta vez el teléfono da señal. Se me encoge el estómago y de repente oigo cómo cuelga al otro lado de la línea. «Maldito seas. Ya está bien. Aunque sea por Bonnie, capullo.» Me cabreo de verdad y decido enviarle un mensaje de WhatsApp ahora que tiene el móvil a mano. Tecleo desde la ira y sin pensar:

> Josh, sea lo que sea que esté pasando por tu mente, sé un hombre. Eres padre, te guste o no. Bonnie es tu hijo y te necesita. Hayas leído lo que hayas leído, sea yo lo hija de puta que seguro que crees que soy, Bonnie te necesita. Para Bonnie su padre ha desaparecido y está pasándolo mal. No entiende nada. Da señales de vida, joder.

Le envío el mensaje sin dudar y al instante veo que se marca como leído. «Contesta, joder, contesta», grito a la pantalla. Pero al momento veo que se desconecta y lanzo el móvil con rabia hacia los asientos traseros.

«Necesito una señal. Por favor, Señor, si existes, dame un puta señal.» Mientras maldigo a Josh y pido señales absurdas a alguien que se supone que es un dios todopoderoso, veo pasar el descapotable viejo de Zach a toda hostia por delante de mí. Va tan rápido que seguro que ni me ha visto. ¿Cómo puede ese trasto seguir funcionando? ¿Adónde va Zach tan deprisa?

Arranco el coche y salgo tras él. Necesito charlar con alguien, necesito emborracharme y dejar de pensar. Me cuesta seguirle el ritmo, corre demasiado. Cuando por fin para en un semáforo, me pongo a su lado y le toco la bocina.

—¿Estás loco o qué? —le digo cuando se da cuenta de mi presencia.

—¿Y tú vas a seguir siguiéndome o qué? —me contesta realmente molesto.

—¡Vete a la mierda! —le grito, y arranco el coche saltándome el semáforo.

Será capullo. Observo por el retrovisor cómo se salta el semáforo también y me sigue, se pone a mi lado y me chilla:

—¡Sígueme! —Acompañándose de un gesto con la cabeza, sutil, seco, sexi, tentador.

Y sin decir ni una palabra más gira a la derecha a toda velocidad. Lo sigo. Vamos rápido; me gusta, me excita, me hace olvidarme de todo. Aparca delante de un antro viejo al que no recuerdo haber entrado nunca.

—Necesito emborracharme —le confieso al bajar.

—Ya somos dos —me confiesa.

Entramos al local y nos sentamos en la abarrotada barra, está a reventar y la música rock me perfora los tímpanos. «Gracias, Señor, desde luego debes existir. La señal perfecta para dejar de pensar.»

—Un tequila —pido a la amable camarera con poca ropa.

—Que sean cuatro —corrige Zach.

—¿Cuatro? Nuestro récord estaba muy lejos de esa cifra —le recuerdo.

—Tienes razón, ratita. Que sean ocho, guapa —le dice Zach a la camarera mientras le mira el culo y le guiña un ojo.

—¿Problemas matrimoniales? —me atrevo a preguntarle.

—No eres la más idónea para juzgar algo así.

—Tienes razón. Uno a cero —le digo, entrechoco mi chupito con el suyo y me lo bebo de un trago.

Zach abre los ojos de par en par y me sigue el ritmo.

—Guapa, te has olvidado algo.

Entorno los ojos y un leve mareo me sorprende. Hace

91

años que no bebo y no he comido nada en demasiadas horas. Zach se pone sal en la muñeca, como solíamos hacer, y coge el limón.

—Por los viejos tiempos. Chupa —me dice mirándome fijamente, y me tiende la muñeca.

Saco la lengua sin reparos y lamo la sal justo antes de absorber el limón que me tiende con la otra mano. Él hace lo mismo.

—Ufff —me quejo por el amargor del limón, que me arde en la boca.

—Veo que sigues siendo la misma.

—No tienes ni idea de lo que dices. Hace años que no hago esto.

—No lo parece. —Duda de mí.

—Te lo juro —afirmo, y tomo mi segundo tequila sirviéndome yo misma la sal y el limón.

Bebemos, sin apenas hablar, como si beber hiciera olvidar, borrara sentimientos y nos nublara la memoria. Suena «You shook me all night long» de AC/DC por los altavoces y yo siento que cantan para nosotros; sin duda estos tequilas me llevan derechita al infierno y me recuerdan las noches de sexo con este hombre que tengo enfrente. No debería estar aquí, no debería beber… Antes de que pueda seguir, mi cabeza se evade y solo siento ganas de cantar y seguir bebiendo.

Tomamos la tercera sin apenas dejar tiempo entremedio y mi mareo se acentúa.

—¿Por qué corrías tanto con ese trasto? —pregunto chillando y borracha para que me oiga por encima de la música.

—Me gusta hacerlo rápido —me dice con voz sexi, guiñándome un ojo.

El alcohol nunca ha afectado a este hombre como a mí; está alegre, pero ni de lejos va borracho como yo. Un escalofrío me sacude entre las piernas. Me excita su mera presencia.

—No deberías beber así. Te lo permito porque estoy yo aquí. Que lo sepas.

Estallo en una carcajada. ¿Quién coño se cree que es?

—Ya pasó la época en la que tenías que hacer de papi protector conmigo. Ahora la madre soy yo.

—Me la suda. Así de borracha es peligroso, podrían hacerte lo que quisieran ahora mismo.

—Eres un ma… machista. —Hablo con dificultad por el alcohol—. Tengo total control de la situación. Nadie lograría que hiciera algo que no quiero hacer.

—Dos tequilas más, tesoro —le pide a la tía buena de detrás de la barra.

Se los sirve al instante y se los bebe. ¡Joder, cómo puede beber tanto! Ya lleva seis, ahora sí que tiene que estar borracho.

—Harían lo que quisieran ahora mismo contigo, ratita.

—Estás flipando.

—¿Quieres que te bese?

—Nooo. Pobre de ti, te mato —le digo.

Es lo último que quiero, lo que me faltaba. Por los altavoces ahora empieza a sonar «Highway to hell» y me pongo a cantarla, coqueta y tentadora. Zach me mira fijamente y sin vacilar me agarra por ambos lados de la cara y me besa. Me besa sin darme opción, su lengua se cuela en mi boca y sabe a limón y a alcohol, me sabe a infierno, a fuego, a pecado. «No, no, no, ¿qué estoy haciendo?», me pregunto mientras saco mi lengua y recorro la suya, muy excitada y mareada. Zach se detiene en seco y me deja con ganas de más, con la boca entreabierta y los ojos cerrados. Me recoloco con la poca razón de la que aún dispongo y Zach, serio, me alecciona:

—¿Lo ves? Podría haberlo hecho cualquiera.

—Eres un gilipollas —le suelto, junto a una hostia que le vuelve la cara.

Me levanto tambaleándome y, antes de que me dé tiempo a girarme, me tira del brazo y me sienta de nuevo en la silla.

—Ni de coña te vas así... Hay que bajarte este morado —me dice protector mientras AC/DC siguen cantando por los altavoces a todo volumen.

—¿Quién te crees que eres? —le digo sin saber de lo que hablo.

—Ahora mismo, tu conciencia. Vamos, no te quejes tanto. Sé que te ha gustado.

—Estoy borracha, cállate.

—Sí, sí, ya se nota. Me gusta ver que aún sabes desmelenarte.

—Pues claro —miento, pues hace más de diez años que no pierdo el control.

—¿Te apetece una partida de dardos? Nos encantaba jugar borrachos.

—Hay muchas cosas que nos gustaba hacer borrachos y no por eso lo vamos a repetir ahora —le digo rememorando los polvos que echábamos en su camioneta. Qué irresponsables, espero que Bonnie nunca haga esas cosas. Me sale la vena maternal.

—Y lo que nos gustaba... Vamos, yo invito a los dardos, necesitas moverte.

—Vaaale —le digo mientras me levanto y le doy la mano para que me guíe.

Siempre le ganaba a los dardos, pero sé que me dejaba ganar. Soy malísima. Jamás he logrado ganar a nadie más.

—¿Recuerdas nuestro primer beso? —me pregunta alzando la voz entre la multitud y la música.

—Si me dejas ganar, te dejo besarme —le recuerdo la frase exacta que le dije antes de nuestro primer beso.

«Joder, me acaba de besar. Uf, me ha puesto mucho. Le odio, será cabrón.» Mil sentimientos revueltos, turbios y desordenados me atraviesan la mente.

—Exacto. Y te dejé ganar. Me moría de ganas de besarte. Como hace un rato.

—Estás borracho.

—Pues anda que tú, guapa. Vamos, lanza —me dice, y me tiende un dardo—. Si ganas, quizá tienes suerte y te beso.

Definitivamente este es mi Zach. El chico duro creído del que me enamoré cuando era una niña tonta e inexperta. Lanzo y evidentemente el dardo ni toca el tablero.

—Como sigas así, te quedarás sin beso.

Zach, borracho, coge el dardo y lanza directo a la diana.

—Cabrón, sabía que me dejabas ganar. —Le saco un dardo de la mano y lanzo. Esta vez sí toco el tablero, aunque muy lejos de la diana.

—Bien, ratita, bien, vas mejorando.

—No te atrevas a llamarme más así.

—Lo que tú digas. —Lanza y acierta de nuevo en el centro.

—¿Vienes mucho aquí a emborracharte y jugar a los dardos o qué? —le pregunto poniéndome chula.

—Más de lo que querría.

—¡Eres un borracho!

—Soy un hombre con el corazón roto. Es diferente.

—Oh, vaya, qué pena. ¿Tu Hannah no te lo ha curado ya? —Saco la rabia sin poder evitarlo.

—¿Tu marido no ha aparecido ya? —El gilipollas se venga.

—No tiene gracia —le digo, y vuelvo a lanzar. Zach se descojona de mi puntería y a mí me da la risa también—. Soy malísima, mala de cojones.

—Sigues hablando tan mal como recordaba.

—Solo cuando estás tú delante.

—Oh, en ese caso, ¿te llevo por el mal camino?

—Sí, como siempre.

—Anda ya. Éramos la hostia juntos y lo sabes.

—Sí, lo éramos… —contesto nostálgica, y eso le cambia el rostro.

Como por arte de magia, empieza a sonar nuestra canción por los altavoces. «Just breathe», de Pearl Jam. Solíamos cantarla mientras hacíamos el amor; de hecho, una imagen que siempre he tenido clavada en la retina es el cuerpo de Zach encima de mí en el granero susurrándome la letra de la canción entre besos y embestidas. Memorias de un pasado que cada vez tengo más presente, más nítido. Se da cuenta y me canta la canción flojito.

I don't want to hurt.
There's so much in this world
to make me believe.
Stay with me.
All I see.
Did I say that I need you?
Did I say that I want you?

—¿Por qué te fuiste de esa manera? ¿Qué ocurrió?

Se me pasa la borrachera de golpe. No puedo responder a eso ahora.

—¿Has pedido tú que pongan la canción?

—Culpable. ¿Por qué te fuiste así?

—Es largo, Zach. —Me preparo para lanzar, pero me quita el dardo de la mano.

—Tengo toda la noche para escucharlo y todo el día de mañana si hace falta.

—No, Zach. Tienes una mujer en casa esperándote, seguramente preocupada. Y yo un hijo. Debo irme —le digo, y de repente me entran muchas ganas de marcharme.

Trato de andar hacia la puerta, pero Zach me cierra el paso con su cuerpo.

—No, otra vez ese numerito de tengo que irme no cuela.

Zach aprieta los dientes, porque aunque le joda, sabe que tengo razón. Ya no somos niños, ni novios. Él tiene a Hannah y yo todo mi desastre de vida. Debemos ser francos. Aunque a su lado parezca que el tiempo no ha pasado, sí lo ha hecho. Y eso es innegable.

—Sí, debería irme ya, se han hecho las tantas. Pero tú vas a contarme por qué te fuiste de ese modo y por qué no volviste a dar señales de vida. No puedo seguir viviendo sin saber eso.

Lo miro a los ojos y veo que no bromea, realmente parece herido.

—Te prometo que no me iré sin contártelo. Es lo mínimo.

—Prométemelo.

—Ya lo he hecho.

—No, hazlo como lo hubieras hecho doce años atrás.

—No puedo —digo recordando nuestro peculiar modo de prometernos las cosas.

Siempre sellábamos nuestras promesas con besos. Besos con lengua.

Zach me acerca a su cuerpo y me susurra al oído:

—Prométemelo. —Está borracho.

—Te lo pro… —trato de decirle cuando, entre sus brazos, veo justo detrás de él la silueta de Josh en la puerta.

Siento que voy a perder el equilibrio y el control cuando me doy cuenta de que no es una alucinación. Me zafo de un empujón de sus brazos y corro hacia Josh.

—¡¡Josh!! —grito, pues me doy cuenta de que no me ha visto y que parece buscarme entre el gentío.

Casi me tropiezo al llegar hasta donde está y cuando me ve se apresura a cogerme.

97

—¡Dios santo, Crystal, estás borrachísima! Apestas —me dice, y busca por encima de mi cabeza si estoy con alguien—. ¿Estás sola?

Me giro y veo a Zach acercarse dando zancadas. Mierda, debe pensar que un extraño me está agarrando. Cuando está suficientemente cerca para partirle la cara a Josh, me giro y le digo:

—Sí, cariño, estoy sola.

Zach me mira, se detiene un milisegundo y pasa de largo, lo veo salir del local iracundo y subirse a su coche; todo pasa muy deprisa. Arranca a toda hostia y desaparece. Un vacío atroz me sacude las entrañas y siento que voy a vomitar.

—Crystal, te estoy hablando. ¿Hola? ¡Estás fatal! Nunca te había visto así. ¿Has perdido el juicio? ¿Dónde está Bonnie?

Al oír sus palabras me recompongo al instante y me zafo de su mano.

—¿Qué coño te crees que pasa? Desapareciste. Me dejaste sola con Bonnie, ¿y pretendes que esté bien?

—Perdona, pero el que está jodido soy yo, no te hagas la víctima.

Lo miro con cara de cabreo y me doy cuenta de que tiene razón.

—¿Dónde está Bonnie? —repite con impaciencia.

La borrachera aún me permite ver su estado de enfado.

—Con mi tía.

—¿Con Dorothy?

—Sí.

—Menos mal. Eres una insensata viniendo aquí sola a emborracharte. ¿Pensabas conducir así?

—No lo sé.

—Vámonos. Vamos a casa.

—¿A casa?

—Sí, a casa, Tenemos mucho de lo que hablar —me dice mientras me saca casi a rastras del local.

—No puedo…

—¿No puedes qué?

—Vamos a casa de Dorothy. Necesito dormir primero.

—Sí, de eso no cabe duda. —Está muy enfadado y se le nota.

Josh no puede ocultar su manía por el autocontrol. Es todo lo opuesto a Zach. «Zach, mierda, lo he dejado tirado.»

—¿Qué haces aquí, por cierto? —le pregunto mientras intento andar en línea recta sin perder el equilibrio. Tarea ardua ahora mismo.

—He estado aquí todo el tiempo, en el pueblo. He salido a dar un paseo y he visto tu coche fuera aparcado fatal. Imposible no verlo —me regaña—. Deberías aparcar mejor.

—¿Vas a dejar de regañarme?

—Cuando dejes de comportarte como una niñata. Tu mensaje me ha hecho recapacitar.

—¿Mi mensaje? —Estoy tan borracha que no recuerdo ni lo que le he escrito.

—Bonnie no tiene la culpa de tu insensatez. Es solo un niño y es mi hijo.

Por primera vez esa frase se me hace extraña. Sí, él lo ha criado, él ha hecho de padre. Pero no es su padre. Necesito dormir. Me alivia que esté aquí. Podré dormir tranquila. Me alegro por Bonnie, y soy incapaz de pensar en nadie más. Excepto en Zach, en su olor y en el modo en que me ha besado. En el modo en que me mira, en que le gusta verme auténtica, desmelenada y viva. Josh siempre ha tratado de cambiarme, de frenarme, pero yo no soy así.

Me doy cuenta de lo poco que me conoce Josh en realidad y de lo mucho que siempre le he mostrado lo que él quería ver con tal de ocultar mi verdadero yo. Para parecer más madura, más responsable. ¿A quién pretendía engañar? Llevo años tratando de borrar quién soy, pero ver a Zach me lo ha recordado. Solía estar viva y él no trataba de frenarme ni cambiarme. Solía cantar a pleno pulmón mientras Zach me miraba embobado. Ya no sé quién soy, no sé lo que quiero. Vomitar. Quiero vomitar.

13

Me levanto con tanto dolor de cabeza que me quiero morir. Maldita sea. Estoy sola en mi habitación de cuando era una niña. No recuerdo nada de anoche, solo estar bebiendo con Zach y luego ver a Josh. «Un momento, un momento. ¡Josh!» Salto de la cama para comprobar si ha sido un sueño, todo lo que se refiere a ayer está borroso y turbio. Zach se cruza en mi mente, su lengua, su aliento. «Oh, joder, besé a Zach.» Me toco los labios con la yema de los dedos y al recordarlo un leve cosquilleo me recorre las costillas. ¿Cómo pudo haber pasado? ¿Nos vio Josh? La cabeza me va a estallar. Corro escaleras abajo buscando a mi pequeño.

—¡Bonnie! —lo llamo con desesperación, parece no haber nadie en casa.

Me cuesta hasta caminar cuando oigo la risa de Josh en el patio trasero. Me asomo por la ventana de la habitación de Dorothy y alcanzo a ver a Josh jugando en el jardín con Bonnie. ¡Uf, qué alivio! Josh ha vuelto y tengo mucho que hablar con él, pero antes de nada necesito una ducha.

Salgo al jardín algo más entera y sintiéndome mejor después de la ducha. Bonnie corre hacia mí.

—Mami, ¡papi está aquí!

Miro a Josh y le sonrío, pero él aparta la mirada.

—Le quiero enseñar la parroquia y la coral.

—Oh, genial, cariño —le digo mientras le doy un abrazo y un beso de buenos días.

—Buenos días —me dice Josh sin ganas—. ¿Estás mejor?

—Algo mejor, gracias... Anoche yo...

—No importa. Pero podría haberte pasado algo. No deberías beber de ese modo.

Esas palabras me suenan. Zach me dijo anoche exactamente lo mismo y segundos después tenía su lengua en mi boca. «¿Cómo he podido?»

—Cariño, ¿por qué no vas adentro un rato a ver la tele? —le pido a mi hijo mientras le guiño un ojo; necesito hablar a solas con Josh.

—Vale, mami. ¿Luego iremos juntos a la parroquia? ¡Porfi, porfi!

—Claro —le digo, y detesto que le guste tanto ese maldito lugar al que a mí me tenían que llevar a rastras.

Me acerco a Josh y le doy un beso en la mejilla.

—Menos mal que estás bien. Estaba realmente preocupada.

—Sí...

—Josh...

—Es muy fuerte lo que me has hecho. Me has mentido de un modo que no podré perdonarte jamás. Ni siquiera quiero hacerlo. Solo he venido por Bonnie, él no tiene la culpa. Él aún cree que soy su padre.

Sus palabras me duelen, sobre todo porque él tampoco se ha comportado de un modo nada honesto, interceptando mi correspondencia. Pero supongo que eso ahora no tiene importancia en comparación con su duda.

—Eres su padre —le corrijo.

—No, no lo soy.

—¿Cómo puedes decir eso? ¿Qué más da de quién sea biológicamente? Tú lo has visto nacer, lo has criado. Eres su padre.

—Eres una mentirosa.

—Josh, por favor. —Rompo a llorar y trato de abrazarlo, pero me aparta con desprecio—. Yo no lo sabía…

—¿No sabías qué? No me mientas más.

—Es una larga historia…

—Oh, ¿en serio? Y no has tenido suficiente con diez años de relación para reunir el valor de contármela. ¿Tienes idea de cómo me siento ahora mismo? No entiendo nada. No sé quién es esa tal señora Hall, ni quién es Zach. ¿Por qué coño no sé nada de tu pasado? Ya no sé ni quién eres.

—Sigo siendo la misma de hace una semana.

—Pues yo no te veo igual. No puedo. Me has destrozado. No sé ni cómo mirar a mi hijo a los ojos.

—¿Por qué te fuiste de esa manera? Siempre lo hemos hablado todo…

—Ah, sí, ¿en serio? —responde con ironía; tiene razón: todo no, ni por su parte ni por la mía—. ¿Él lo sabe?

—¿Bonnie?

—No, Bonnie ya supongo que no… El padre.

—No… No he sabido cómo decírselo —reconozco avergonzada.

—Pufff. Eres un ser terrible.

—No te pases. No es lo que crees, sucedió algo la última noche que pasé en este pueblo. Algo muy traumático que solo sabía una persona, Dorian. Por eso nunca te conté que el bebé podía no ser tuyo, tenía miedo.

—Crystal…, no hay excusa.

—Lo sé.

—¿Vas a contármelo de una vez por todas?

—Sí.

Cojo aire, hago de tripas corazón y trato de recordar sin que me duela. Demasiados años bloqueando ese recuerdo.

14

Crystal, hace once años

ℋan pasado dos meses enteros, eso es demasiado tiempo, no lo soporto más. Odio la universidad, odio estar siempre estudiando y lejos de Zach, necesito estar a su lado. Nos llamamos cuatro veces por semana, pero para mí es muy poco. Con el cambio horario, los exámenes y sus largas jornadas de trabajo, no logramos encontrar momentos para hablar y nos ha sido imposible vernos más que una vez el mes pasado. Yo no he vuelto a Mount Pleasant, fue él quien vino a verme hace dos semanas. Desde luego, esto no es lo que habíamos planeado, y por ello he comprado un billete a casa sin avisar a nadie. Quiero que sea una sorpresa.

Es la fiesta de Halloween, nuestra época del año favorita, la de la recolección de las calabazas; será la mejor sorpresa del mundo. Zach no se lo espera, me muero por verle la cara cuando yo aparezca por allí. Desde el verano nos hemos distanciado mucho y lo estoy pasando francamente mal. Cuando Zach vino a verme lo pasamos bien, estuvimos dos días enteros sin salir de la habitación, hablando, haciendo el amor, contándonos lo mal que lo estábamos pasando separados… Fue extraño, algo era diferente… El tiempo pasa para todos. He querido ser la alumna ejemplar que mis padres hubieran deseado, me he centrado demasiado en las clases y no he podido estar por Zach tanto como me gustaría.

Hemos discutido mucho y realmente creo que lo mejor es ir para casa y arreglar las cosas.

La semana pasada por teléfono discutimos tan fuerte que le dije que ya no quería estar con él nunca más. Me reprochaba que no tuviera tiempo para él y que, si no hubiera sido por su visita, no nos habríamos visto en meses. Me pareció egoísta y acabamos discutiendo tan fuerte que le dije cosas que realmente no pensaba. Mi orgullo me jugó una mala pasada. Me arrepiento y por ello quiero darle esta sorpresa y arreglar las cosas. Sé que no se lo espera, debe estar dolido y enfadado.

No hablaba en serio, ¡maldita sea!, estaba confundida, después de estar juntos su partida me dejó tocada, sensible y sola. Pero tras esta semana sin hablar me he dado cuenta de que no puedo vivir solo por lo que mis padres hubieran querido. Ellos ya no están, y esta es mi vida. Si hay algo que tengo claro es que amo a Zach y que quiero cumplir nuestro sueño de llevar juntos la granja. Cojo las maletas y me dirijo al aeropuerto. En pocas horas estaré en casa.

Llego al pueblo muy tarde y lo primero que veo son los fuegos artificiales del *Fall festival* anual. Decido no pasar por casa e ir directa a ver a Zach. No me apetece dar explicaciones a mi tía, así que arrastro la pesada maleta hasta la granja y la dejo en el granero.

No veo a Zach por ningún lado, debe haber ido a la fiesta. Me cambio de ropa, me pongo algo más atrevido, y salgo para el pueblo.

Cuando llego al recinto hay tanta gente que me cuesta moverme entre la multitud; todo el mundo me saluda y me desanimo al pensar que ya no podrá ser una sorpresa, seguro que alguien le dirá a Zach que estoy aquí.

—¡¡Crystal!! —Oigo detrás de mí la voz estridente de mi mejor amiga.

—¡Hannah! ¡Sorpresa! —le digo feliz.

—¡Has vuelto, qué bieeen!, ¿no pensabas decírmelo?

—Nadie lo sabe, estoy buscando a Zach para darle una sorpresa.

—Está por ahí, lo he visto, pero hace un buen rato que no sé dónde está. Iba con sus hermanos.

—Como siempre.

—Síií. ¿Y tú qué?, ¿qué tal la vida de universitaria? —Me da un fuerte abrazo.

Yo solo pienso en encontrar a Zach.

—Una mierda, luego te cuento todo con detalles. Te he echado de menos —le confieso a mi mejor amiga del instituto. Tengo tanto que contarle…, pero puede esperar.

—Pues anda que yo, me he liado con Brian, ¡por fiiin! —me dice, y se lanza a mis brazos de nuevo.

Me alegro por ella, lleva años colada por él. Está borracha, se la ve feliz. Decido tomar una copa y seguir buscando a Zach.

No hay rastro de él por ningún lado, veo a sus hermanos con dos chicas en una esquina del local donde está toda la gente reunida y decido ir a preguntarles. Al verme ponen la misma cara que si hubieran visto un fantasma.

—¿Qué demonios os pasa? ¿Tan cambiada estoy?

—Eh, Crystal, no, no. —Mi mejor amigo Chris se comporta como un bobo y me extraña mucho—. No sabemos dónde está Zach. No ha venido con nosotros.

Al momento de pronunciar esa mentira sé que algo ocurre, pues Hannah me ha dicho que han venido juntos a la fiesta. Un nudo en el estómago me impide decirles nada, me doy media vuelta y me prometo encontrar a Zach. Recorro el local dos veces más sin resultado. Me enfado muchísimo, no entiendo nada, llevo muchas horas de viaje y

107

esto no es lo que esperaba. Estoy agotada. Salgo del local y decido mirar en el callejón, ¿y si le ha pasado algo? Apenas me da tiempo de sostener ese pensamiento cuando veo la imagen más demoledora de toda mi vida. Es la camioneta de Zach, hay alguien dentro, corro hacia allí pero no está solo. Tiene una chica enredada en su cuerpo. Se me hiela el corazón. La chica se mueve encima de él con tanto frenesí que me dan arcadas. No puedo respirar, me fallan las piernas. Me apoyo en la pared para no caer redonda al suelo. No puedo moverme. Tomo aire, vuelvo a mirar y la imagen de Zach, borrosa por mis lágrimas, debajo de ella se clava en mi cerebro. La copa que he tomado empieza a surtir efecto en mí.

Cojo una piedra que tengo entre los pies y la lanzo contra su coche. Zach reacciona al instante y al verme se le desfigura la cara. No pienso quedarme aquí y darle el gusto de pedirme perdón. Salgo corriendo y, aunque Zach sale del coche, imagino que vestirse y ponerse los zapatos no es tarea fácil para él. «¡Lo odio! Lo detesto. ¡Es un hijo de puta! ¿Cómo ha podido hacerme esto? No me lo merezco. ¿Por qué diablos le dije de dejarlo? ¡Soy imbécil!» Corro entre lágrimas, apenas veo la carretera cuando unos focos me ciegan de frente.

—Hey, belleza, ¿te llevo a alguna parte? —Un chico al que no he visto nunca con dos amigos me invita a llevarme en su coche.

Estoy furiosa, tan furiosa que nada me parece una locura. Es tarde, tengo frío y no quiero que Zach me alcance. Ni hablar.

—Sí, llevadme a casa, por favor.

—Oh, claro, nena. Sube —me dice con un aire chulesco que me repugna. Se dirige a sus amigos con desprecio—: Bajaos, pringados, que tengo mejor compañía.

Trato de decirle que no hace falta que eche a nadie, pero

es tarde. Han bajado de un salto por la puerta trasera y nos quedamos los dos a solas.

—Te llevo a casa —me dice, y me rodea con un brazo.

Al instante sé que no ha sido una buena idea.

—Pero si no te he dicho dónde vivo —le digo borracha y muerta de miedo.

—Ni falta que hace.

—Me bajo. Para, por favor —le digo a la vez que trato de sacar su brazo de mi cuello, pero el extraño chico cierra el seguro de la puerta y me agarra aún con más fuerza.

Me entra un miedo atroz y la imagen de Zach follándose a otra chica me hace desear la destrucción, así que cierro los ojos, respiro profundamente y me dejo llevar. Lloro por dentro sin derramar ni una lágrima más cuando el chico toma un desvío que está muy cerca de la granja. Con suerte, para cerca y podré escapar. Pero nada de esto ocurre. Pone el freno de mano en una zona boscosa y, sin que me dé tiempo a impedirlo, se abalanza encima y me toca las tetas mientras me besa a la fuerza. Me entra tanta rabia que empiezo a golpearlo y a chillar pidiendo auxilio.

—Oh, sí, nena, chilla. Cuanto más chilles, más fuerte te voy a follar.

—Eres un cerdo, suéltame. ¡Te voy a matar!

—Yo sí que te voy a matar —me dice al oído mientras me agarra del cuello y me aprieta hasta que me falta el aire.

Me doy cuenta de inmediato de que lo mejor será dejarle hacer y desear que acabe rápido. Me arranca la camiseta mientras me lame la oreja. Siento tanto asco que podría vomitar aquí mismo. La rabia se esfuma y se convierte en miedo, en mucho miedo, y empiezo a llorar tanto que el chico se enfada.

—Como no dejes de llorar y empieces a disfrutar, te vas a enterar.

Temo por mi vida, por primera vez en toda mi existencia,

109

tengo miedo de verdad. No sé quién es este chico, no sé de lo que es capaz, solo siento sus manos arrancándome la ropa con tanta fuerza que me duele. Dejo de ofrecer resistencia, dejo de llorar y trato de pensar en Zach. «Zach, por favor, ayúdame, ayúdame», repito una vez tras otra en mi cabeza mientras noto cómo el hijo de puta que tengo enfrente se escupe la mano y me moja la vagina para penetrarme. «No puede ser, no puede ser. ¡Socorro!», solo repito eso en mi cabeza y de repente el tío me empuja para que pase a los asientos traseros, me paralizo, me dejo hacer, no reacciono, me duele y siento cómo me penetra con fuerza, contra mi voluntad, y desaparezco. Me penetra con fuerza durante tres o cinco minutos que se me hacen eternos. «Me están violando, me están violando», es todo lo que mi cabeza alcanza a pensar y la imagen de Zach follándose a la otra es todo lo que puedo visualizar. Traumático, duro, insoportable. Me dejo violar, lo hago por miedo, por rabia, por ganas de morirme y, sin darme cuenta, pierdo el conocimiento.

Recobro la conciencia y lo primero que noto es un sabor metálico en la boca, el suelo duro bajo mi cuerpo dolorido y mucho frío. Recupero el conocimiento poco a poco y trato de sentarme. Estoy a un lado de la carretera, no pasan coches, me coloco bien la ropa, como puedo, y trato de ponerme de pie. Estoy viva. Empiezo a llorar de nuevo sin poder detener el llanto. Veo unos focos a lo lejos y trato de aguantar el equilibrio. Alzo la mano en busca de ayuda y veo el coche acercarse. La voz familiar que oigo a continuación me salva la vida:

—¿Crystal?

No consigo responder.

—Crystal, ¿qué te ha pasado? —Reconozco la voz de la madre de Zach y veo cómo baja del coche para ayudarme—. Cielo santo, ¿qué te han hecho? ¿Qué te han hecho? —grita, y alza las manos hasta la cabeza.

Me abre la puerta y me ayuda a subir a la camioneta. La cabeza me da vueltas, siento la mano de Dorian en mi rodilla.

—Tranquila, angelito, estás a salvo.

La miro con la mirada aún turbia y solo alcanzo a pronunciar:

—Gracias.

15

Crystal, en la actualidad

Miro a Josh a los ojos fijamente mientras el recuerdo me abruma. Demasiados años sin pensar en ello, sin recordarlo. Logro mantenerme entera y fría y, para mi sorpresa, consigo contener la ira, la pena y las lágrimas. No puedo decir lo mismo de Josh, que aprieta su mandíbula sin pronunciar palabra.

—Sé que no excusa nada, es solo que… no quería hacerlo real, no quería recordarlo.

—Pero no lo.entiendo. Entonces, ¿el hijo no es de Zach?, ¿es de ese maldito…?

—No tenía ni idea. No lo sabía… Pero ahora lo sé, cuando Bonnie empezó a crecer supe que era de Zach, porque se parece mucho a él. Lo siento tanto…

—Pero ¿qué pasó después? No entiendo nada.

—Dorian me llevó a la granja, yo no le conté nada pero ella vio mi estado, la sangre entre mis piernas y mi ropa desgarrada. Lo supo. Me pidió que fuera a denunciarlo, intentó convencerme por todos los medios, pero le supliqué que no me obligara a hacerlo. Que mi vida corría peligro y que me prometiera que jamás se lo contaría a Zach. Yo era como una hija para ella y se lo hice jurar. No tuvo más remedio que prometérmelo. También tenía miedo de que el agresor pudiera vengarse si lo denunciábamos, tampoco sabía quién era. Solo quería olvidar.

—¿Y te fuiste?

—A la mañana siguiente. Me recompuse y me fui. El resto ya lo sabes…

—¿Te cambiaste de universidad?

—Sí, no quería que Zach me encontrara, así que solicité el cambio y tuve suerte, en dos semanas me lo concedieron. Ahí nos conocimos. Te dije que estaba perdida porque me sentía sola… La verdad es que estaba aterrorizada, pero tú te hiciste mi amigo, me diste seguridad, hicimos el amor, nos enamoramos y… al mes me enteré de que estaba embarazada, podría haber sido de cualquiera, de cualquiera de los tres. —Las lágrimas ahora sí inundan mi cara y Josh me abraza.

—Joder, Crystal. Deberías habérmelo contado. No me hubiera importado en absoluto.

—Tenía miedo. Podía ser tuyo…, pero podía ser del violador. ¿Y si fuera de él? No hubiera querido a mi propio hijo. No decírtelo fue mi seguro, sentí que era tuyo y eso me hizo desear a nuestro hijo más que a nada. Me engañé para superarlo. Perdóname, por favor.

—¿Sabes?, ahora entiendo cosas. Lo ausente que estabas algunos días, tus lágrimas que excusabas con la ausencia de tus padres, estar lejos de casa, todo era por Zach, ¿verdad?

—Sí… —le digo bajando la cabeza—. No fue fácil dejar toda mi vida atrás, mis sentimientos. Solo era una niña a la que acababan de partir el corazón y violar… Conocerte me ayudó a enterrar el pasado y no querer volver.

—¿Y cómo supo Dorian que Bonnie era su nieto?

—Porque Zach de pequeño era idéntico a Bonnie, y una madre sabe esas cosas.

—¿Seguisteis en contacto, entonces?

—No, nunca, pero mi tía Dorothy debió ponerla al día y enseñarle fotos.

—Uf. —Suspira Josh tocado—. Esto es tan duro para mí... Saber que Bonnie no es sangre de mi sangre... Pensar que te violaron. Es demasiado. Es surrealista.

—Lo sé... Cuando me di cuenta era demasiado tarde, no ha habido día que no haya deseado contártelo, pero llegados a este punto, era demasiado tarde.

—¿Has visto a Zach?

—Sí.

—¿Y?

—No he tenido coraje, no sé cómo decírselo...

—Pero el testamento... has de entregarlo. Se cumple el plazo.

—Por favor, necesito un abogado y tú eres el mejor que conozco. —No creo que sea el momento de echarle en cara que él tiene buena parte de la culpa de que estemos al límite del plazo, por ocultarme la carta—. Entrégalo por mí, renuncia a la herencia de nuestro hijo.

—¿Me estás pidiendo que vaya a ver a tu ex, al padre de mi hijo, y le diga todo lo que esa señora quería que le dijeras tú?

—Sé que no puedo pedirte eso.

—Lo siento, pero no. Crystal, llevo muchos días dándole vueltas.

—¿Dónde has estado?

—Hospedado en las afueras armándome de valor para plantarme delante de Zach y partirle la cara.

Sé que lo dice en broma y me hace sonreír.

—No es tu estilo...

—Lo sé, pero es todo lo que deseo.

—¿Me podrás perdonar?

—No lo sé, Crystal. Necesito tiempo.

—No vuelvas a dejarnos, por favor, por favor.

—Mientras me contabas tu historia, he comprendido que este es un capítulo que debes cerrar. Y debes hacerlo por ti misma. Tú sola. Yo no pinto nada aquí.

Veo a mi marido rebuscar en su maletín.

—Ten, es el teléfono de un buen abogado que conozco y es de la zona. A mí esto me supera.

—Josh...

—Necesito tiempo, Crystal...

—No te vayas —le digo, y le tiendo la mano.

—No voy a irme a ninguna parte por ahora. Os voy a esperar en casa, cuando llegues lo hablaremos y tomaremos una decisión. Siento mucho no poder apoyarte en esto.

—¿Te vas a casa?

—Nunca debí haber venido. Ni abrir esa maldita carta. Esta es tu vida. Has de arreglarlo tú. Yo, de verdad, no puedo.

—Lo entiendo...

—Me gustaría ayudarte, estar a tu lado y entenderte. Pero no lo logro entender. Has tenido muchos años para sincerarte. Sabes cómo soy. Sabes que soy un tipo sensato, nada visceral, lo hubiera entendido.

—He sido una cobarde.

—No nos culpemos más. Soluciónalo. Decide qué quieres para Bonnie. Cuéntale la verdad...

—Pero no puedo hacerlo sin ti.

Josh se queda callado y lo abrazo con fuerza. Oigo unos pasos detrás de mí y sé que es mi hijo.

—Pequeñajo, danos un abrazo —le pide Josh.

—Abrazo cósmicooo —grita Bonnie, y se lanza a nuestros brazos.

Y todo el miedo de estos días se desvanece en un instante, cierro los ojos y doy gracias por ello. Y comprendo. Ahora es Josh quien necesita tiempo.

—Me voy a ir a casa. Tú te quedas unos días más aquí con mamá, ¿vale? Tiene muchas cosas que contarte y enseñarte.

—¡Oh, nooo, no te vayas!

Las súplicas de mi hijo me parten el alma.

—Cuando volváis a casa pasaremos tiempo juntos. Te lo prometo.

—Pero yo tendré que volver al colegio esta semana...

—Eso no es lo más importante ahora, Bonnie.

—¿Me llevarás a un partido de béisbol?

—Prometido.

—¡Prometido, papi!

Se abrazan y me recompongo como puedo.

—Ve con mucho cuidado. Estaré en casa. Por favor, cuida de Bonnie y no vuelvas a beber de ese modo.

—Fue una insensatez, estaba preocupada, necesitaba olvidar.

—Estaré en casa. No te preocupes por mí. Llama al abogado que te he pasado, te ayudará. Elijas lo que elijas.

—¿Qué hago? Es nuestro hijo, ayúdame.

—Me temo que esta vez no puedo. No tengo ni idea, debes decidir tú. Decidas lo que decidas lo entenderé, pero no me pidas tomar parte.

—Entiendo.

—Hay algo más.

—¿Qué?

—La señora Dorian, aparte del testamento y la carta para ti y su hijo, también dejó una caja.

—¿Una caja?

—Sí... La tengo en el coche.

Me deja con la intriga mientras va a buscarla. ¿Qué más me ha ocultado mi marido?

—Estuve tentado de leerlas..., pero no me corresponde.

Abro la caja y veo un montón de cartas antiguas. El remitente es Zach y la destinataria yo; todas están devueltas. Zach estuvo escribiéndome pero yo ya debí haberme mudado y nunca pudo localizarme. Un recuerdo de la noche anterior con él en el bar me visita. Y un rastro de nostalgia me invade.

117

—No tenía ni idea de que tuvieras una historia de amor en tu vida como la que tuviste con este chico. Estoy dolido, la verdad.

—Son cosas privadas, y son del pasado... Has hecho bien al no leerlas.

—He leído una...

—¡Josh, no tienes ningún derecho!

—Lo sé; el tipo estaba muy enamorado, parece.

—Me engañó con otra.

—Bueno... —No tiene mucho que decir al respeto—. Voy a irme.

—Por favor, mantente en contacto, quiero que Bonnie te llame todos los días.

—Claro.

El hombre sensato que ha sido hasta hoy mi marido recobra protagonismo y se borran de mi mente los días tan terribles que he pasado buscándolo, mi enfado por su falta de respeto y de confianza. Ahora solo importa que él asuma este episodio y que no renuncie a Bonnie. Aunque no tengo ni idea de en qué punto se encuentra nuestra relación ahora mismo.

Nos damos un abrazo y veo cómo se aleja con el coche.

—Vaya rollo que papi se vaya. ¿Tiene mucho trabajo?

—No, cariño, es que tú y yo tenemos cosas que hacer a solas.

—¿Cosas díver?

—No diría tanto.

—Jopé. Bueno, pues hagámoslas.

—¿Te apetece ir a dar una vuelta?

—Claro.

—Comeremos por ahí, ¿vale?

Dejo una nota a la tía Dorothy para que esté tranquila, avisándole de que llegaremos por la tarde.

16

Comemos algo rápido en una pizzería del pueblo y nos dirigimos a la granja de calabazas.

—Cariño, me gustaría enseñarte un lugar en el que crecí y jugué.

—¡Qué guay!

—¿Ves ahí al fondo esos campos enormes?

—Sí, ¿qué es eso del suelo?

—Son calabazas.

—¿Como las de Halloween?

—Sí, esas mismas.

—Me encanta, qué guay. ¿Podemos verlas?

—No, no es buena idea que bajemos, podríamos molestar a los que viven ahí.

La realidad es que me aterra que Zach nos vea y reconozca a mi hijo; tengo que decírselo yo. Y tengo que hacerlo ya.

—¿Podemos venir otro día a verlas?

—Sí, seguro que sí.

—Tengo que contarte algo muy importante ahora, necesito que me prestes atención. Pasa delante, anda —le digo, y le indico que se siente en el asiento del copiloto.

Le encanta la idea.

—¿Qué?

—Prométeme que no te enfadarás conmigo.

—No, mami.

—¿Ves esa casita blanca de ahí?

—¡Es enorme!

—Sí, mami de pequeña pasaba el día aquí con sus amigos. Tenía dos amigos muy especiales aquí: Zach y Chris. Ellos eran hermanos y juntos hacíamos muchas travesuras.

—¿Robabais calabazas?

—Oh, no, nos hacía falta, son de su familia.

—Hala, yo quiero una para hacer la calabaza de Halloween. —Su ingenuidad me hace sonreír con ternura.

—Se la pediremos, te lo prometo.

—¿Y qué cosas malas hacíais?

—Muchas, solíamos ir al pantano, a la montaña, preparábamos pasteles de calabaza…

—Aaah, por eso te salen tan buenos. Pero eso no son travesuras.

—Ya te las contaré otro día.

—¿Y por qué no son tus amigos ya?

—Sí lo son, solo que ha pasado mucho tiempo. Cariño, tengo que contarte algo muy importante.

Deja de mirar la plantación y se gira con cara de intriga.

—Hace unos años, cuando era más joven yo tenía otro novio.

—¿No era papá?

—No, a papi lo conocí en la universidad. Yo antes, cuando vivía aquí, tenía otro novio y verás… —No sé cómo soltárselo sin hacerle daño—. Mami se quedó embarazada de ti del que era mi novio aquí.

Me mira con la cara más confundida que he visto en mi vida.

—¿Lo entiendes? —Trato de ayudarlo.

—No lo sé… —duda.

—Tú sabes que para hacer un bebé los mayores se acuestan, ¿verdad?

—Sí.

—Pues así me quedé embarazada de ti cuando estaba con mi novio del colegio.

—Pero... ¿y papi?

—A papá lo conocí pocos meses después, yo no sabía que ya estaba embarazada.

—Entonces, ¿mi padre de verdad no es papá? Joder, qué listo es.

—Tu papá es quien te ha criado y sí es papi, pero tu sangre, biológicamente, es de mi novio de la infancia.

—¿Tengo dos padres entonces?

—Sí, exacto. —«Gracias, gracias, Señor, por hacer que lo vea así...»

—Es raro. ¿Y por qué no lo conozco?

—Lo conocerás, el problema es que él no sabe que yo estaba embarazada, entonces no sabe que él también es tu padre.

—Es raro...

—Sí, lo sé. —Le acaricio la cabeza y le beso la mejilla—. Tengo que contárselo.

—A lo mejor él no quiere ser mi padre.

—Eso no lo sabemos. Seguro que se enfadará conmigo cuando se entere, no contigo.

—Por eso se fue papá, ¿verdad?

—Sí, lo siento por no decírtelo antes. No sabía si lo entenderías. —Veo cómo se le humedecen los ojos—. ¿Qué te pasa, cariño?

—Me dices que tengo dos padres pero ahora mismo ninguno quiere estar conmigo.

—Nooo, ¿por qué dices eso?

—Papá se fue y nos dejó solos, y tu novio del cole no sabe que existo.

¿Cómo puede ser tan maduro? No salgo de mi asombro. Me fascina su planteamiento y trato de hablarle como a un adulto:

121

—Esto es muy duro para mí, tengo que explicarle a Zach que me fui embarazada y que tú eres su hijo biológico. Se enfadará mucho conmigo, y sí, papá también está enfadado conmigo. Ahora mismo los tres estáis enfadados conmigo.

—Yo no, mami —me dice sorbiéndose los mocos—. Pero me da pena que papi se haya ido.

—Y a mí. Pero te necesito a mi lado, necesito que me ayudes. Sola no sé cómo hacerlo.

—Vale, aunque no tengo ninguna buena idea —me dice como si de un juego se tratara, y me enternece.

—Tú solo tienes que estar a mi lado, ¿vale?

Alguien golpea el cristal trasero del coche y me da un susto de muerte.

Chris Hall en persona, maldita sea, no puede ser. No está gordo y calvo como me dijo Zach, será capullo. Está tan guapo como siempre. Lo he echado de menos tanto…

—Ya me ha dicho Zach que la ratita ha salido de su madriguera.

Me alegro tanto de ver a mi mejor amigo de la infancia que olvido lo que puede suponer para él ver a Bonnie. Salgo del coche y me lanzo a sus brazos.

—Pero si estás más sexi que nunca. ¡Vaya madre sexi te has vuelto!

—¡Anda ya! Tú sí que estás guapo. Que sepas que tu hermano va diciendo que estás gordo y calvo.

—Ya le gustaría a él. No me creo que estés aquí, ¿qué se te ha perdido?

—Pues ya ves, enseñándole el pueblo a mi hijo.

Chris se asoma para saludar a Bonnie.

—Hey, hola, campeón. Soy Chris.

Las ventanillas están llenas de tierra y por suerte Bonnie no sale del coche, no se le ve con claridad a través del sucio cristal. Bonnie saluda tímido desde dentro con la mano.

—Tienes que dar un paseo por aquí con tu hijo, le encantará saber lo mala que era su madre.

—Más te vale que no le cuentes nada —le suplico a la vez que lo pellizco con fuerza.

—Maldita seas, Crystal —me dice, y se aleja para que no lo vuelva a pellizcar.

—Tenemos que irnos.

—¿Comemos juntos mañana? Los tres, y nos ponemos al día.

—¡Suena bien! Acepto, aceptamos —digo mirando a mi hijo.

De repente me parece la mejor idea del mundo contárselo todo a él, seguro que me ayuda y aconseja, como siempre hacía, como si fuera el hermano mayor que nunca tuve.

—Por cierto, Zach está como loco desde que has vuelto.

—¿Cómo?

—Pues que parece otro. Pensaba que ya había superado que lo abandonaras.

—Yo nunca lo abandoné.

—Crystal... —me dice como si ambos supiéramos que así fue.

—No, Christian. Sé que recuerdas esa maldita noche, tú sabías que Zach estaba con otra.

—¡Bah, lo habíais dejado! Erais niños. Él solo estaba tratando de olvidarte. Ni siquiera le gustaba esa tía.

—No lo habíamos dejado, fue una pelea de niños.

—Sí, y lo que él hizo también fue una parida de niños.

—Para mí no, ¿vale?

—Vale, vale: No me muerdas. Que yo soy el hermano Hall guay y enrollado al que aún guardas aprecio.

Sus palabras me ponen de mala hostia y me apresuro a irme.

—Mañana lo discutimos con calma. —Trato de romper el hielo después de la tensión que se ha ocasionado—. Sigues siendo un bocazas —le suelto con la misma confianza que nos teníamos el último día que nos vimos.

—Quiero que sepas que no te guardo rencor. A mí sí me abandonaste.

—Sí, a ti sí te abandoné y lo siento. Te he echado de menos.

—Y yo a ti, hermanita.

Nos damos un abrazo y siento que vuelvo a casa al instante. No era consciente de lo mucho que lo echaba de menos y de lo mucho que lo quiero. Nos despedimos con otro abrazo y luego saluda a Bonnie, pero este no está mirando, así que no puede despedirse.

—Mañana te lo presento —le digo para que no se preocupe.

—Tengo ganas de saber de ti.

—Hasta mañana, chuleta.

—Adiós, ratita.

Me subo al coche risueña y mi hijo pone tanta cara de enfado que me extraña.

—¿Qué ocurre?

—¿Por qué no me lo presentas si es mi otro padre?

—No, cielo, él no es. Él es el hermano de Zach, un amigo de mamá.

—Entonces, ¿él es mi tío?

Caigo en la cuenta de la razón que tiene mi hijo. No lo había pensado. Sí, lo es.

—Mañana lo conocerás, y sí, es tu tío, ya verás qué sorpresa le vamos a dar. Chris es muy divertido. Te gustará.

Bonnie sonríe y me alegro de que haya cambiado esa cara.

17

*A*l llegar a casa, Bonnie se va un rato con Dorothy a cantar en el coro y yo aprovecho para echarles un vistazo a las cartas de Zach.

Las ordeno por fecha y cuento veintidós cartas. Algunas de ellas con solo dos días de diferencia. Aun sin leerlas, me parece un acto desesperado por su parte del que no tenía ni idea. Trato de pensar si realmente haberlas recibido habría cambiado la historia, pero no lo sé. En esa época estuve tan perdida, tan mal. Lo único que necesitaba realmente era borrar lo sucedido, pero no sabía cómo. Josh fue mi salvación y eso nunca cambiará. Ya es hora de ser sincera conmigo misma, empecé con él solo para olvidar a Zach, nuestras primeras citas no eran más que parches para mí, pero nos hicimos muy buenos amigos; él era tan dulce y noble que al final fuimos inseparables. No cometíamos locuras juntos, no era la relación pasional y alocada que vivía con Zach, pero me hizo pasar página. Me hizo olvidar, o eso creía. Ahora todos mis recuerdos están saliendo a flote.

Cojo la primera carta y la abro con sumo cuidado e intriga.

Crystal, por favor, lee esta carta hasta el final, te lo suplico, me estoy volviendo loco. No sé nada de ti, ha pasado una semana y media y no has encendido el móvil aún, no me has llamado ni escrito. Tenemos que hablar. Por el amor de Dios. Soy yo, joder. No puedes borrar lo nuestro en una semana. Lo que viste fue un error, soy un hijo de puta, déjame verte y me partes la cara o me haces lo que quieras, pero, por favor, permíteme explicártelo. Estaba jodido, muy jodido. Mucho. Pensé que me habías dejado, solo quería olvidarte. Borrarte. Vivir ocho meses sin ti ha sido mi peor pesadilla, y para colmo, después de esos días juntos en tu piso de estudiante, me dices que me dejas. No lo soporto. Eres mi chica. Nadie puede cambiar eso. No significa nada para mí esa chica, ni siquiera sé quién es. Iba tan drogado que no recuerdo nada. Te doy mi palabra de que no volverá a pasar jamás. Lo único que sé de ti es que te fuiste con un tío en su coche. Me estoy volviendo loco, ¿quién era ese tío? ¿Un amigo tuyo de la universidad? ¿Tu nuevo novio? Al menos, dímelo. Te amo. Escríbeme o llámame.

ZACH

Cierro los ojos para asimilar las palabras que Zach escribió hace diez años. No tenía ni idea de esto. Siempre imaginé que lo pasó mal, evidentemente, pero nunca imaginé que así. La carta transmite desesperación.

Cojo la siguiente.

Me han devuelto la primera carta, vuelvo a enviártela, no sé si has sido tú, que la has devuelto, o si ha habido un error pero, por favor, Crystal, ponte en contacto conmigo, voy a perder la cabeza. Empiezo a estar muy preocupado. No sé dónde coño estás. Te amo, escríbeme.

ZACH

Me doy cuenta de que esta no es más que una nota que escribió para reenviarme la primera carta. Abro la tercera y la cuarta, y todas dicen lo mismo, que me necesita, que está muy mal y que quiere saber de mí. Antes no era como ahora, no era tan fácil seguir a la gente sin redes sociales. Realmente me doy cuenta de que no se rindió. Me apresuro a abrir la última carta con un poco de pena, pues sé que fue la última.

Crystal…, esta es la última carta que te escribo, más por desesperación que por establecer contacto, pues ya sé que ya no vives ahí. Qué sé yo, quizá alguien vea la carta en tu buzón, sepa dónde vives ahora y te la haga llegar, aunque, visto lo visto, fijo que me viene devuelta. Así que en cierto modo y como última esperanza esta carta la escribo más para mí que para ti. Hace una semana pude por fin escaparme e ir a buscarte. Me dijeron que hace un año que ya no estás ahí. Me siento gilipollas, pues llevo un año escribiéndote a la dirección equivocada. Pero, verás, me he acostumbrado a escribirte, es lo único que me queda de ti. Dorothy no me dice dónde estás y yo ya no puedo seguir esperándote. Vago como un muerto en vida, no conozco a gente nueva, no me relaciono con nadie, solo te escribo aun sabiendo que nunca me leerás, esto es enfermizo y tengo que parar. Lo he intentado todo y no ha funcionado. Solo espero que estés bien, que seas feliz y que algún día, sea cuando sea, vuelvas.

Te estaré esperando siempre, esto no lo voy a superar. Te he amado desde que era pequeño y te amaré hasta que me muera.

Tuyo,

ZACH

P.D.: Ten una vida increíble. Te la mereces.

Las lágrimas corren por mis mejillas sin poder evitarlo. Un año, un año estuvo esperándome… No me lo puedo creer. Lo que me hace sentir realmente mal es la fecha: Bonnie ya había nacido, yo ya tenía otra vida, me había rehecho, y Zach aún estaba llorándome. Mientras yo criaba a su hijo con otro hombre. La simple idea de que se pasara tanto tiempo detrás de mí me hace sentir mal. Solo éramos niños, lo que hizo no fue tan grave, la gente es infiel todos los días. Yo no desaparecí por eso. Lo hice porque le culpaba a él de lo que me ocurrió. Yo jamás me hubiera subido al coche de un extraño, y mucho menos hubiera ofrecido tan poca resistencia. Hubiera matado a ese hijo de puta al ponerme la mano encima, aunque fuera con los dientes. Pero no pude, estaba dolida, asustada y completamente destrozada. He pasado demasiados años culpando a Zach de algo que solo fue culpa mía. Yo me subí a ese coche, yo y solo yo soy la responsable, y me he dado cuenta ahora mismo, leyendo sus cartas, y siento por primera vez en todos estos años que soy libre. Que se ha acabado, ya no hay rencor, ni rabia. Han desaparecido.

128 Guardo las cartas y decido salir a dar un paseo antes de hacer la cena.

Al volver preparo una crema de puerros, genial para el frío que empieza a hacer. Bonnie y yo charlamos un rato, vemos la tele y nos acostamos.

—Mami, buenos días. —Mi hijo me acaricia la cara desde la cama—. ¿Hoy comemos con mi tío? ¿Tu amigo?

—Sí, peque, hemos quedado en un par de horas. Vamos, vístete, que iremos a dar una vuelta antes. Ponte guapo.

—Siempre voy guapo.

—Cierto —le digo mientras le pellizco el culo.

Salimos de casa y decidimos ir andando. Aunque hay un buen trecho hasta el restaurante en el que hemos quedado, me irá bien para armarme de coraje para todo lo que tengo que contar a Chris.

Aprovecho para enseñarle a Bonnie las bonitas tiendecitas del paseo principal del pueblo, casas bajitas llenas de *bakery shops* como la mía, tiendas de ropa, decoración y otros establecimientos típicos de la zona, como pequeñas tiendas de melocotones orgánicos locales. Bonnie no está acostumbrado a los pueblos y le gusta mucho la tranquilidad y familiaridad que se respira aquí. Cuando llegamos al restaurante veo a Chris sentado de espaldas a nosotros en la terraza del local y trato de no ponerme nerviosa. Quizá no se fije en el parecido de mi hijo con su hermano.

—Cariño, hemos llegado. Sé simpático.

Bonnie me saca la lengua y tira de mí para que entremos de una vez. Chris se levanta al oírnos llegar y me da un caluroso abrazo, justo después le tiende la mano a Bonnie para que choque los cinco y al fijar sus ojos en él se queda de piedra. Yo me quedo sin palabras y Bonnie le choca los cinco y deja a Chris mudo.

—Hola, tío Chris. Yo tampoco sabía que existías.

«Mierda, ya está hecho. Gracias, hijo.»

Chris abre la boca como si acabara de ver un alien y no se lo creyera, y sigue mirando a Bonnie, pasan treinta segundos incómodos hasta que me mira y me dice:

—Estoy flipando. Es la viva imagen de Zach... Dime que él lo sabe, por favor.

—No lo sabe...

—No puede ser.

—¿Nos sentamos?

—Crystal, esto es muy fuerte. ¿Cómo es posible?

—Es una larga historia, sentémonos.

Tomamos asiento y pedimos la comida, le pongo a Bonnie sus cascos para que dibuje un rato escuchando música, y le cuento a Chris de pe a pa toda la historia. No sale de su asombro y noto la ira en su cara cuando le explico lo sucedido la última noche. Apenas da un bocado a su plato.

—Crystal, no debiste irte así. Habríamos encontrado a ese hijo de puta.

—Ya no importa.

—Sí importa, ese bastardo sigue por ahí. ¿Quién sabe si continúa haciendo esas cosas?

—Lo sé… Pero han pasado demasiados años.

—¿Cómo no me lo contaste? Era tu mejor amigo.

—No lo sé… Supongo que me equivoqué.

—Sabes que cuando mi hermano se entere no dejará que te vayas, ¿verdad?

—Cuando tu hermano se entere, me odiará tanto que no querrá vernos jamás.

—Sí, pero eso le durará tres días, luego querrá hacer de padre.

—Él no es su padre, Bonnie ya tiene un padre.

—Pues a ver cómo le convences de eso.

—Tengo miedo. No quiero joderle la vida.

—Eso ya lo hiciste. Zach no ha vuelto a ser el mismo.

—No me digas eso.

—Es la verdad.

—Hay algo más —le digo dispuesta a contárselo todo.

—No me jodas.

—Sí, y es tan o más fuerte que esto.

—Eso imposible.

—Vuestra madre ha dejado la herencia de la granja a Bonnie, por eso estoy aquí. He venido a renunciar a la herencia y a entregaros el testamento.

—Ahora lo entiendo todo… Creíamos que mamá había dejado la granja a alguna hermandad religiosa a modo caritativo, cosa que no entendimos puesto que, aunque era muy creyente, nunca le haría algo así a Zach; lo adoraba.

—No me quiero ni imaginar cómo lo habréis pasado con su partida y con el no saber qué ocurrirá con la granja.

—Bueno, eso más Zach que Troy y yo. Ya sabes que a mí me la pela la granja. Me importa solo porque le importa a Zach.

—Lo sé, lo sé —le digo, y nos reímos.

—Tienes que contárselo ya, no puede enterarse por terceros, y mucha gente ha visto a este niño ya por el pueblo.

—Sí, he de llamarlo y quedar con él.

—Pues estás de suerte. Está justo ahí y se dirige a zancadas hacia aquí.

—No me jodas… —Me giro de repente para cerciorarme de que es real—. ¿Cómo eres tan traidor?

—Ratita, yo no le he llamado. Nos habrá visto. Hey, mírame —me pide que me serene—. Tranquila. Todo irá bien.

Zach llega a nuestra mesa, justo detrás de mí y de Bonnie. Y oigo cómo carraspea antes de hablar:

—Crystal.

Me giro para ver qué quiere, no nos hemos visto desde el beso de la otra noche.

—Hola, Zach —lo saludo, y sé que ha llegado el momento.

Bonnie está ensimismado con su dibujo, pero es cuestión de tiempo que se gire y Zach descubra que es su hijo.

—¿Quieres algo, tío? —pregunta Chris al ver que no dice nada.

—Sí, que te pires. Tengo que hablar con Crystal.

Está dolido, lo conozco, siempre actúa así cuando se siente violento.

—Creo que por primera vez en la vida tienes razón. Me piro. No la cagues otra vez —le suelta Chris a traición a su hermano, como si fuera algo de lo que hayan hablado en el pasado.

Y sé que se refiere a lo que ocurrió la última noche. Chris se levanta y me guiña el ojo, me dice que nos vemos en otro momento y le cede su sitio a su hermano. Me tiembla todo el cuerpo en el momento exacto en el que Zach y Bonnie se miran a los ojos por primera vez. Le quito los cascos a mi hijo, que mira a Zach embobado sin decir nada, como si una conexión invisible entre ellos les hiciera hablar sin palabras.

131

—Este es Zach, Bonnie, salúdalo.

—Hola, Zach —le dice mi hijo al apuesto hombre en el que se ha convertido su padre.

Zach no le responde, me mira confundido y espera que yo hable.

—Zach... —trato de decir.

Él vuelve a mirar a mi hijo y enseguida se dirige a mí:

—No estoy entendiendo nada... —dice con su mirada penetrante.

—Tengo algo que contarte.

Zach frunce el ceño y yo me armo de coraje.

—Bonnie, este es el novio que mamá te contó que tuvo cuando era joven, y sí, es tu otro papá.

Al final me ha sido más fácil usar a Bonnie para confesarlo.

—Es imposible, imposible —me dice Zach, y yo me asusto y dudo de que haya sido buena idea contárselo con el niño delante.

Lo que más me importa es mi hijo y que nada de esto le haga daño.

—Quizá sería buena idea hablarlo en otro momento, a solas... —le digo, y agarro el bolso en un gesto para irme, esperando que Zach me detenga, pero no lo hace, así que me pongo en pie y pido a Bonnie que recoja sus cosas.

Bonnie está tan confundido como Zach, y un poco triste. Se miran por última vez y le pido a Bonnie que sea educado y se despida.

—Adiós, Zach —dice tímidamente, y me da la mano para irnos.

Tomo aire y pienso que podría haber sido mucho peor. No me giro, no doy opción a réplica. Quiero desaparecer. El silencio siempre es mejor que los reproches e insultos. Zach se queda inmóvil, en *shock*, y yo me acojono y me voy lo más rápido que puedo de la terraza del restaurante.

—Mami, creo que Zach no ha entendido lo de los dos papás.

—Yo creo que tampoco. Se lo explicaremos en otro momento.

—Es más alto que papi y está muy fuerte.

Miro a mi hijo y me da la risa.

—Sí, es muy fuerte.

—¿Yo de mayor seré fuerte como él?

—Por supuesto. Más —le digo, y me alivia que al menos mi hijo se lo haya tomado tan bien.

Nos vamos para casa, llamamos a Josh para que hable con Bonnie un rato y pasamos el resto del día viendo pelis en el sofá con la tía Dorothy. Mi cerebro no para de dar vueltas pensando en cómo estará Zach tras la noticia. Tengo miedo, miedo de que no quiera saber nada más de mí ni de Bonnie, miedo de que me odie, de hacerle daño. Recuerdo las cartas que leí ayer y una ola de nostalgia me invade. Echo de menos a Zach. Las largas conversaciones, la complicidad que teníamos, el modo en que siempre me entendía y me lo perdonaba todo… Me doy cuenta por primera vez de que irme como me fui fue un verdadero error. No solo jodí su vida, también herí a muchas otras personas. Necesito hablar con él.

Me armo de valor y le digo a la tía Dorothy que voy a ver a Zach, que acueste a Bonnie después de la cena. No puedo dejar a Zach así, es egoísta y cruel. Necesita explicaciones. Me voy a dar una ducha e iré a buscarlo.

18

Zach, en la actualidad

𝓜e quedo petrificado en la silla de la terraza mientras veo alejarse a Crystal con mi hijo. No puede ser posible que ese niño sea mío. No me salen los números. Trato de pensar con claridad y hacer memoria. «A no ser que los días que la visité en el campus de su universidad... ¡Joder, claro! Podría haber sido, pero ¿cómo puede ser que haya criado al niño sola? No me cuadra.» Crystal es muy impulsiva, me hubiera llamado aunque fuera para culparme u odiarme. Hay algo que no me cuadra.

Ha sido tan extraño, en cuanto lo he visto he sentido algo extraño. Ese niño es idéntico a las fotos de cuando yo era pequeño. Es clavado. Lo he sabido nada más mirarlo. «¿El cabrón de mi hermano lo sabía?» Pienso partirle la cara.

No tengo fuerzas para levantarme e ir para casa. Ni siquiera para pedirle explicaciones a Crystal. No siento nada ahora mismo. Ni enfado ni pena... Nada. Estoy tan jodidamente confundido que me siento paralizado. No puedo asimilar que tengo un hijo, siempre he querido tener un hijo, siempre he querido sentir de nuevo la seguridad que sentía con Crystal. ¿Cómo coño se supone que le he de contar esto a Hannah? Me va a mandar a la mierda. Ella ahora es mi

135

familia, es todo lo que tengo. «Maldita seas, Crystal. ¿De qué vas apareciendo ahora que todo empezaba a irme bien?»

Tengo que levantarme de esta maldita mesa, tengo que hablar con Hannah y tengo que solucionar todos los papeles que tengo pendientes de la granja. No puede ser que desde que sé que Crystal está en el pueblo me haya convertido en un completo inútil. Tenía una vida antes de que ella volviera y me iba bien. Me costó, me costó mucho tiempo reconstruirme después de que ella desapareciera sin dar ni una señal. Estuve demasiados años enfadado, herido. Ya no soy ese chico. Pero ¿qué se supone que debo hacer ahora? ¿Un hijo? Un hijo de nada más y nada menos que diez años, ¿cómo coño lidio yo con esto ahora? No he sabido cómo reaccionar, lo siento por el pobre chico, ¿qué habrá pensado de mí? Crystal me la ha jugado contándomelo delante de él.

Levanto mi culo de la silla y me dirijo a la granja. Ya ha oscurecido.

—Hannah, tenemos que hablar —le digo serio nada más cruzar la puerta de casa.

Hannah está sentada en el sofá hojeando unas revistas.

—Eso no suena bien —me dice con mala cara; lleva de morros desde nuestra discusión del otro día.

—Voy a ir al grano porque esto me putea mucho y no tengo ganas de dar rodeos.

—Me estás asustando.

Por un momento veo cómo su enfado se disuelve y se convierte en miedo, y me da pena.

—Esta mañana he visto a Crystal con mi hermano, me he acercado a saludarlos, estaba con su hijo y me ha confesado que su hijo… es mío. Es mi hijo.

Hannah palidece y se queda muda. Igual que yo cuando me lo ha contado.

—Pero…

—Hannah, no tengo ni puta idea, me he quedado mudo y ella se ha ido. No me ha contado más…

—Crystal ha perdido la cabeza por completo. No la reconozco. ¿Sabes qué? Se acabó. Voy a ir a hablar con ella. No soporto más esta sensación. Éramos amigas, y si no te lo cuenta a ti, que me lo cuente a mí.

—Honestamente te diría que no te metas, que son cosas nuestras, pero ¿sabes qué? Me la pela. Haz lo que tengas que hacer, yo estoy fuera de juego. Me ha trastocado la idea. ¡Tengo un hijo, joder!

—Llevas dos años diciéndome que no a lo de tener hijos. Y ahora tienes uno. No puede ser. Estamos jodidos. —Hannah se pone tan furiosa que la desconozco.

Sé que es la peor noticia que podría darle, pues lleva un tiempo queriendo tener hijos y yo negándome. No me veo teniendo hijos con ella, la verdad. No sé por qué. Tengo que desaparecer, emborracharme o matar a Crystal.

—Hannah, necesito tiempo para asimilar todo esto. Solo te pido que me entiendas si estos días estoy raro… Mi vida acaba de dar un giro que no me esperaba.

Hannah rompe a llorar y yo no siento nada, ni pena ni amor. Nada. Estoy frío como un témpano de hielo.

El timbre nos interrumpe y Hannah se seca las lágrimas y se dirige furiosa a la puerta.

—Estupendo, ya estamos todos. —La voz quebrada de Hannah es una señal de que algo no va bien.

Me giro y la imagen de Crystal con tres tazas en una bandeja me parece una visión.

—Hola, a los dos.

Llega sola y está claro que viene a contárnoslo todo.

—No sé cómo te atreves a presentarte aquí así —le suelta Hannah muy cabreada. Cabreada por lo nuestro, pero también porque era su mejor amiga y porque también sufrió su partida.

137

—Hannah… —Crystal se atreve a dirigirse a ella a pesar de que mi novia está echando humo—. Por favor, dejadme que os lo explique todo… Zach, no sé si has podido contarle…

Hannah la interrumpe:

—Claro que me lo ha contado. Él no es como tú. —El carácter de Hannah sale a flote y yo sigo embobado. Me supera la situación.

—Entiendo que estéis enfadados y que no tengo ningún derecho a irrumpir así en vuestras vidas, y mucho menos con estas noticias. Pero, por favor, dadme media hora para que os lo cuente todo. —Nos tiende los cafés calientes que ha comprado y trata de que la dejemos pasar al salón.

—Qué remedio. Pasa e ilumínanos —la castiga Hannah con su severidad.

—Te he echado mucho de menos, Hannah… Me arrepiento de no haberte escrito.

Esto parece algo entre ellas dos, desde luego a mí no me ha dicho esto nunca. La odio.

—¡Vaya! A ver cómo borras tantos años de incomprensión con tu explicación de media hora. —Hannah está siendo muy dura y parece que está afectando a Crystal, a la que se le humedecen los ojos.

—He traído café, largo y negro para ti, Zach, y corto con leche de avena para ti, Hannah, como lo solíais tomar…

La miramos y no decimos nada, Hannah se cruza de brazos y yo me siento en el sofá enfrente de Crystal. Si esta va a ser la explicación de por qué me abandonó, estoy listo para escucharla.

—A estas horas ya no tomamos café —la regaña Hannah.

—Antes de empezar, quiero que sepáis que siento mucho venir a molestaros y que me alegro de que estéis juntos. Sois las dos personas a las que más he querido, junto a Chris, y saber que cuidáis el uno del otro me alegra muchísimo.

Oír eso me molesta, preferiría que la jodiera, aunque sea un poquito.

—Zach, nuestros últimos meses juntos fueron malos, tú lo sabes. Pero jamás pensé que sería nuestro final, la semana que pasamos cuando viniste a verme para mí fue como un soplo de aire fresco... No pretendo hablar de lo nuestro, y mucho menos aquí y ahora... Pero quiero que sepas que para mí lo que pasó después, nuestra discusión, en la que te dije que no quería estar contigo, no fue real, solo era una rabieta. Ya sabes cómo soy. —Me mira tan directamente a los ojos que me desarma, se dirige solo a mí, y Hannah pasa a un segundo plano para los dos—. Me arrepentí tanto de haberte pedido que lo dejásemos que decidí darte una sorpresa y por ello viajé sin avisar a nadie y me planté en el pueblo la noche de Halloween. Quería decirte en persona que necesitaba seguir a tu lado. Y así fue como llegué a la fiesta y como te vi con esa chica en la camioneta. Era una niña, y jamás hubiera imaginado que ibas a traicionarme así. Para mí fue la peor experiencia de mi vida, incluso peor que perder a mis padres.

Recuerdo esa noche con claridad y me arrepiento de lo que hice. Yo la amaba, ella era todo lo que yo quería. Pero no me atrevo a decírselo, no me salen las palabras, el nudo que tengo en la boca del estómago es más fuerte que yo. Crystal sigue al ver que no pronunciamos palabra:

—Verte follando con otra chica me hizo cometer el peor error de mi vida. Salí corriendo, solo quería desaparecer, morirme. Y eso hice... Me condené al peor de mis destinos. No sé si recuerdas que cuando saliste de la furgoneta y trataste de hablar conmigo me subí a un coche y me fui.

—Fue la última vez que te vi. —Me salen las palabras con rabia.

—Sí... No tengo ni idea de quién era ese chico. Solo me dijo que me llevaría a casa y acepté. Lo que ocurrió después no sé ni cómo contarlo.

—Creo que sobro aquí.

—¡No! —le suelto a mi novia, que sigue con los brazos cruzados. Que ella esté aquí me da fuerza.

—Zach, Hannah. —Crystal capta mi atención de nuevo—. No me volvisteis a ver porque fui incapaz de aceptar lo que pasó en ese coche. Ese tipo me violó. Aquí mismo, a escasos metros de esta granja, diez minutos después de verte con la otra chica. Cerró los seguros, me arrancó la ropa, me amenazó y me violó. Me arrebató la vida. Me destrozó. Y lo peor de todo es que, mientras lo hacía, yo solo era capaz de verte a ti follándote a la otra chica. Nunca había hablado de esto con nadie… Cuando el tipo acabó de hacerme lo que quiso, me dejo inconsciente y medio muerta en la carretera, llena de heridas y sin ninguna clase de dignidad. Tuve miedo, tanto miedo que decidí huir y olvidarlo todo.

140   Una bola de fuego me recorre la garganta. Siento tanta rabia que podría partir la mesa de un puñetazo. ¿Quién coño es el desgraciado que violó a mi chica? ¿Por qué coño no me lo contó?

—Pienso matar a ese hijo de puta —suelto, y me levanto—. ¿Quién es ese desgraciado? Dímelo, Crystal.

—Zach, por favor…, siéntate. —Crystal me suplica, pero yo no puedo asimilar tanta mierda.

Hannah estalla a llorar y nos dice:

—Lo siento… No puedo con esto.

Y sale por la puerta llorando y sin mirar atrás. No soy capaz de centrarme en ella ahora, así que dejo que se vaya, oímos cómo arranca su coche y se marcha. Me armo de valor y suelto:

—Eras mi puta vida. Hubiera matado por ti.

—Lo sé —me confiesa sincera y entre lágrimas—. Por eso me fui.

—Crystal, estaba borracho y drogado llorando por ti, por lo nuestro, y esa chica llevaba semanas detrás de mí, me confundí, la cagué, te amaba, era un niñato con el corazón roto que creyó que emborrachándose y follándose a otra que ni le importaba te olvidaría.

—Lo sé. No me fui por eso. Era importante para mí que lo supieras.

—¿Cómo pudiste no contármelo?

—Estaba destrozada. —Llora tan emocionada que todo mi cuerpo me pide que la consuele. Me acerco y la abrazo. Y lloramos.

—Lo siento… —Logro sacar un hilo de voz—. Fue mi puta culpa, lo que te pasó fue mi culpa…

—No…

—Sí, si yo hubiera sido un hombre, me habría quedado con mis hermanos, tú habrías aparecido y ahora serías mi mujer —logro decir entre lágrimas. Siento tanta furia que sería capaz de matar ahora mismo. No me cabe duda.

—No sabemos lo que hubiera pasado…

—¿Quién fue?

—No lo sé, no lo conocía. No era de aquí.

Agarro su cara entre mis manos y le digo mirándola a los ojos tan cerca que podría besarla:

—Sea quien sea, esté donde esté, lo encontraré y lo mataré.

—Zach… Por favor, ha pasado mucho tiempo y eso es lo último que querría. Por eso me fui. Sabía que las cosas solo iban a empeorar.

—Lo jodí todo, provoqué que te hicieran eso, no puedo ni pensarlo. No pienso quedarme como si nada. Vamos a ir ahora mismo a denunciarlo. Y, créeme, encontraremos a ese desgraciado.

—No. Yo pasé página…, ahora tienes que hacerlo tú.

—No lo haré.

Estoy furioso como nunca en mi vida, siento el odio en cada poro de mi piel y mataré a ese tipo aunque sea lo último que haga.

—No sabía que estaba embarazada cuando me fui... Solo me marché huyendo de lo que me acababa de pasar... Me cambié de universidad y rehíce mi vida.

—¿Conociste a tu marido entonces?

—Sí, el primer día que llegué al nuevo campus, nos hicimos muy amigos y me ayudó a superarlo, aunque él no sabía nada. Un día nos acostamos y a las pocas semanas me di cuenta de que estaba embarazada. No sabía de quién era. Pero me temía que fuera del violador. No le había hablado nunca de ese episodio a Josh, así que fingí que era suyo.

—Yo me hubiera hecho cargo de vosotros. Te lo juro.

—Lo sé... Siempre tuve miedo de que el hijo pudiera ser tuyo, pero me convencí a mí misma de que tenía que ser de Josh. Me di cuenta tarde..., cuando Bonnie empezó a crecer, veía cosas tan familiares en él... Cuando cumplió un año, una parte de mí me decía que ese niño era tuyo. Tenía tu maldita mirada.

Trago saliva y trato de contener todo lo que siento.

—No pude decirle a Josh que el hijo no era de él. Por eso se fue hace unos días, lo descubrió y quiso venir a buscarte.

—Mírame a los ojos —le pido cuando vuelve a sentarse y baja la mirada—. Vamos a ir a denunciar ahora mismo.

—No puedo.

—¡Oh, claro que puedes! Estoy seguro de que recuerdas al tipo y el coche. —No soy capaz de dejar de darle vueltas.

—No te das cuenta de lo que te estoy diciendo, ¿verdad? Ese tipo da igual, lo superé. Lo asimilé, ya está enterrado. Bonnie es tu hijo, esa es la cuestión importante ahora. Por favor.

La realidad me golpea como una hostia a mano abierta y soy consciente de que estoy dando toda la importancia al hijo de puta que la violó y no al hecho de que tengo un hijo con ella. Pero es que no tengo ni puta idea de qué significa eso, ¿qué debo hacer? ¿Cómo será mi vida ahora que tengo un hijo? Estoy muerto de miedo. No quiero que se vaya, no puedo perderla otra vez.

—¿Qué planes tienes, Crystal? ¿Vas a volver con tu marido?

—Mi marido y yo no nos hemos separado, Zach... Él es el padre de Bonnie.

—No, el padre de Bonnie soy yo.

—Bueno...

—Bueno nada —le suelto intransigente.

—Lo siento... No quería decir eso —se disculpa.

—Solo legalmente. Lleva los apellidos de Josh.

—Sí, legalmente él es el padre, así que no estás obligado a nada.

Trago saliva y odio a ese tal Josh por haber ocupado mi papel. Me robó mi vida, a mi hijo y a mi mujer. Pero no tengo cojones de decirlo en voz alta.

—¿Y vas a irte sin más?

—Estoy tan perdida como tú... Pero sí... Volveré a mi vida.

—No entiendo cómo puedes.

—¿Cómo puedo qué, Zach?

—Venir aquí como si nada, no sentir nada. —A tomar por culo, me atrevo a confesárselo—. Desde que has vuelto no hago más que pensar en ti.

—Sí que siento cosas... Por eso tengo que irme cuanto antes.

Sus palabras calan una pequeña esperanza en mí, pero estoy tan confundido y cabreado que no les doy importancia.

—Como veas —suelto sin ganas y sin saber qué decir.

—Lo siento, nos vemos otro día con calma. Si quieres conocer a Bonnie.

—¿Para qué? —le suelto para hacerle daño.

—Bueno, no sé... Él es...

143

—No te atrevas a decir que es mi hijo. A mi hijo me lo arrebataste hace diez años.

—Creo que es mejor que me vaya...

—Sí, será lo mejor. ¡Haz lo que mejor se te da! Irte —le suelto.

Veo cómo se levanta y todo lo que quiero es detenerla. Pero estoy cabreado, necesito pensar, ordenar mis pensamientos y mi vida. Así que contemplo cómo sale por la maldita puerta y la cierra tras de sí. Joder. Siempre igual.

19

Crystal, hace diez años

*P*or fin han acabado los exámenes del segundo cuatrimestre y, a pesar de haber cambiado de facultad a mitad de mi primer curso, he conseguido aprobar todas las asignaturas. Me siento feliz, pienso mientras acaricio mi barriga, no puedo creer que vaya a ser madre tan pronto. Josh estará a punto de llegar para recogerme e ir a comer con sus padres como cada viernes.

Hace un par de semanas que le doy vueltas al hecho de contarle a Josh mis dudas sobre el embarazo. Por más que lo intento no me salen los números, no soy capaz de saber si el bebé es suyo o de Zach… La sola idea de pensar que podría haberme quedado embarazada la noche de la violación me sobresalta. Al final, cuando cuentas una mentira muchas veces seguidas te la acabas creyendo tú misma. Las mentiras son peligrosas. Y una parte de mí lo sabe bien, pues para mí este bebé es de Josh, hay veces que incluso lo creo de verdad. Corrijo. Lo quiero creer de verdad.

Hace seis meses ya de esa terrible noche y no ha sido hasta estas semanas que empiezo a recomponerme… Si no hubiera sido por Josh, ya habría vuelto a Mount Pleasant, lo sé. He tenido pesadillas cada noche de este medio año, anoche fue la primera vez que no soñé con lo sucedido. Eso me hace sentir esperanza.

No fue nada fácil dejar a Zach atrás. Cada día que pasa tengo más ganas de escribirle, de saber cómo está. Pero no puedo hacer eso. Él decidió irse con otra y así ha de ser. Veo a Josh llegar en su coche destartalado y lo saludo sin ganas. Hoy es uno de esos días en que me invade la nostalgia, he de disimular.

—¿Cómo ha ido el último día, cariño?

—Cansado… Ya empiezo a notar la barriga como un estorbo.

—No digas eso.

—Es la verdad.

—Tienes que centrarte en el bebé y en los estudios —me aconseja Josh, y ese es el motivo exacto por el que echo de menos a Zach.

Él jamás diría eso. Él me propondría hacer alguna locura, como lanzarnos del columpio del lago o tatuarnos algo para no olvidar nunca este momento. Se me hace tan raro estar con un chico que no sea él… Pero cada vez que pienso en Josh veo nuestra vida, tan diferente a todo lo que conozco, tan lejos de ese maldito día. Sin duda, recordar a Zach me trae a la memoria la terrible noche, ya no puedo imaginármelo sin evocar lo ocurrido. Es traumático, doloroso. Y eso me da fuerzas para seguir lejos de él. Es el único motivo que me convence para quedarme con Josh y no volver a los brazos de Zach.

Además, seguro que él ya ha rehecho su vida. Medio año, demasiado tiempo; si solo necesitó una semana para tirarse a otra, qué habrá pasado en seis meses. No quiero ni saberlo. No lo soportaría. Vuelvo a acariciarme la barriga, que ya se nota bastante debajo de la camiseta, y deseo con todas mis fuerzas que el bebé sea de Josh. «Por favor, Señor, que sea suyo.»

—¿Te pasa algo? Estás muy callada —me sobresalta Josh.

—No… Solo estoy cansada.

—¿Has tomado tus suplementos?

—Mmm…, sí, pero, por favor, no me trates como si fueras mi médico o mi padre.

—Te trato como si fuera tu marido.

—Pues yo no veo un anillo en mi dedo —bromeo para que no se moleste con lo que le acabo de decir.

—¿Ah, no? ¿Y esto qué es?

Josh me acaricia la mano y la pone boca arriba mientras me mira a los ojos. En cuanto saca su mano de encima de la mía, veo cómo me ha puesto en la palma lo que parece ser un anillo de compromiso. Abro los ojos de par en par y el que debería ser el día más importante de mi vida se convierte en uno de los más tristes. Rompo a llorar sin poder evitarlo, y no es de emoción. Es de pena. Por ser tan estúpida, por haber estropeado lo mío con Zach, por estar embarazada y no saber de quién es, por el giro radical que ha dado mi vida y porque definitivamente no es él el hombre con el que quiero estar.

—No llores, mujer, solo dime que sí.

—Sí —digo con un hilo de voz, y Josh me abraza con toda su felicidad puesta en mí.

El resto del día lo pasamos celebrándolo con su familia y yo me siento diminuta. Tengo que hablar con Zach, es ahora o nunca. Al llegar a casa le digo a Josh que tengo que acabar un trabajo de la universidad y me dispongo a escribir una carta.

Hola, Zach, no sé muy bien cómo empezar esta carta:
En primer lugar, perdóname por la ausencia todos estos meses, sé que no tengo ningún derecho a escribirte ahora pero siento que es ahora o nunca. Hay algo muy importante que debes saber. Voy a ir al grano, ya sabes que nunca he sido una gran

escritora. Estoy embarazada, voy a ser mamá. Sí, sí, como lo lees. Y el caso es que el hijo podría ser tuyo. Tengo tanto que explicarte... No me culpes, por favor.

Estoy con un chico desde que me mudé de universidad, siento no haberte escrito antes y haberte dicho que me mudaba. Tuve miedo. El hijo podría ser de él también. El caso es que no lo sé y, para qué mentirte, te echo mucho de menos. Mucho. Siento estar cometiendo un error, el mayor error de mi vida. Mi chico me ha pedido matrimonio y le he dicho que sí... Creo que me estoy equivocando. No tengo mucho tiempo para escribir. Necesito verte una última vez. Necesito contártelo todo. No sé lo que siento. Veámonos. Ven a Seattle. Te dejo mi teléfono: 556 766 730. Espero que estés bien. Te querré siempre.

CRYSTAL

Doblo la carta con prisa y la escondo en el cajón de mi ropa interior. Quizá sea un error, pero no puedo dar este paso sin ver a Zach una última vez. Necesito entender por qué estoy tan bloqueada. Cojo aire y me meto en la ducha para disimular las ganas de chillar y llorar que tengo. Me siento mal por Josh, es tan bueno conmigo... No se merece esto, y yo no quiero convertirme en una de esas mujeres que se casan con el hombre equivocado y se pasan el resto de sus vidas añorando a su verdadero amor. El agua caliente me calma, me relaja y me permite, por un instante, desaparecer.

20

Crystal, en la actualidad

*H*an pasado tres días desde que le conté la verdad a Zach y no he vuelto a saber de él. Llamo a Josh, ahora que me siento mejor. Todo el peso de secretos y mentiras que he arrastrado a lo largo de los años ya no me pertenece, ya no lo llevo, y me invade un alivio tan profundo que pase lo que pase a partir de ahora sé que estará bien. Nada puede ser peor que el silencio que he guardado desde hace diez años. Suspiro aliviada y marco el número de Josh, que lo coge a la primera

—Hola, cariño.

—Hola… —Su voz suena cansada y lejana.

—¿Estás bien?

—Estoy… ¿Cómo está Bonnie?

Miro a mi hijo desde la cocina; está en el sofá dibujando.

—Está genial, ya se lo he contado y gracias a Dios es más inteligente que yo. Desde el primer momento entendió que tiene dos padres.

—Dos padres… —suelta Josh arrastrando la voz.

—Bueno, ya me entiendes… Solo quería decirte que para nada ha sentido que tú no eres su padre, él tiene muy claro quién es su padre.

—Crystal, hay una cosa que no me entra en la cabeza.

—Dime…

—He encontrado una carta en tu cajón. Una carta de hace diez años.

Por un instante dudo, ni me acordaba de esa carta.

—Eso es muy muy viejo —casi tartamudeo.

—Pero es real —afirma severo.

—Josh… Por favor, esa carta no tiene nada que ver con los diez años de feliz matrimonio que hemos compartido.

—Cierto. Pero es una gran mentira. ¿Por qué no la enviaste?

—Porque me enamoré de ti —miento, pues no lo hice por miedo al rechazo de Zach.

—Y una mierda —me contesta furioso—. Mira, te seré honesto. El otro día al regresar aquí me volví loco y revolví la casa entera en busca de algo que me ayudara a tomar una decisión, y esa carta fue lo que buscaba.

—No puedes tomar una decisión en base a la carta de una niña —sentencio nerviosa.

—No es la carta de una niña. Mi mujer sigue guardando esa carta, ¿por qué?

—Olvidé tirarla. Yo qué sé, ni sabía que estaba ahí —miento otra vez y me siento un ser tan horrible que, en ese momento, ni acierto a cabrearme por el continuo control que mi marido está ejerciendo sobre mis cosas más privadas.

—Pensaba decírtelo cuando volvieras, pero no puedo seguir así. No quiero seguir contigo. Por ahora no puedo.

—Cariño, por favor…

Me interrumpe:

—Nada que puedas decir o hacer me hará cambiar de opinión. ¿Sabes qué? Merezco una mujer que me ame con locura y ser el único hombre de su vida, y merezco una relación basada en el respeto y la confianza.

—No creo que seas el más indicado para pedir ni respeto ni confianza…

—Se ha acabado.

—¿Vas a tirar por la borda diez años por un error?

—¿Un error? No entiendes nada.

—¿Y Bonnie? —Lo uso para hacerle cambiar de opinión.

—Es mi hijo, y eso no cambiará jamás. Lo quiero en mi vida, pero a ti no. Lo siento.

—Estás enfadado... Por favor, hablémoslo cuando vuelva a casa.

—Ya no estoy en casa.

—¿¿Qué?? Me dijiste...

Vuelve a interrumpirme:

—Tú también me dijiste muchas cosas.

Me doy cuenta de que en toda nuestra relación nunca se había enfadado realmente conmigo. Jamás. Así que no sé muy bien cómo abordar ni tratar el tema. Siento que lo mejor es darle su espacio.

—Será mejor que hablemos a nuestra vuelta. No tardaremos en volver. Por favor, piénsatelo.

—Crystal, llevo muchos días pensándolo. No quise decírtelo en persona por si me arrepentía, pero ahí ya lo tenía claro. Siento no poder con esto. Pero no sé quién eres, desde luego no eres la persona que yo creía.

Una parte de mí se tranquiliza porque cree que su decisión es fruto de un enfado y que cambiará de opinión, pero la otra está realmente jodida.

—¿Quieres hablar con Bonnie?

—Sí, pásamelo. Tranquila, no le diré nada, eso mejor en persona cuando estéis aquí.

Llamo a mi hijo y le paso el teléfono, los dejo a solas y trato de ordenar mis pensamientos. No derramo ni una lágrima y eso me da más miedo que otra cosa. Todo lo que siento es que he de contarle la verdad sobre el testamento a Zach e irme a casa para intentar recuperar mi vida. Aprovecho para enviar un *e-mail* a Cat, preguntándole cómo va la *bakery* y pedirle disculpas por mi larga ausencia. Ya ha pasado una semana. Sé que es supercapaz de arreglárselas sola, pero no quiero que sienta que me da igual. Hemos estado en contacto por teléfono y he ido explicándole todo lo ocurrido con pelos y señales, así que está al día.

Cuando Bonnie acaba de hablar con su padre vamos a comer a las afueras con Dorothy y le cuento mis planes sobre el testamento. Mi tía me da un montón de consejos sobre cómo debería gestionar mi matrimonio, siempre fiel a sus creencias cristianas, y yo se lo agradezco de corazón aunque no estoy de acuerdo casi con ninguna. Pasamos el resto de la tarde dando un paseo por el pueblo y yo me doy cuenta de que ha llegado el momento. He de entregar el testamento, así que al llegar a casa me dispongo a llamar al abogado y contarle la situación. Afirma que estaba esperando mi llamada y que Josh le ha puesto al día, así que me ahorro la explicación. Me da varias opciones para renunciar a la herencia; entre ellas, la de que los familiares nunca sepan a quién dejó el testamento su madre. Sencillamente recibirían un burofax con la renuncia del heredero, con lo cual la propiedad pasaría a ser propiedad de los hijos a partes iguales.

Me parece la opción más fácil para mí. Aunque ya es tarde, puesto que se lo conté todo a Chris, así que sería cuestión de tiempo que Zach se enterara. Además, he de cumplir la última voluntad de su madre: entregarle la carta que llevo siempre conmigo y que por supuesto no he abierto. Es para él. No he vuelto a saber nada ni a ver a Zach por el pueblo. El otro día cené con su hermano, que me contó que Zach se había ido a pasar unos días fuera.

Debo admitir que imaginé que todo sería diferente, yo creía que se enfadaría muchísimo conmigo, que me diría de todo y que luego se olvidaría del tema. Eso era más típico en él. Pero está claro que han pasado los años y que el niño del que me enamoré es un hombre y ahora afronta las cosas de diferente manera. Silencio. Así reaccionó. Casi hubiera preferido que me insultara a que nos ignorara. Nunca hubiera imaginado esta indiferencia por su parte. Supongo que es lo que merezco, ojo por ojo, diente por diente. Aun así, me duele. Me duele por mi hijo, que en más de una ocasión estos días me ha pedido estar con su otro padre.

Le he prometido que nos quedaremos hasta Halloween y luego nos iremos a casa. Pues él también empieza a estar cansado y le vendrá bien volver al cole con sus amigos, recuperar su rutina y las clases que se está perdiendo.

Tras divagar horas y horas decido entregarle la herencia en persona a Zach, de perdidos al río, lo más difícil ya lo hice. Zach adoraba a su madre, se adoraban mutuamente. Sé que necesita saber cuál fue su última voluntad. El día después de la gran fiesta de Halloween, que es en dos días, quedaré con él y se lo diré. Ahora voy a mostrarle a mi hijo lo importante que es Halloween en este pueblo.

153

21

*D*orothy me despierta con dulzura y me dice que Zach está abajo y que quiere hablar conmigo. «Oh, mierda.»

—Dile que salgo en un minuto, voy al baño.

«No puedo salir con esta cara, maldita sea.» Me lavo la cara y me pongo desodorante. Me pellizco las mejillas para tener un poco de color y parecer menos muerta de lo que me refleja el espejo.

Salgo con la camiseta blanca de algodón con la que duermo y los pantalones cortos de seda sin pensar en ello, pero al ver la cara de Zach me doy cuenta de que debería haberme cambiado. Tarda en volver a mirarme pero lo disimula bien.

—Buenos días.

—Hola, Zach. —Le sonrío con ternura, pues, aunque no sé lo que quiere, agradezco el gesto de venir a casa.

—He pensado que a Bonnie y a ti quizá os apetezca ayudarme a preparar la decoración para la fiesta de Halloween de mañana por la noche.

Su propuesta me deja sin palabras por unos instantes.

—Oh… —Sin duda es la mejor idea que podría haber tenido. A Bonnie le encantará y es una buena manera de que se conozcan algo más—. Me encantaría. Booonie, cariño —lo llamo, pues aún está en la cama—. Baja, cielo.

Bonnie tarda treinta segundos en salir con su pijama de cohetes y el pelo despeinado.

—Buenos días, Zach —lo saluda antes que a mí—. Mami…

—¿Te apetece ir con Zach y conmigo a decorar la granja para Halloween?

—¡Sííí! ¿Podremos preparar *muffins* de calabaza?

—Eso está hecho, pequeño —le dice Zach a la vez que le alborota el pelo.

Me sorprende su repentino cambio de humor.

—¿A qué hora vamos?

—Oh, tranquila, vestíos. Os espero. Vamos en mi coche.

—Es muy temprano.

—He comprado desayuno —dice, y levanta la bolsa de papel que lleva en la mano.

Debo admitir que me parece un gesto muy tierno y que me apetece más que nada ahora mismo.

Nos vestimos y salimos en quince minutos. De camino a la granja, Zach está un poco callado, pero una vez llegamos se anima y le enseña a Bonnie todos los rincones de la propiedad.

—¿Qué hacéis con tantas calabazas?

—Las vendemos, colega.

—¡Guau! Son muchas. ¿Las coges todas tú? ¿Eres rico?

Zach se ríe de la inocencia de su hijo.

—Uy, no, no soy tan fuerte. ¿Quizá tú puedas ayudarme a cogerlas? Inténtalo, vamos, arranca esa, podríamos usarla para poner una vela dentro para la fiesta.

—Vale.

Bonnie intenta arrancar la gran calabaza y de la fuerza que hace acaba de culo en el suelo, pero estalla en una sonora carcajada, y Zach lo levanta y le arranca la calabaza.

—Trata de levantarla ahora, a ver si estás tan fuerte como parece.

Bonnie la sujeta y se pone contento al ver que puede.

—Mami, hazme una foto.

Saco el móvil y, justo cuando le voy a hacer la foto, miro a Zach y le pido:

—Ponte a su lado… Vamos.

Zach da un paso y coge otra calabaza haciendo ver que él no puede para que Bonnie parezca más fuerte. Y yo, literalmente, me derrito. Se parecen tanto, ahora que los veo juntos me doy cuenta de que su mirada es idéntica.

Miro alrededor y caigo en la cuenta de que no está Hannah y me atrevo a preguntar:

—¿Dónde está Hannah?

—Se ha ido a pasar unos días a casa de sus padres. La situación la ha superado. ¿Y Josh?

—Pues lo mismo…

—Bueno… Son mayorcitos, ellos sabrán. Vamos a colocar las calabazas en la camioneta. Aún quedan muchas por coger —dice sin dar importancia al hecho de que nuestras parejas nos hayan dejado de un modo u otro.

Y yo por primera vez siento que me va a ir bien estar sin Josh unos días.

—¿Cogemos esas, Zach? —dice mi hijo señalando las más grandes.

—Vamos a cogerlas juntos —le contesta Zach animado.

Y me doy cuenta de que tanto su voz como su mirada tienen un brillo especial. Ya no parece enfadado, y eso me relaja.

Aprovecho para hacerles fotos mientras Zach bromea sin parar con Bonnie y las calabazas. Y por un momento me pregunto cómo habría sido mi vida si me hubiera quedado junto a Zach. ¿Habría sido así? En la plantación, ¿sería mi hijo diferente? Bonnie me enseña desde lejos cómo carga las pesadas calabazas y yo me acerco a ayudarlos.

—Nos irán bien más manos, ya sabes la cantidad de calabazas que hay que coger para la fiesta.

Y todos los recuerdos de nuestras fiestas de Halloween juntas se amontonan en mi memoria.

—Éramos un equipo perfecto —suelto con nostalgia.

—Aún lo somos —afirma Zach, y me clava la mirada—.

¿Qué te parece si enciendo los altavoces y enseñamos a este pequeño cómo solíamos recoger la cosecha?

Me pongo a reír, pues en eso no nos ganaba nadie.

—Hace años que no escucho esa maldita canción.

—Pues eso tiene que cambiar.

Y sale corriendo hacia el granero y enchufa un iPod a los altavoces que casi al instante empiezan a sonar con nuestra canción favorita para trabajar. «Cotton fields», de Creedence Clearwater Revival.

Zach me guiña un ojo mientras mi hijo hace como que baila *country*. Por primera vez en muchos días me siento realmente bien y no puedo parar de reírme como una loca mientras tarareo la canción. Zach empieza a cantarla a pleno pulmón y yo me uno a él mientras Bonnie se ríe de nosotros y hace el tonto.

When I was a little bitty baby
my mama would rock me in my cradle
in them old cotton fields back home.
It was down in Louisiana
just about a mile from Texarkana.
Oh, when them cotton bolls get rotten
you can't pick very much cotton
in them old cotton fields back home.

Esta canción siempre nos hacía cantar como auténticos posesos, bailando entre las largas hileras de la plantación. La madre de Zach solía decir que con música se trabaja mejor. Qué razón tenía. Esta canción en particular nos hacía sentir en casa, y lo más fuerte es que tantos años después sigue teniendo ese efecto en mí. Bailamos y acabamos con la cosecha que toca recoger para preparar las calabazas para mañana. El trabajo duro de verdad viene ahora.

Terminamos exhaustos y Zach nos invita a entrar en

casa para relajarnos un poco y comer antes de empezar con el vaciado de las calabazas.

—Gracias —le agradezco la invitación con sinceridad.

—No he estado en casa estos días, será mejor que pidamos algo a domicilio.

—No, tranquilo, vacía una calabaza y hago una crema; así avanzamos trabajo.

—¿Te apetece cocinar ahora, en serio?

—No me importa —le miento, pues en realidad me apetece mucho.

He echado de menos esta casa y las tardes cocinando con su madre. Tengo que contarle lo de la herencia a Zach en un momento u otro, pero ahora me da miedo romper el buen rollo y lo bien que lo estamos pasando los tres.

—Zach, ¿cómo era mi madre cuando era joven?

—Oye, renacuajo, que yo aún soy joven. —Le doy un pellizco en las costillas.

—Sí, ya te gustaría, eres vieja.

—¿Tú me ves vieja, Zach? —Le pongo en un compromiso.

—Hombre, un poco sí —me suelta, y le tiende el puño a Bonnie para que se lo choque y mi hijo me mira victorioso.

—¡Ya os vale! —protesto realmente feliz.

—Y verás, Bonnie, tu madre cuando era joven era mala, muy mala. ¿No te ha contado todo lo que hacía?

—No. Cuéntamelo. —Mi hijo mira a Zach con los ojos abiertos de par en par. ¡Será morboso!

—No te pases… —le digo a Zach a modo de amenaza. Pero sé que eso nunca ha funcionado con él.

—Pues tu madre, mis hermanos y yo hacíamos muchas cosas juntos. Robar melocotones era lo más habitual y lo menos malo que hacíamos.

Bonnie me mira con la boca abierta y a mí me da la risa.

—Una vez tu madre acabó en la comisaría. Dime que eso sí te lo ha contado.

159

—¡Noooooo! —contesta mi hijo asombrado.

—En la perrera del pueblo iban a sacrificar a todos los gatos y perros viejos que llevaban años sin encontrar dueño, y la loca de tu madre nos convenció para entrar y romper todas las jaulas y robar los animales.

—¿Y lo hicisteis?

—Más nos valía, nos tenía amenazados. —Me mira con complicidad y ambos sonreímos recordando ese mítico día.

Fue genial asaltar la perrera. Ni me acordaba. Me gustaría decirle que eso no es verdad, pero recordando la historia, sí, es cierto, los amenacé.

—¿Cómo os amenazó?

—Verás, tu madre era muy lista, nosotros no tanto, y siempre nos dejaba copiar sus exámenes; nos dijo que, si no la ayudábamos, se nos acababa el chollo. Así que no tuvimos remedio. Era salvar a los perros o ponernos a estudiar.

—¡Hala, qué lista! —dice mi hijo, y yo miro con cara de asesina a Zach—. ¿Y los salvasteis?

—Pues claro que los salvamos. Pero nos pillaron.

—¿Cómo?

—Metimos a todos los perros sueltos en la parte trasera de mi camioneta y a los gatos en trasportines, y los soltamos por la granja.

—¿Aquí? —pregunta Bonnie.

—Sí, señor, y a la mañana siguiente, cuando mi madre se despertó y vio todos esos animales sueltos por la cosecha, se enfadó muchísimo. Mi tío era el *sheriff*, y cuando se enteró nos llevó al calabozo.

—¿Cuánto tiempo?

—Solo estuvimos una hora, fue un castigo más que otra cosa, por entrar y romper la cerradura y las jaulas. Pero tengo que admitir que la cosa acabó bien. Nos quedamos con todos los animales en la granja y ninguno fue sacrificado.

—¿Pues sabéis que os digo, listillos? Que lo volvería a hacer —les suelto, y Zach me sonríe.

Bonnie esta embobado con todo lo que Zach le cuenta.

—Más cosas, más cosas.

—No, no quiero ser más chivato, seguro que tu madre te las irá contando. Aquí en el pueblo era conocida por gamberra.

—Éramos, guapo, éramos. Que todas se os ocurrían a ti y a tus hermanos —le reprocho para que no se haga el héroe, pues siempre nos pillaban por su culpa y sus malas ideas.

La verdad es que tuvimos una adolescencia entretenida.

Hago la crema de calabaza bastante rápido y nos la comemos mientras Bonnie le explica a Zach anécdotas de su clase y sus amigos. Me sorprende el modo en que Zach atiende a todo lo que él cuenta, aunque la mayoría son cosas sin importancia para un adulto desconocido como él. Me atrevería a decir que Zach está poniéndose en la piel de padre. De padre que escucha con atención y cariño a su hijo. Yo los miro y me regalo este día. Sin pensar en nada más.

—Bueno, señores, se acabó la cháchara; hay que empezar a vaciar calabazas y hacerles ojos y bocas diabólicas —les digo mientras Zach recoge la cocina y friega los platos en un santiamén.

Esto es nuevo, antes no era tan limpio. De hecho, era la peor batalla que tenía con su madre. Y Dorian siempre la perdía. Me gusta ver que finalmente aprendió.

Pasamos la tarde preparando la decoración de la fiesta de mañana y, cada vez que puedo, aprovecho para mirar disimuladamente a Zach con detenimiento. Está distinto. No lo reconozco, cuando está con Bonnie es como si toda su chulería se hubiera esfumado. Veo al hombre en el que se ha convertido y debo admitir que es tremendamente atractivo y sexi.

Terminamos agotados de hacer las calabazas y Zach se ofrece a llevarnos a casa. Una parte de mí no quiere irse aún, pero le agradezco el gesto y recogemos todo sin prisa.

Al llegar, nosotros dos nos despedimos con un fugaz abrazo, y Zach y Bonnie se abrazan también.

—¡Gracias, Zach! —le dice mi hijo, y Zach le pone el puño para que choque con el suyo.

—A vosotros. Os veo mañana a primera hora —nos dice, y me guiña un ojo dejándome totalmente embobada.

¿Qué me pasa? Ya tengo una edad.

Bonnie está contento y es todo lo que me importa. Le cuenta con emoción a la tía todo lo que hemos hecho, y Dorothy me mira poniendo ojitos como la buena sabia que es. Yo le sonrío sin soltar prenda y me dirijo a la habitación a cambiarme y darme una ducha. Bonnie cena algo viendo la tele, yo no tengo hambre. Me acerco a la ventana para correr la cortina antes de desvestirme y entrar en la ducha cuando veo la camioneta de Zach aún en la puerta de casa. ¿Qué hace aún aquí? Me quedo unos instantes mirando, pero no se mueve. Así que decido bajar.

—Voy a hablar con Zach, que parece ser que no se va.

—Ya empezamos...

—¿Qué empezamos? —le pregunto a mi tía entre dientes.

—Vaya par, anda, vete —me dice, y se va con Bonnie a cenar frente al televisor.

Veo a Zach agarrado al volante y con la frente apoyada sobre las manos. Toco con los nudillos en la ventanilla del conductor y apoyo la frente contra el cristal, imitando su postura.

—Vete a dormir, ratita —me suelta con un deje de tristeza.

—¿Qué ocurre? —le pregunto a la vez que baja la ventanilla y podemos hablar con normalidad.

—Me gusta Bonnie.

—Gracias.

—No es un cumplido para ti...

—Aguafiestas —trato de bromear para que no se cree un ambiente tenso.

—Soy incapaz de arrancar el coche y dejaros aquí.

—¿A qué te refieres? —digo tras un silencio, pues he comprendido perfectamente a lo que se refiere.

—¿Te apetecen unos dardos?

—Solo si no nos emborrachamos.

—Eso ya lo veremos. Sube —me dice, y me abre la puerta.

Subo sin dudar y vuelvo a perderme a su lado.

—Gracias por lo de hoy, ha significado mucho para mí y para él.

—Espero haberle caído bien.

—Le has fascinado. Le pareces muy fuerte y guay, y eso para un niño lo es todo. Le has encantado.

—Se me ha hecho tan fácil... estar con vosotros...

—Y entonces, ¿por qué estás triste, Zach?

—Porque os vais a ir.

Me quedo callada y miro hacia delante.

—Tengo algo que contarte. —Aprovecho, es ahora o nunca.

—Cuéntamelo cuando estemos borrachos.

Rompo a reír y le doy un codazo.

Entramos al local y veo que hoy es noche de música en directo. Nada más y nada menos que Rodney Atkins. No puedo creer que esté en nuestro pueblo.

—¡Me encanta! —le digo a Zach señalando al cantante.

—Ya lo sé, te pega que te siga gustando. ¿Una cerveza?

—Sí, porfa —le digo alzando la voz, y me voy a buscar un hueco cerca del escenario mientras Zach se dirige a la barra.

Rodney está cantando uno de sus temas más famosos, «Caught up in the country», y yo me pongo a cantar junto a la multitud. Hacía años que no salía tanto, que no tenía vida independiente de mi marido e hijo, y la verdad, lo ne-

163

cesitaba. Aunque no tenía ni idea de cuánto lo necesitaba en realidad. Estos días me están sabiendo a gloria a pensar de los contratiempos. Zach me alcanza la cerveza y nos la bebemos mientras disfrutamos del concierto.

—Vamos, canta, que esta era tu canción —me dice, y me encanta que se acuerde.

La canción habla de lo que sentimos las personas que vivimos en el campo, la sensación de estar atrapados en las extensas tierras, las balas de paja, los porches de manera, los perros sueltos, las puertas de las casas abiertas y el modo en el que necesitamos esto para vivir. Atrapados en el campo, es todo lo que necesitamos para vivir. Esta canción me invita a saltar y a bailar orgullosa de mis raíces.

Caught up in the country
the only way I wanna be
somewhere where the road ends
out there where the creek bends.
That's where you can find me.

Rodney pide a todas las parejas que bailen su próxima canción abrazados y Zach me tiende la mano como si de una orden del cantante se tratara. Le tomo la mano y bailamos abrazados como el resto del local. Me siento bien, me gusta, y su olor es tan familiar para mí…

—Gracias —me susurra al oído.

—¿Por qué?

—Por haberte atrevido a venir…

—No ha sido del todo mérito mío.

—De quien sea, me da igual. La que ha venido eres tú.

—Sí, eso es verdad.

—¿Qué querías contarme antes? —me pregunta a la vez que termina el baile y Rodney Atkins se despide.

—¿Podemos ir a sentarnos?

—No me asustes. Vamos.

Cojo el bolso y saco el testamento de su madre. Se lo tiendo y no sé muy bien si es este el lugar y el momento adecuados, pero estoy harta de seguir guardando este secreto.

—¿Qué es esto? —me dice, y le da la vuelta al sobre. Al ver que es del abogado de su madre se queda petrificado.

—Ya te he dicho que no ha sido mérito mío venir hasta aquí. Tu madre lo organizó.

—¿Cómo tienes tú esto?

—Ábrelo.

Zach se toma su tiempo para leer el testamento y descubrir que la granja no ha sido donada a ninguna orden religiosa, sino a su hijo Bonnie. También lee la carta dirigida a mí y me mira sin pronunciar palabra.

—¿Para esto habéis venido? ¿Para quedaros con la granja? —Parece enfadado—. ¿Tú y tu maridito?

—No seas imbécil, si quisiera la granja, ya habría aceptado la herencia. He venido a renunciar a ella y a entregarte esto.

Saco el sobre sellado y cerrado que su madre me hizo llegar para él y veo cómo traga saliva y le cambia la cara.

—Dime una cosa. ¿Cómo coño sabía mi madre lo de Bonnie?

—No me hables así, para mí es tan duro como para ti —le regaño, no pienso permitirle que me hable mal.

—Lo dudo…. —me suelta, y tiene razón.

—El otro día no te lo conté, pero fue tu madre la que me encontró tirada en la carretera, llena de sangre, el día de la violación.

A Zach se le enturbia la mirada al recordar ese episodio de mi vida.

—¿Y no me lo dijo?

—Se lo hice jurar y perjurar. Me arrepiento. Enfádate conmigo, no con ella. Ella en el fondo no quería hacerte sufrir, pues yo le aseguré que ya no quería saber nada de ti.

—No es justo que eligierais por mí. Las dos.

—Cierto, pero eso ya no lo puedo cambiar. El hecho es que tu madre se enteró por mi tía de que fui madre. Mi tía le fue enseñando fotos y, según lo que ella dice en la carta, una madre sabe reconocer a su hijo, en este caso, a su nieto.

—¿Se puso en contacto contigo?

—Nunca, nunca en todos estos años…

—Yo sí lo hice, ¿lo sabías?

—Sí, lo sé, tu madre me envió junto al testamento todas las cartas que te fueron devueltas. Nunca las recibí, no tenía ni idea… Ya no vivía allí.

—Ya, la mitad las escribí sabiendo que nunca las leerías, pero me hacían sentir cerca de ti.

—Yo también te escribí una carta a los pocos meses de quedarme embarazada. Te contaba que había conocido a alguien y que el hijo podría ser tuyo. Pero no tuve el valor de enviártela. Lo hice por Josh, y porque me parecía insoportable la idea de volver al pueblo por los recuerdos de la última noche.

—Nos habríamos ido juntos a la otra punta del mundo si hubiera hecho falta.

Sonrío y le acaricio la cara sin darme cuenta, es un acto automático.

—Déjame hacerte el amor.

—¿Qué? —Me sobresalta su comentario.

—Que me dejes hacerte el amor.

—No… —le digo, y me aparto.

Pero Zach acerca su silla aún más y casi se pega a mi cuello, dándome el tiempo oportuno para que me aparte si así lo deseo, pero no lo hago. No quiero. Lo que quiero es que me haga el amor y quiero que lo haga fuerte y una vez tras otra. Pero no quiero enamorarme de él otra vez. No puedo. Siento cómo me recorre la oreja delicadamente con la lengua y acto seguido me besa el cuello. Un escalofrío me recorre todo el cuerpo cuando veo entrar por la puerta a su hermano

Chris. Zach se da cuenta de que no estamos solos y me agarra la mano y se levanta tirando de mí, esta vez no me da opción a pensármelo.

—Vamos a casa —me dice algo tenso.

—¡Vaya, vaya! —nos dice el que fue mi mejor amigo al vernos.

Yo me tapo la cara y Zach tira de mí hacia fuera. Nos metemos en la furgoneta y Zach vuelve a besarme el cuello. Llevo una falda tejana y aprovecha para apoyar su mano en mis muslos, mueve la mano ligeramente hacia la cara interior de mis piernas y no puedo describir el huracán de pasión que desemboca en lo más bajo de mi vientre. Solo puedo pensar en que hunda su mano en mis braguitas y me haga suya.

—Me la sigues poniendo tan dura como siempre, ratita.

Me fijo en sus tejanos y evidentemente veo el bulto duro en su cremallera. Me preguntó si habrá cambiado, si hará el amor igual.

Arranca el coche y se dirige a la granja mientras me acaricia los muslos. Hace calor, mucho calor, no parece una noche de octubre. Abro la ventana y echo la cabeza atrás dejando que el aire me despeine y cierro los ojos. Sus dedos se aventuran por la costura de mi braguitas, y cuando me las roza suelto un suspiro que me deja vacía y llena al mismo tiempo. Se pasa el corto trayecto del bar a la granja acariciándome por encima de las braguitas y nada más llegar aparca, baja para abrirme la puerta mientras yo me coloco la falda bien por si hay alguien y, como si me leyera la mente, me suelta:

—No hace falta que te arregles, estamos solos y pienso arrancarte toda esa ropa en cuanto entremos.

Cierro la puerta tras de mí y apoyo mi culo en la camioneta.

—¿Y si no quiero entrar? —Me hago la difícil aunque estoy totalmente excitada.

—Pues te follaré aquí mismo —me suelta completamente atrapado y poseído por el deseo.

Zach apoya su cuerpo contra el mío dejándome entre la carrocería y él, y noto su paquete extremadamente duro en mi cadera. Lo presiona un poco contra mí para que lo sienta y se acerca a mis labios.

«Maldita sea, bésame ya», digo para mis adentros, pero se toma su tiempo, me vuelve a besar el cuello y acto seguido soy yo la que me abalanzo sobre sus labios y nos besamos con tanta pasión que más que dos adultos parecemos dos adolescentes desesperados que se besan con lengua por primera vez. Zach me agarra una pierna y yo le rodeo el cuerpo con la otra. Acabo sentada en su cintura, apoyando aún mi espalda en el coche, y nos besamos, nos besamos con tanto frenesí que creo que voy a correrme solo con su lengua. Zach introduce sus dedos en mis braguitas.

168

—Dios mío, estás empapada. Quiero comerte entera.

Veo cómo se desabrocha el cinturón y solo pienso en que me penetre; muevo la cintura en un pequeño círculo para indicarle que estoy lista y casi sin darme cuenta Zach saca de la cartera un condón, se lo pone y me penetra. Un estallido de placer me sacude y ahí mismo hacemos el amor. Yo pegada al coche y él agarrándome contra su cintura. No duro mucho, hace que llegue al orgasmo en cuestión de segundos. Demasiada pasión. Sin pronunciar palabra me guía hasta la casa. De la puerta a la cama, y ahí sí, me lame el cuerpo entero dedicando especial cariño y tiempo a mi clítoris, y acabamos haciendo el amor, esta vez mucho más suave, mucho más largo, mucho más romántico. Vuelvo a ser una niña, me hace sentir en casa. Segura, a salvo y donde quiero estar. No le doy vueltas a por qué siento lo que siento. Solo me abrazo a su pecho y me duermo encantada con su aliento en mi cabeza y el latido de su corazón tan cerca del mío.

22

Zach, en la actualidad

Los primeros rayos de sol me despiertan y la imagen de Crystal desnuda en la cama, envuelta en mis sábanas y mirando hacia mí, me atrapa. ¿Cómo puede volverme tan loco? No quiero ni moverme, no quiero despertarla, no quiero que se vaya. Si pudiera detener el tiempo… La abrazo contra mí y me quedo pensativo sintiéndola respirar. ¿Tanto pido si deseo que sea ella lo que vea cada puta mañana al despertar?

Recuerdo la carta de mi madre que ayer me dio Crystal y me entra la curiosidad, pero no quiero despertarla, así que me quedo inmóvil para no romper este momento. Huelo su perfume, su pelo… Todo es tan familiar como si no hubiera pasado ni un día desde que se fue.

Crystal se retuerce entre las sábanas dormida y de manera inconsciente se aferra a mí y me abraza con fuerza; no quiero que se suelte. Cierro los ojos y me siento el hombre más afortunado del mundo. Lo tengo todo sin salir de esta maldita habitación. Jamás pensé que volvería a tenerla en mi cama, ni siquiera enfrente de mí. Crystal se despierta y por un instante tengo la sensación de que no recuerda dónde está, como cuando te despiertas desubicado después de una siesta demasiado larga. Lo sé por cómo me mira. Al instante se tapa avergonzada y yo la beso por toda la cara hasta que se quita las manos.

—Buenos días, ratita.

—Buenos días, capataz. —Esconde su cara entre mis brazos y se acurruca más contra mi cuerpo.

—No quiero que te vayas —le susurro.

Me mira y me da un beso fugaz en los labios, al que respondo con uno más intenso. Ella sonríe y yo me derrito.

—Chsss. —Me pide que me calle y me besa con pasión.

No sé qué significa esto, pero pienso vivir este instante al máximo.

Noto cómo se me pone dura con cada beso que me da, el roce de su lengua en mi boca me hace perder el control y la pongo debajo de mí con un movimiento rápido. Le beso el cuello, y con la lengua empiezo a recorrer sus pezones con delicadeza hasta que no aguanto más y los succiono, ella gime y yo bajo hasta sus ingles; ahí me detengo un buen rato, quiero hacerla disfrutar. Sé perfectamente cómo le gusta. No ha cambiado nada. Ella arquea la espalda de placer y me agarra de los antebrazos. Su sabor es delicioso, me pone cada vez más cachondo con cada beso y lametazo que doy. Ella gime y yo acentúo el ritmo, quiero que se corra en mi boca, pero ella no me deja, me pide que la penetre y no puedo negarme. Le hago el amor una vez más con la misma pasión de cuando éramos unos críos y llegamos juntos al éxtasis tras media hora de sexo. Acabamos jadeando, sudados y sin nada que añadir.

Al poco rato, Crystal se levanta, empieza a vestirse y yo me siento aterrado.

—¿Te vas? —le pregunto como un imbécil asustado. Yo no soy así.

—Tengo que ir a por Bonnie.

—Venid a comer.

—Hoy es Halloween, quería pasar el día con Bonnie en la feria de otoño.

—Oh, claro —contesto intentando disimular el fastidio, pues me encantaría ir con ellos.

—¿Quieres venir con nosotros?

—¿No te importa? —Su ofrecimiento me alegra el día.

—Mucho... Me importa mucho. Que vengas —remarca con sarcasmo, y me sonríe de un modo que no puedo evitar que se me caiga la baba.

—Me doy una ducha y vamos a por Bonnie. Prepárate lo que quieras en la cocina. Ya la conoces.

—Gracias. —Me da un beso dulce y fugaz y sale hacia la cocina.

Suspiro, esto es un puto sueño, y me meto en la ducha.

23

Crystal, en la actualidad

Me muevo aún perezosa por la cocina de Zach. Son las siete de la mañana y hay mucho que limpiar de las calabazas de ayer. Me decanto por hacer cuatro *muffins* en taza en el microondas para llevarle un desayuno a Bonnie que estoy segura de que le va a encantar, así aprovecho para organizar un poco el desastre de ayer.

Lo que ha pasado esta noche no tiene nombre, ya no sé qué es lo correcto y qué no lo es. Pero llevo demasiados años haciendo lo que creo que es adecuado y sin hacer lo que realmente me apetece. Así que ayer, cuando Zach me propuso hacerme al amor, sencillamente hice lo que sentí. Que sin duda era hacerlo y permitirme sentir. Sin culpas, sin miedos y, por fin, sin secretos. Dejar de ser la madre y esposa ejemplar para ser por un día yo misma.

Preparo en una taza:

6 cucharadas de leche vegetal
3 cucharadas de harina de trigo
2 cucharadas de cacao
½ cucharadita de levadura
una pizca de sal
2 cucharadas de azúcar

Mezclo todos los ingredientes rápidamente y los pongo en una taza en el microondas; un minuto y medio a toda potencia y *voilà*. Un *mug cake* en un santiamén.

—Huele como cuando mi madre vivía. —Zach aparece desnudo con la toalla enrollada en la cintura y su imagen me enciende por instantes.

—¿De quién te crees que es la receta? —le digo concentrándome en recoger la cocina para no acabar de nuevo en la cama. Me siento como una adolescente.

—Crystal, no quiero que renuncies a la herencia. Era la voluntad de mi madre.

—Zach... No es buena idea. ¿Has leído la carta?

—No, aún no. No tengo valor.

—¿Quieres que la leamos juntos?

—Pues sí, la verdad. ¿Me la lees?

—¿Yo?

—Sí...

—Espero que no me maldiga —digo, y estallo a reír.

—Sería divertido.

Va a por la carta y me la tiende.

—Vamos allá —le digo. Carraspeo y empiezo a leer para Zach.

Hijo mío, no pienso pedir perdón por haberme muerto ni por haber tomado la decisión que he tomado. Demasiados años lamentándome de cosas. No me iré de este mundo así.

Si lees esta carta es porque ya no estoy. Me hubiera gustado decírtelo en vida, pero temía que no me creyeras o no lo entendieras. Imagino que Crystal te ha entregado esta carta y que ya has leído el testamento. Mi última voluntad es que Crystal y tú os encontréis y os perdonéis los errores del pasado. Los de ambos. Tiene mucho que contarte, dale tiempo, lo hará.

Soy consciente de que la forma de redactar el testamento es poco ortodoxa, pero ya sabes lo mucho que me ha gustado siempre hacerte rabiar.

Os amo, a los tres. Sois mis tesoros. Tus hermanos y tú me habéis dado la vida, y aunque me lo pusisteis imposible en muchas ocasiones, no cambio ni un solo día a vuestro lado. Ya sabes que para mí Crystal siempre fue la hija que nunca tuve y, sin duda, tu hijo será el nieto al que ya nunca podré conocer. No podré enseñarle la importancia de la cosecha en luna llena, ni cómo el agua de la lluvia aporta minerales indispensables para las plantas. Pero puedes hacerlo tú. Sé que serás el mejor padre del mundo. Y discúlpame que dé por sentado que harás de padre. Pero te conozco y cuando veas a ese niño no podrás dejarlo ir.

Yo no soy nadie, y menos ahora que ni siquiera estoy, para decirte qué debes hacer. Aun así, lo haré. Ya sabes, sigo siendo tu madre. Allá va.

No dejes pasar lo que realmente deseas por lo que se supone que deberías desear. Nunca dejes escapar algo que deseas con todo tu corazón.

175

Hago un silencio y trato de contener la emoción que me sobresalta.

—Perdona.

Zach tiene los ojos vidriosos.

Nunca dejes escapar el amor verdadero. Muy poca gente tiene la fortuna de encontrarlo. Sea quien sea tu amor verdadero. No aceptes menos, o serás un desgraciado toda la vida. Y un insensato.

Te quiero, os quiero a los cuatro. Bueno, a los cinco.

Tened una vida plena y alocada. Tened la vida que merecéis. Diles a tus hermanos que los amo.

Siempre, VUESTRA MADRE

Agacho la cabeza y las palabras de Dorian me tocan muy dentro.

—Hasta muerta da órdenes. —Sonríe con ternura Zach.

Estallo a reír.

—Menuda mujer —digo.

Nos quedamos unos instantes en silencio y Zach rompe el hielo:

—Vamos, Bonnie nos espera.

En el trayecto comentamos la carta de Dorian. Zach confiesa haberse emocionado mucho y entender a la perfección por qué su madre ha hecho lo que ha hecho. Me alegro que no le haya molestado o dolido.

Llegamos a casa de la tía Dorothy y Bonnie nos abre la puerta.

—¿Dónde estabas, mami?

—Haciendo *mug cakes* para ti —le digo, y saco del bolso dos *muffins*, uno para él y otro para Dorothy—. Vístete, vamos a la feria.

—Síííí, ¿estarán nuestras calabazas?

—Sí, Zach las lleva en el coche. Vamos a colocarlas.

—Guay, guay. Voy.

Veo a mi pequeño meterse a toda prisa en su habitación y en menos de un minuto sale vestido, tan mal combinado pero tan gracioso que me da la risa.

—Bonito *look* —le dice Zach fijándose en sus pantalones de rayas verdes, su camiseta de topos azules y su jersey de cuadros naranjas.

Josh le hubiera hecho cambiarse. Me encanta que a Zach le haga gracia el peculiar gusto por la moda de mi hijo.

Llegamos a la feria, que está en la avenida principal del pueblo, cerca del gran pantano. Las carpas están ya colocadas. Zach reparte dos calabazas por puesto y montamos nuestro estand, que queda precioso con calabazas de diferentes formas, para dar a conocer la granja.

Hay todo tipo de puestos, desde los que ofrecen dulces tradicionales de la zona hasta otros de ropa hecha a ganchillo por alguna artesana de las cercanías. También están las típicas casetas de tiro, para disparar a botellas, y otras para pescar patitos de plástico. Jugamos en todas, y tras demostrar que se me dan peor incluso que los dardos, Zach logra ganar un peluche de tiburón para Bonnie, que se emociona y ya no quiere hacer nada más que ir a casa para guardar su nueva adquisición. Nos cuesta media vida convencerlo de que lo deje en el coche y sigamos disfrutando de la feria. Todo el pueblo está decorado con motivos otoñales, y cuando llega la hora de comer nos acercamos a un agricultor al que conocemos de toda la vida y que vende maíz tostado. Riquísimo.

Es la primera vez que Bonnie prueba algo así y yo me río de su cara al saborear comidas nuevas. Zach le enseña a morder el maíz sin que se manche entero y yo les hago fotos. Tía Dorothy está a punto de empezar un concierto con su grupo del coro y vamos para la parroquia a verla cantar, Bonnie siente mucha emoción por ver a su tía abuela.

—Mami, cuando volvamos a casa yo quiero apuntarme a un coro.

—Claro, si te gusta… Buscaremos uno.

Miro a Zach, que me dedica un sonrisa triste ante la idea de que volvamos a Seattle.

Pasamos el resto de la tarde disfrutando de la música y nos preparamos para la gran hoguera de Halloween.

—No me digas que no vais a disfrazaros hoy —nos pregunta el pastor al acabar el concierto.

Y caigo en la cuenta de que se me había pasado por completo.

—¿Quieres disfrazarte? —Miro a mi hijo.

—¡Síííí!

—Pues vayamos a la tienda antes de que se nos haga tarde y cierren.

177

—Yupiii. —Pega un salto y me da un abrazo.

Hace mucho que no lo veía tan animado y tanto tiempo sin engancharse a su *tablet*.

Tras rebuscar durante más de media hora, decide disfrazarse del Conde Drácula. Muy original, mi hijo. Zach y yo nos compramos maquillaje para pintarnos algo en la cara e ir a la hoguera como Dios manda.

La fiesta está abarrotada de gente y entre la multitud distingo a Hannah. Sin pensar mucho en ello, le pido a Zach si puede vigilar a Bonnie un momento y me dirijo a ella.

—Hannah —la llamo para hablar con ella, pues va junto a una pareja que no conozco.

—Crystal. Hola…

—Siento mucho lo del otro día, irrumpir en vuestra casa…

—Ya no es mi casa —me corrige. Y dedica una mirada a Zach y a Bonnie.

—¿Es Bonnie?

—Sí, es mi hijo.

—Es guapo —me dice, y se me rompe el alma. Pues es igual que Zach y eso debe matarla.

—¿Me perdonarás algún día?

—Estoy trabajando en ello.

—Quiero que sepas que eras muy importante para mí, nunca has dejado de serlo. Y que, si no di señales de vida, es porque trataba de huir de todo lo que pasó aquella noche. Me equivoqué.

—Siento mucho lo que te ocurrió… No estuve a tu lado.

—No… Tú siempre has estado a mi lado.

—¿Sabes? Siempre supe que, si volvías, Zach iba a abandonarme.

—No digas eso.

—Preferí hacerlo yo. Zach nunca me ha mirado como te mira a ti.

—Por favor, Hannah…

—Es la verdad y debo aceptarlo.

—Es muy difícil para mí, no sé cómo llevar la situación.

¿Estás bien? —Cielo santo, me siento tan feliz de poder hablar con ella.

—Estaré mejor.

—No sé qué decir, pero…

—No tienes que decir nada. Disfruta de tu regreso al pueblo. Seguro que en unas semanas todo será más fácil.

La siento triste, pero a la vez madura; ha cambiado, es una mujer.

—No vamos a quedarnos… Nos iremos enseguida.

—Bueno…

—Hablamos en otro momento, ¿vale? —le digo con esperanza.

—Vale… Cuida de Zach —me dice, y al instante derrama una lágrima.

—Hannah, ¿estás bien? —Trato de consolarla.

Pero me hace un gesto de que le dé un instante y vuelve con sus amigos dedicándome una sonrisa sincera pero escueta. Tomo aire y no permito que la situación me supere. Me giro y veo cómo Bonnie habla con Zach. Parece que se conozcan de toda la vida.

Vuelvo con ellos y cenamos unos sándwiches junto a la hoguera mientras escuchamos las historias para niños que cuenta una mujer disfrazada de bruja buena. O así se presenta ella, porque a mí me parece tan tétrica como las malas de Disney.

24

Se ha hecho tarde y Bonnie se muere de sueño. Dorothy y una de sus vecinas se han unido a nosotros hace un buen rato.

—¿Tienes sueño, pequeño? —le pregunta la tía a Bonnie.

—Un poquito.

—Vamos a casa, creo que tu madre se quedará un rato más.

—¿Te importa si te dejo sola, mami?

—¡Oh, nooo! Mi Drácula me abandonaaa —le digo en broma, como si me doliera mucho.

—Uuugggh —me grita asustándome, y se me lanza al cuello fingiendo morderme.

—Vete a casa, anda, enano.

Le doy un fuerte abrazo y sin que se lo pida veo cómo se dirige a Zach para despedirse; por primera vez se lanza a sus brazos y le da un abrazo muy fuerte. Veo la expresión de Zach: por la cara que pone, mi hijo tiene que haberle dicho algo.

—¿Qué te ha dicho? —le pregunto mientras Bonnie y Dorothy se alejan dirigiéndose a casa.

—Me ha dicho: «Buenas noches, papi».

Lo miro con los ojos como platos y alucino. Alucino mucho.

—No sé qué decir —le confieso.

—Quedaos. —Me lo pide tan de verdad que tengo que apartar la mirada—. ¿Por qué no? Tu marido te ha dejado y yo estoy libre también, podemos intentarlo.

—No creo que sea el lugar para hablar de esto. —Trato de cambiar de tema.

—Al cuerno con eso. No importa el lugar.

—Tengo un negocio, casa, marido, al menos todavía de forma legal… Y Bonnie tiene a su padre. A su otro padre —rectifico—. Y su escuela, sus amigos… No es tan fácil.

—Puede ir a la escuela de aquí. Y el negocio puedes traspasarlo, montar algo en el pueblo, y Bonnie puede ver a Josh siempre que quiera.

—Se te olvida que legalmente es hijo de Josh y que, si él no quiere, no puedo mudarme ni al pueblo de al lado. Mucho menos aquí.

—Joder…

—Disfrutemos de la noche —le pido.

Empiezan los fuegos artificiales y el baile con música en vivo de cantantes locales del estado, y aunque me encantaría bailar abrazada a él y besarlo, no lo hago; Hannah está por aquí y ambos la apreciamos mucho. Los hermanos de Zach vienen a saludarnos y acabamos pasando la velada juntos recordando viejos tiempos y riendo como posesos. No había visto a Troy desde que llegué. Me presenta a su adorable mujer y me alegro de que haya sentado cabeza al fin. Adoro esta fiesta, había olvidado cuánto.

—Hoy iré a dormir a casa. No quiero que Bonnie esté solo tanto tiempo —le digo a Zach al ver que ya son las cuatro de la mañana.

—Claro, te llevo —se ofrece Zach sin mostrar molestia.

Nos despedimos en la entrada de la que un día fue mi casa y nos fundimos a besos. No decimos nada, por hoy ya hemos dicho demasiado.

Entro con un cosquilleo en el estómago y me dirijo al cuarto donde duerme mi hijo; me acurruco a su lado, lo echaba de menos, y me quedo dormida con un pequeño Zach en mi regazo.

25

El estridente tono de mi móvil me despierta y me pongo de mal humor. Solo son las seis de la mañana. Mi hijo se despereza a mi lado y le pido que duerma un poquito más. Veo que la llamada es de Cat y lo cojo por si hay algún problema.

—Buenos días, te mato por despertarme tan temprano. Dime que es una cuestión de vida o muerte.

—Ostras, había olvidado el maldito cambio horario. ¿Te llamo más tarde?

—Naaa, el mal ya está hecho —pronuncio con dificultad, y salgo de la habitación para no despertar a Bonnie.

—¿Cómo estás?

—Dormida.

—¿Y aparte de eso?

—No sabría contarlo por teléfono.

—Ayer vi a Josh… y tú sigues ahí. ¿Me he perdido algo?

—Sí, me ha dejado, necesita tiempo.

—Bueno…, es normal. ¿Y Zach?

—Pues…

—¡No me jodas! —grita por el auricular.

—Sí…

Nos entendemos sin hablar.

—Ahora no puedo hablar, no estoy sola.

—Vale, vale… ¿Bonnie está bien? Os echo de menos, joder.

—Bonnie está genial, si no fuera por él, no estaría aún aquí. Se lo ha tomado tan bien... Dice que tiene dos papás. Yo estoy en el limbo.

—Pero ¿qué sientes?

—Es que no puedo pensar en este pueblo. Es como volver a casa y darte cuenta de que es donde mejor se está, pero luego pienso en mi vida con Josh, nuestras rutinas, y te mentiría si no te digo que lo echo de menos. ¿Tú estás pasándolo muy mal sin mí?

—Un poco, pero con la chica que te comenté que viene a echar un cable me va mucho mejor.

—Me alegro... No tardaré en volver.

—Por eso te llamaba...

—¿Qué ocurre?

—¿Estás sentada?

—Bueno, haciendo pipí, ¿vale eso?

—Sí. —Se ríe—. Vale.

—Nos ha contactado la productora Sunlights para hacer un *catering* para el rodaje de la nueva película de Hugh Grant.

—Estás de coña.

—No —contesta segura y seca.

—¡¡Diooosss!! —Suelto un pequeño grito y me dan ganas de saltar.

—Pero ¿cómo han llegado a nosotras?

—Pues... ¿Recuerdas a la pija de los *cupcakes* para la fiesta de cumplemés de su bebé de hace unas semanas?

—Sí, claro. El día que Josh desapareció. Para no acordarme.

—Es la mujer del productor y quedó enamorada de nuestros *cupcakes*, así que ya estás volviendo porque hay que hornear el desayuno de las estrellas durante un mes.

—¿Un mes? —No lo puedo creer.

—Nos vamos a forrar.

Nos reímos juntas y me doy cuenta de lo mucho que la echo de menos.

—Voy a preparar una carta especial para ellos, para que elijan el *catering*.

—De acuerdo, yo arreglo los papeles con los abogados y voy para allá. Voy a meterle caña.

Colgamos y un sentimiento de pena me invade de repente. Ha llegado la hora de irse y una parte de mí se aferra a este lugar. A Zach, a esta vida… A la que hubiera sido mi vida.

Le mando un mensaje a Zach, lo necesito y no me atrevo a hacerlo en persona.

Nunca había mirado a nadie del modo en que te miro a ti. Es curioso, porque te veo y no solo veo lo que hay en ti. Veo mi hogar, mi vida. Veo todo lo que reconozco, incluso cosas que no comprendo. Eres todo lo que buscaba cuando era solo una niña. Y cada vez que te miro pienso en cómo pude ser tan afortunada de vivir tanto contigo. Me siento agradecida y bendecida por nuestra historia. Necesito que sepas que no cambiaría nada. Bueno, casi nada. Tengo que volver a casa, me ha llamado mi socia y me necesita para un encargo muy importante. Hoy pasaré por el abogado, renunciaré a la herencia y la granja será de quien debe ser. Me gustaría verte antes de irnos, me gustaría que no fuera triste, por favor, por Bonnie. Volveremos pronto si quieres mantener la relación con él. A mí me encantaría.

Te querré siempre. Buenos días. Huelo a ti.

Cuando se lo envío la emoción me sobrecoge y tengo que respirar hondo. Me doy una ducha, preparo el desayuno para los tres y cuando dan las ocho llamo al abogado.

—Buenos días, me urge arreglar el tema de la herencia, ¿podríamos vernos hoy?

—Claro, a las doce en mi despacho.

Hecho. Despierto al peque y desayunamos recordando los disfraces de la gente de la fiesta de ayer.

—Cariño, volvemos a casa.

—¿Con papi?

—Sí, con papi. —Le acaricio la cabeza y le doy un beso.

—Echaré de menos a la tía y a Zach.

—Los visitaremos a menudo, te lo prometo.

—Oh, más os vale —nos dice tía Dorothy, que acaba de despertarse—. ¿Vas a renunciar a la herencia?

—Sí, tía, esas tierras pertenecen a su familia.

—Bonnie es su familia...

—Sí, lo sé, pero ya me entiendes.

—¿Qué opinan ellos?

—A Chris y a Troy les importa poco, y Zach..., sé que en el fondo quiere la granja. Está más unido a ella que a nada en la vida.

—Si estás segura, cielo, adelante.

—Sí, lo estoy. Bonnie podrá disfrutar de la granja igualmente, ahora que se lleva tan bien con Zach.

—¿Y qué hay de ti?

—¿De mí?

—Sí... De tu corazón.

—Pues con el tiempo supongo que aclararé mis sentimientos.

—Eso seguro. ¿Quieres un consejo?

—Claro.

—Olvida lo correcto, haz lo que te pida esa vocecita interior a la que siempre pedimos callar.

Medito por un instante y realmente mi vocecita interior está tan confundida como yo.

Suena el teléfono, un mensaje nuevo.

—Disculpadme. —Me levanto al ver que es un mensaje de Zach y lo leo apoyada en la ventana del salón.

No sé qué puedo hacer para hacerte cambiar de opinión. Solo de pensar que vuelves a irte se me revuelve el estómago. Pero no pienso obligarte ni suplicarte nada. Quiero que seas, que seáis felices. Y esa decisión está en vuestras manos... Veámonos esta noche, por favor. Los tres.

Corto. Directo. Profundo. Así es Zach. Vuelvo a la cocina y le pregunto a Bonnie si le apetece pasar la última noche conmigo y con Zach, y por supuesto la idea le alegra.

—Me gustaría ir al coro antes de irme y que me hagáis fotos y vídeos de recuerdo.

—Le ha dado con el coro, ¿eh? —culpo a mi tía en broma.

—Es la sangre. Esto va en los genes.

—Sí, seguro... —le digo, y le doy un cálido abrazo—. ¿Sabes qué, tía?, siento si no soy todo lo cariñosa que mereces.

187

—Te conozco bien, siempre has sido así.

—Lo sé, pero tú te hiciste cargo de mí cuando me quedé sola, dejaste todas tus cosas por mí, y yo nunca te lo he agradecido. Me fui sin más y apenas nos hemos visto estos últimos años. Quiero que cambie esto. Te he echado de menos.

Veo cómo se emociona y llora.

—No quiero parecer una niña, tengo ya una edad. —Sonríe y llora mientras bromea—. Pero me he sentido muy sola sin ti.

—Lo siento. —Vuelvo a abrazarla sinceramente.

—Lo importante es que has vuelto y que he podido disfrutar junto a Bonnie todos estos días.

—Volveremos para Navidad, solo quedan dos meses, ¿nos acogerás?

—Por supuesto. Siempre que quieras.

—Ahora, ¿nos vamos a *rockear* la parroquia?

—¿Cómo? —se escandaliza Dorothy.

—Que vamos a darle caña al coro —dice mi hijo siguiéndome el rollo.

Nos reímos los tres y esto vuelve a ser una familia.

Nos arreglamos y salimos para el coro. He quedado en breve con el abogado, así que paso un rato con ellos en la parroquia haciendo fotos y vídeos, y luego me dirijo al despacho.

Tras una hora de reunión, el señor Perking me confirma que ya está todo solucionado, solo debo firmar la renuncia y estará todo arreglado.

—Es seguro que la granja pasará a sus hijos, ¿verdad?

—Claro, por ley es de sus sucesores.

—De acuerdo.

—Solo hay una cosa. Si ellos renuncian a ella y no aceptan la herencia, la propiedad pasará a pertenecer al ayuntamiento.

—No lo permitirán.

—Eso espero. ¿Vuelves a casa?

—Sí, volvemos mañana.

—Buen viaje.

—Gracias.

Salgo de su despacho y una parte de mí se siente culpable por no haber cumplido la voluntad de Dorian, aunque sé que lo que más deseaba es que Zach conociera a su hijo y eso lo he cumplido. Otra parte de mí se siente mal por arrebatarle a mi hijo la propiedad que había heredado, pero por suerte es solo un niño y nunca lo tendrá en cuenta.

Me dirijo de nuevo a la parroquia y paso el resto del día con mi familia, les tomo más fotos y vídeos. Bonnie se ha convertido en el rey del grupo. Todas las amigas de Dorothy lo adoran, y al enterarse de que es su último día, le regalan algo muy especial. El micro de la parroquia. La cara de mi hijo es un poema.

—Mamiii, para cantar en casa.

—¡Sííí, qué bien! —le digo feliz.

Al final, esta historia, este viaje, ha tenido un final feliz. Me siento en paz y con ganas de seguir adelante con esta nueva faceta de mi vida. Me doy cuenta de lo poco que he pensado en Josh estos últimos días. En todo momento he respetado su decisión, pero ahora, ya más fría y calmada, no puedo comprenderlo. Cierto es que es muy duro el hecho de enterarse de que Bonnie no es biológicamente su hijo, pero eso no hace que deje de ser su padre. Me siento abandonada. Creo que merecía un perdón por tantos años juntos de felicidad; éramos una buena familia, nunca discutíamos, nunca nos engañábamos...

En fin. He de llamarlo y más vale que sea ahora que más tarde. Lo último que supe de él es que se iba de casa y que no quería estar conmigo. Imagino cómo será nuestra vida ahora solos en casa, Bonnie y yo. Y me siento culpable. Le he contado a mi hijo que tiene dos padres, y ahora tendrá que vivir sin ninguno de ellos. La culpa por un instante se apodera de mí y lo oscurece todo.

El teléfono suena hasta que salta el contestador. Mierda. Pero al instante Josh me devuelve la llamada.

—Hola, ¿puedo hablar con Bonnie?

—Claro, ¿cómo estás?

—Bien, pásame a Bonnie.

—Un segundo, por favor. Necesito hablar contigo.

—¿De qué?

—Oye, te estás comportando como un niño. Tú no eres así.

—Por favor, Crystal —me corta seco y enfadado.

—Volvemos mañana.

—Me alegro. Tengo ganas de ver a Bonnie.

Capto a la perfección las pocas ganas que tiene Josh de verme o saber de mí, y prefiero no darle importancia.

189

—¿Te apetece pasar unos días con él? —digo a pesar de no querer que eso ocurra.

No quiero que mi hijo esté separado de mí ni un solo día, él no va a entenderlo. Me da miedo que esta decisión lo cambie. Que esta nueva vida le afecte y haga que deje de ser el niño dulce que es.

—Sí, iba a pedírtelo.

—¿Dónde te has mudado?

—Estoy en un piso a dos calles de casa.

—Josh… Yo… —Trato de disculparme, un sentimiento terrible de culpabilidad me abruma y solo quiero abrazarlo, decirle que soy una imbécil y que vuelva a casa.

Pero no me lo permite.

—No, Crystal. Ya hablaremos.

—Sí… Mañana te llamo cuando estemos en casa y vienes a por Bonnie.

—Hasta mañana.

Cuelgo el teléfono y me siento miserable. He de explicarle todo esto a mi hijo. O quizá no. Quizá deba contárselo él.

Llegamos a casa y esperamos a que Zach venga a por nosotros. No tarda. En menos de quince minutos toca a la puerta, animado.

—¿Os apetece ir a un lugar muy especial? —nos propone nada más entrar.

—Sííí —grita Bonnie.

—¿Dónde nos llevas? —pregunto.

—Es sorpresa.

—Uh, qué misterioso —tonteo sin poder ocultarlo.

—Señora Dorothy, buenas noches.

—Adiós, hijo, id con Dios.

—*Alleluyaaaaaah* —canta Bonnie al oír a la tía.

Zach y yo nos miramos con cara de espanto. Nuestra peor pesadilla. Menudo karma de hijo.

Estallamos a reír y Dorothy sonríe orgullosa de su nieto. Pues, para ella, es su nieto.

—¿Y si le vendamos los ojos a tu madre? —le pregunta Zach a Bonnie.

—¡Guay! —contesta mi hijo travieso.

—Ni se te ocurra. —Le dedico una mirada de desconfianza a Zach mientras subimos al coche.

—Vamos, mujer, como en los viejos tiempos.

A Zach le encantaba preparar sorpresas de este tipo y debo admitir que a mí me chiflaba. No tengo ni idea de dónde nos lleva.

El viaje en coche con los ojos vendados me marea un poco y de verdad que no sospecho cuál es el destino. Zach y Bonnie bromean sobre el sitio al que me van a llevar, Bonnie está convencido de que me van a tirar al mar. ¿De dónde le salen tan malas ideas? Desde luego que es hijo nuestro.

—Hemos llegado.

—Al fin —suspiro.

Zach y Bonnie me ayudan a bajar del coche y oigo a mi hijo decir por lo bajini:

—¡Guau!

—Chsss —le pide Zach.

—¿Puedo quitarme ya la venda?

—Puedes.

Al quitarme el pañuelo con el que me han tapado los ojos, me cuesta un poco ubicar dónde estamos, pues es de noche y apenas hay luz. Pero me bastan tres segundos para reconocer este lugar.

—Madre mía, está preciosa.

—Sí...

Estamos en la casa del lago. Nuestra casa del lago. Toda nuestra adolescencia la pasamos en esta casa abandonada, que se mantenía a la perfección como si un conjuro la conservara sin un desperfecto. Soñábamos con comprarla cuando

191

tuviéramos hijos. Veo las luces del porche encendidas; ahora que me fijo, el color de las barandillas ha cambiado y parece limpia. Muy limpia. Me giro hacia el embarcadero y veo una pequeña barca atada al bonito muelle de madera que pertenece a la casa.

—Al final, alguien la compró.

—Sí... Al final algún capullo nos robó la idea.

—Me encanta verla con vida. En realidad, siempre dijimos que, si no la comprábamos nosotros, ojalá alguna familia feliz lo hiciera.

—¿Recuerdas cuando bromeábamos sobre las personas que comprarían esta casa?

—Sí. —Rompo a reír—. El hombre sería rico y calvo, y la mujer una pija de ciudad.

—Y tendrían dos hijos adorables y educados que tomarían nubes quemadas frente al lago —sigue por mí. Entre risas.

—Sí, y celebrarían las Navidades en la casa del lago y luego volverían a su lujoso piso en la ciudad.

Bonnie se ríe de la historia y nosotros, risueños, volvemos la mirada a la casa.

—¿Quieres conocerlos?

—¿A los dueños? ¿En serio?

—¿Por qué no? Una locura más. Puedes contarles cómo fantaseabas con ellos.

—Te mato como digas algo.

—Vamos.

—No, Zach, qué vergüenza.

—¿Vergüenza, tú? Bonnie, ¿dónde está tu madre? Nos la han cambiado.

—Está bieeen —digo por miedo a parecer una aburrida—. Vamos a hacer el ridículo. Total, una vez más.

—Tú primera.

Ya le vale. Aunque debo admitir que muchas veces he

fantaseado con volver a esta casa cuando estuviera habitada y ver cómo eran sus vidas. Zach llama a la puerta, hay luces dentro aunque están las cortinas echadas.

—Holaaa —grita Bonnie para que alguien nos oiga.

Yo le tapo la boca y se me escapa la risa cuando veo a Zach sacar algo del bolsillo. No puede ser. Son unas llaves, qué coño, son las llaves.

Abre la puerta sin dejar de mirarme.

—Adelante —nos dice.

No doy crédito, ¿cómo tiene él las llaves? Entramos con sigilo, y un comedor con la mesa preparada y llena de velas me sorprende. No puede ser...

—Zach... —Lo miro suplicándole que me explique.

—La casa es mía. Es nuestra.

—¿Nuestra?

—Ahora lo que es mío es vuestro.

—Pero... un momento. —Alucino con que la casa del lago sea suya. Tiene que valer una fortuna... Nadie la compraba por eso. Una alegría muy enterrada aflora y sonrío—. ¡Guau! —es todo lo que consigo pronunciar.

—¿Cenamos?

—Qué casa más guay, mami, ¿es nuestra?

—No, Bonnie. Zach bromea.

—No, chicos, no bromeo. Siempre que vengáis a verme podemos pasar unos días aquí en el lago.

—Sí, porfi, mami, porfi.

Soy incapaz de responder, estoy realmente paralizada.

—Hay algo más —nos dice Zach.

—Oh, no me digas, ¿has comprado el ayuntamiento también?

—No, listilla.

Nos hace un gesto para que lo sigamos a la primera planta, y nada más subir veo una puerta. Reconozco esa puerta, siempre bromeábamos que los niños pijos seguro que dor-

193

mirían en esa habitación, pero en vez de ello en la puerta pone en una madera roja: «Bonnie».

—Mami, es mi nombre.

Miro a Zach con los ojos como platos. Demasiadas emociones.

—No me lo puedo creer —le susurro mientras Bonnie, sin preguntar, se dirige a la puerta y la abre.

Veo a mi hijo contento como si estuviera entrando en un mundo de fantasía. Madre mía, la habitación es increíble. Parece una galaxia. El techo está pintado con planetas y estrellas, la cama es de madera robusta. Con un armario a juego y un piano eléctrico pequeño de verdad con un micro.

—¡Hala!, ¿esto es mío, Zach?

—Todo tuyo —dice Zach orgulloso.

—¿Cómo lo has hecho? —le vuelvo a susurrar.

Bonnie empieza a tocar el piano como puede y a cantar supercontento.

—Bueno, he tenido tiempo libre estos últimos días. Quizá no puedo hacer que os quedéis, pero pienso daros un hogar siempre que vengáis. Cuando me contaste lo de Bonnie, me aterroricé y pasé unos días aquí escondido, tardé en darme cuenta de que lo que tenía que hacer es ser el padre que Bonnie merece. Así que me puse a pintar la habitación y cuando acabé, os fui a buscar. El resto ya lo sabes.

Me muerdo el labio inferior intentando contener las emociones. No sé qué decir. Nadie nunca ha hecho algo así por mí, por nosotros. Me viene a la mente cuando montamos la habitación para Bonnie, cuando cumplió el año: a mí me apetecía tanto pintar las paredes como si fuera un océano… y Josh se negó. Miro el techo de la nueva habitación de Bonnie y sé que esto le encanta tanto como a mí.

—¿Cenamos?

—No me jodas que también has cocinado.

—Esa boca, ratita, que hay un niño delante —me dice

Zach guiñándome un ojo. Bonnie ni se entera—. Y no, obvio que no he cocinado, pero he pedido las pizzas más buenas del pueblo a domicilio.

—Ya me estabas asustando con tanta perfección. A cenar, enano —le digo a mi hijo, que ensaya para ser Mozart algún día.

—Un rato más, mami.

—No, luego.

—Porfi, déjame cenar aquí.

—No —le digo. No quiero que ensucie la obra de arte que ha hecho Zach.

—Yo creo que es buena idea —me corrige Zach, y me sorprende que se atreva a desautorizarme—. Además, en esta habitación sí está permitido subir comida.

Miro a Zach fingiendo cara de enfado, pero no es creíble, lo sé.

—Cenemos tú y yo abajo —me dice con cara pícara.

—Bien, me has convencido.

Bonnie se queda tocando el piano y la imagen de repente se torna familiar, cálida. Hogar.

—¿Cuándo compraste la casa?

—Hace años… Iban a derribarla si no se vendía, no pude permitirlo.

—¿Y cuál era tu idea?

—Tener dos hijos pijos con alguna supermodelo pija de la ciudad y traerlos aquí a pasar los veranos.

—Pues no te fue muy bien.

—Parece que no…

—Todo es tan extraño… Apenas hace dos semanas que he vuelto y todo es como si no me hubiera ido.

—Sí, opino lo mismo.

El timbre nos interrumpe.

—¡¡Las pizzas!! —grita Zach con las cajas en la mano, y Bonnie baja las escaleras de dos en dos.

195

—Una para mííí.

—Tres trozos para ti —le corrijo, y le doy sus porciones.

Tan rápido como ha aparecido desaparece.

—Comamos en el porche —le pido.

—Cogeré unas mantas.

Nos sentamos en el sofá del porche y nos tapamos con una manta mientras comemos; ambos nos quedamos ensimismados viendo el reflejo de la tenue luna de esta noche en el lago.

—Espero no estar soñando. —Me sorprende con su honestidad.

—Realmente es surrealista —le digo, y me abraza y acerca a él—. Bésame —le pido.

—Oh… A sus órdenes —bromea, y compone su gran sonrisa sexi, que deja entrever sus dientes blancos y esos pliegues irresistibles que se le hacen en la comisura de los labios al sonreír.

Zach es el hombre más sexi que he visto en la vida. Me besa, primero suave, luego con su lengua, y acabamos fundiéndonos en un beso apasionado. No puedo pensar, mi mente está en blanco.

—Tengo tantos recuerdos contigo que podría escribir dos libros —me dice, y me sonríe.

—Sí… Algún día tenemos que contárselos a Bonnie, aunque le costará creer que su madre era así. Tengo muy asumido mi papel de madre correcta.

—No eres una madre correcta.

Lo miro frunciendo el ceño.

—Eres una madre guay y sexi. —Me pellizca el culo y se ríe.

—Sí, la verdad es que es de lo que siempre se quejaba Josh.

—¿De que seas sexi?

—No, bobo. —Estallo en una carcajada—. Eso creo que no era un problema. Más bien lo de ser una madre guay.

—¿Por qué?

—Todo tenía que ser correcto, perfecto…, ya sabes… Normas.

—Puaj. —Hace un gesto de asco poniendo los ojos en blanco—. Esa no es mi chica.

—Lo sé… Pero con los años acabé convirtiéndome en…

—En él —me interrumpe—. No fue hasta que te vi emborracharte en ese bar cuando recuperé a la antigua Crystal.

—¿Te gusto borracha? —le pico.

—Naaa, me gustas libre, alocada y sin miedo. Sin miedo a si dirás lo correcto o si harás lo correcto.

—Ya no recuerdo a esa chica.

—Oh, pues claro que sí. Estoy seguro.

—¿De verdad?

—Bueno, puedes demostrármelo.

—¿Cómo?

—No sé, vamos, haz una locura.

—Eres tonto.

—No, en serio, haz una locura, vamos, una de las que haría Crystal.

—Ummm. —Pienso en alguna ocurrencia, pues siempre me ha gustado que me reten y salir ganando. Entrecierro los ojos y pongo cara de que ya lo tengo—. ¿Crees que la antigua Crystal se atrevería a…?

Me levanto del sofá del porche y me pongo de pie delante de él. Contoneo mis caderas y me levanto la camiseta mostrando mi vientre mientras con la otra mano me acaricio y bajo hasta mi bragueta.

—La nueva, desde luego no.

—¿Ah, no, listillo?

—No —me vuelve a retar.

Y yo caigo en su juego. Y le lanzo mi jersey a la cara dejando al descubierto mi sujetador de encaje negro especialmente escogido para la ocasión. Y Zach empieza a tararear: «*Caught up in the country, the only way I wanna be...*».

Echo la cabeza para atrás y me da la risa. Mientras sigo con mi estriptis.

—Conque quieres quedarte atrapado aquí, ¿eh? —bromeo haciendo referencia a la canción que tararea.

—Sí, señora. A nosotros nadie nos quita de aquí.

Sonrío y me doy cuenta de que tenían razón: puedes sacar a la chica del campo, pero no podrás sacar el campo de la chica.

—*You can take the girl out of the country but not the country of the girl* —tarareo para él, y sonríe.

Me coge la mano, me hace caer sobre él y me tapa con la manta; gracias a Dios, me estaba congelando.

—Esta es mi chica.

Nos reímos y besamos. Bonnie ya debe estar dormido a estas horas, pues la luz de su habitación se ha apagado hace rato. Beso el cuello de Zach. Es la última noche. ¿Cómo acabará esto? Recorro con la lengua el lóbulo de su oreja y veo cómo se le eriza la piel.

—Yo me dejo hacer. Vamos, tú mandas.

—Otro reto. Para matarte.

—Sí, mátame —dice, y abre los brazos en forma de cruz mostrándose indefenso y entregado.

Lo agarro del pelo y lo beso con tanta pasión que siento que este es mi último día en la faz de la tierra. Me abraza tan fuerte que me falta el aire, y entre besos, hacemos el amor en silencio. En el porche, tapados con la manta.

—Hay una canción que quiero que escuches.

—Vale —le digo curiosa.

—Pero quiero que de verdad escuches lo que dice porque es todo lo que quiero en la vida.

Zach entra a por su móvil y me pone unos cascos. A la primera nota la reconozco: es nuestra canción. Pero hay algo diferente. Nunca la había escuchado con la atención que la escucho ahora, es como si de repente Pearl Jam hubiera escrito «Just breathe» solo para nosotros, para este preciso instante, y Zach mueve los labios con la letra de la canción.

Stay with me
all I see.
Did I say that I need you?
Did I say that I want you?
What if I did and I'm a fool you see.
No one knows this more than me
'cause I come clean.
I wonder everyday
as I look upon your face
everything you gave
and nothing you would take.
[...] Hold me 'till I die.
Meet you on the other side.

199

Una lágrima se me derrama al leer en sus labios: «Quédate hasta que me muera». Y me doy cuenta de que realmente es lo que quiero. Nada me gustaría más ahora mismo que quedarme en esta casa, en su piel, en nuestro hogar. Pero no puedo. Soy adulta y ya no hago estas cosas; mi vida ha tomado un rumbo y no soy la única que importa. Bonnie tiene a su otro padre, el que para él es su verdadero padre, tengo mi negocio. La vida ya no es como cuando teníamos dieciséis años y el hecho de que mañana me voy es innegable.

—Josh...

—Soy Zach —me corrige, y me quedo helada, por dentro y por fuera.

—Perdona, estaba pensando...

—En Josh —me interrumpe, y le cambia la cara.

—En mi vida...

—Claro, esta ya no es tu vida.

Siento cómo algo en su interior se hace añicos.

—Lo ha sido estos días y me gusta, pero ya no soy esa niña, no puedo serlo, han pasado demasiadas cosas, demasiadas responsabilidades. Tengo una vida muy lejos de aquí.

—No quiero hablar de esto ahora. Visto lo visto, solo nos quedan unas horas —me dice, y me doy cuenta de que lo más sensato es no darle más vueltas.

Lo abrazo y le susurro:

—Nunca nadie podrá reemplazarte, ni reemplazar lo que tengo contigo. Nadie ha podido jamás.

—Deberías haberme enviado esa carta.

—Deberíamos tantas cosas… —le corrijo.

Aparta la mirada y yo me apoyo en su regazo.

—Vamos a dormir.

—Sí.

Nos levantamos del sofá del porche perezosos, tristes y, honestamente, hechos una mierda.

26

*M*e levanto mientras todos duermen y salgo hacia el lago. Necesito dar un último paseo antes de irnos a casa de la tía y recoger nuestras cosas.

No sé qué va a ser de mi vida, no sé qué ocurrirá cada vez que vuelva, pero sé seguro que volveré. No quiero hacer más daño a nadie. El frío del amanecer me permite pensar con claridad y la panorámica del lago con la casa de fondo me da la vida. Siempre soñé con amanecer en esta casa y siento que lo he logrado, aunque no sea del modo que hubiera imaginado. La vida a veces toma senderos inesperados. Me permito reflexionar sobre los últimos días y me doy cuenta de que lo que empezó como una pesadilla, como el final de mi historia, ha supuesto un nuevo camino, saldar una cuenta pendiente, volver a amar a Zach y ofrecerle una buena aventura a mi hijo. A nuestro hijo.

Sé que Zach será el mejor padre del mundo y por primera vez me arrepiento de verdad de haber criado a Bonnie lejos de su verdadero padre. Estos días aquí he recordado quién soy, de dónde vengo, cuáles son mis raíces, mi verdadero ser. Me he dado cuenta de que, por muy lejos que te vayas, por mucho que huyas, siempre pertenecerás al lugar donde te criaste. Te guste o no. Y a mí, ahora, me gusta.

Echaré de menos todo y a todos.

Υ

Zach nos deja en casa de la tía Dorothy, y le pido a Bonnie que entre a recoger sus cosas.

—Gracias por todo. No tengo palabras —le digo con sinceridad.

—Es lo menos que podía hacer. La cagué. Hice que te fueras, ahora me toca hacer lo posible para que vuelvas, y créeme, no dejaré de hacerlo. Sois mi familia, y eso ya no hay quien lo cambie. —Su voz de malote se torna tierna al pronunciar estas palabras y yo me derrito.

Me lanzo a darle un abrazo tan largo que creo que no podré separarme nunca de él.

—Vendremos por Navidad.

—Os estaré esperando en nuestra casa del lago.

—Qué raro suena. Pero suena bien.

—No sé qué significa lo que estamos diciéndonos, no sé si es un «estamos juntos» o un «ya se verá», pero no lo pienso catalogar en este momento. El tiempo dirá.

—Quise decírtelo anoche, pero con la emoción no vi el momento. He recibido un *e-mail* del abogado, la herencia ya está legalmente rechazada. La granja es toda vuestra.

Se queda callado y se rasca el cuello, le noto tenso.

—No deberías haberlo hecho.

—Sé por qué lo dices. No te preocupes. La granja no es el motivo que me haría volver. El motivo eres tú. Volveré. Volveremos. Tú toma lo que es tuyo.

—Te amo, Crystal.

—Lo sé —le digo para enfadarlo, pues de jóvenes detestaba que le contestara eso a sus «te quiero», en vez de un «yo también».

—Sé que lo sabes —me dice, y me da un beso tierno y húmedo—. Llámame para lo que necesites. Estoy aquí.

—Lo sé. Lo mismo digo.

Y tras otro largo abrazo, Dorothy y Bonnie salen. El pequeño se despide de Zach con un largo abrazo también.

—Campeón, tengo el piano en el coche, para que te lo lleves a casa.

Bonnie duda por un momento, pues sé que nada le haría más ilusión. Y me sorprende con su respuesta:

—No, guárdalo en la casa del lago, así mami tendrá que traerme pronto.

Zach se emociona.

—Me ha encantado conocerte, colega. Eres más guay que tu madre —bromea con su tono chulesco característico.

—Sí, ya lo sé. Ella es vieja.

—¡Oye! —Le doy una colleja flojita a mi hijo.

—Mola tener dos padres.

—Sí, mola —dice Zach, y me dedica una mirada tierna.

—Tú serás el papi guay —dice de repente lanzándose a sus brazos de nuevo.

Y está claro que guay Josh no es, es más bien el poli malo. Así que es lógico que Zach sea más como un amigo para él.

—¡Vaya, gracias! Os echaré de menos.

—Y nosotros —contesto por los dos.

Subimos al coche, arranco y dejo mi vida atrás.

Cuando estoy a unos cinco kilómetros del pueblo estallo a llorar en silencio para que Bonnie, que ya se ha puesto los cascos, no me oiga, pero es listo como nadie.

—Mami, estás triste —afirma.

—Sí, un poco.

—¿Es porque quieres que ahora sea Zach tu novio otra vez?

—Mama está muy confundida.

—¿Ya no quieres a papá?

—Siempre querré a tu padre. Josh es nuestra familia.

—Sí, lo echo mucho de menos, no me gustó que se fuera.

203

—A mí tampoco. ¿Tú estás bien? ¿Llevas bien esta situación de los dos papás y de las dos casas?

—Me encanta. Y tía Dorothy es guay.

Me sorprende, pues recuerdo cómo la detestaba en la infancia a la pobre. Ahora me doy cuenta de lo equivocada que estaba. Es adorable, solo trataba de hacer de madre. Le debo mucho.

—Sí, tía Dorothy es como una madre para mí.

—¿A ti te gustaba cantar en el coro?

—Lo detestaba —le confieso, y entre lágrimas me río y se lo contagio.

—Zach es guay también. Me gusta.

—Sí... Lo quiero mucho.

—¿Cómo se puede querer a dos novios?

—Mami no tiene dos novios, cariño... Tu padre ha decidido que nos separemos.

—Entonces, ahora tu novio es Zach.

—De verdad que ni yo lo sé.

—Bueno, yo siempre estaré a tu lado, yo no te dejaré.

—Más te vale.

Bonnie me lanza un beso dulcemente y me doy cuenta de lo afortunada que soy. Vuelve a ponerse los cascos y yo me concentro en disfrutar del paisaje. Decido no coger la interestatal e ir por carreteras secundarias; me apetece ver paisajes, pueblos, y pasar de la carretera recta. Tardaremos más, pero me dará tiempo para pensar bien en todo lo que me espera a partir de ahora. El aeropuerto de Atlanta tampoco queda tan lejos.

27

*A*l llegar a Seattle el frío nos recibe con ganas. Distingo a Cat entre la multitud que espera junto a la puerta de llegadas, y cuando nos ve arranca a correr hacia nosotros.

—¡Al fin! Os he echado de menos —nos dice a la vez que nos abraza a ambos.

—Y nosotros, Cat —dice Bonnie por los dos.

—¿Mucho trabajo? —le pregunto tratando de interesarme por mi negocio. Aunque, si soy franca, me cuesta concentrarme.

—Ni te lo imaginas. Prepárate.

—Genial… —digo con ironía, pues lo que más me apetecería ahora mismo es tumbarme en mi cama y meditar.

—Os llevo a casa.

—Tenemos el coche en el aparcamiento.

—Oh, vale. Pues os veo en casa. Así te ayudo con el equipaje y me cuentas qué tal ha ido todo.

—Vale. Gracias, Cat.

Sé que Cat hace esto no por ayudarme con el equipaje, sino para que no me venga abajo al llegar a mi casa vacía, sin Josh. No me imagino lo que me espera. ¿Habrá vaciado los armarios? ¿Y los cajones? ¿Habrá desmontado su despacho y se lo habrá llevado todo? Uf, me da tanta pereza pasar por esto que solo de pensarlo me daría la vuelta y me iría a la casa del lago de por vida.

Conduzco todo el trayecto hablando sin parar con mi hijo sobre el cole, los días de clase que se ha perdido, contándole que tendrá que recuperar las horas, intentando esquivar todo lo que nos viene por delante. Nada más llegar a casa mi hijo ya me pregunta:

—¿Está papi?

—No, Bonnie, papá ya no vive aquí.

—Entonces, ¿no lo veré nunca más?

—Nooo, ahora lo llamamos y vendrá a buscarte.

—Es raro…

—Lo sé, cariño. Siento mucho que esto esté pasando. Poco a poco te irás acostumbrando y verás lo guay que es tener tres casas.

—¿Tres?

—Sí, la nuestra, la de papi y la de Zach.

—Creo que me gustaba más tener solo una.

Me sorprende este comentario, pues en Carolina del Sur estaba encantado con la idea. Quizá al regresar a casa de nuevo todo cambie para él. Solo deseo que no sea así.

Abro la puerta con sigilo rezando para que no se vea nada raro, o vacío, y gracias al cielo todo está como lo dejamos. Cat aparca detrás de nosotros y baja para ayudarme con la maleta.

—Temía que estuviera la casa medio vacía.

—Josh no es así.

—Lo sé. Voy a llamarlo.

Tras dos intentos fallidos le dejo un mensaje de WhatsApp:

> Estamos en casa, Bonnie quiere verte. ¿Lo recoges?

Al instante lo lee, pero no contesta. ¿Dónde coño está el hombre con el que me casé?

—Será mejor que guardemos la ropa y hagamos la colada. Venga, te ayudo.

—Cat, no necesito tu ayuda, de verdad. Vete a casa.

—¿Y perderme todo lo que me tienes que contar? Ni de coña.

—Interesada —le suelto en broma.

—¡Uy! No sabes cuánto.

Empezamos a sacar la ropa de estos días y a preparar lavadoras cuando suena el timbre. Bonnie sale disparado para la puerta gritando: «¡Papá!». Y yo deseo que sea él. No quiero que sufra. Efectivamente es él.

—Hola, Josh —le digo seca y distante, pues al verlo emergen de mí sentimientos de ira de los que no era consciente.

—¿Cómo ha ido el viaje de regreso? —me pregunta con educación, y aunque quiere fingir distancia, veo en sus ojos que el enfado se ha evaporado dejando paso a la nostalgia.

—Bien, ha sido tranquilo y Bonnie ha dormido todo el vuelo.

—Me alegro.

—¿Dónde vais?

—He pensado en llevarlo al cine.

—¡Sííí, cine! ¡Bien, papi!

Bonnie abraza a su padre y Josh lo coge en brazos.

—Has crecido estos días, ¿eh, pequeñajo?

Bonnie saca bola con el brazo mostrando lo fuerte que está.

—Papi, canté en un coro y me hice famoso.

Estallo a reír y Josh me mira directamente a los ojos por primera vez en semanas. La mirada es limpia y triste.

—Sí, es cierto. Es la estrella de las viudas y solteras de la parroquia. —Me sale la broma natural sin forzarla y Josh se ríe. Sincero. Este es el Josh con el que me casé.

—Será mejor que nos vayamos. Seguro que tu madre está ocupada.

207

Por unos instantes todo lo que me apetece es pedirle que entre, que nos sentemos en el sofá como en nuestros días en familia y que volvamos a ser lo que éramos. Todo está muy reciente y estoy muy confundida.

—Pasadlo bien —le digo sin embargo.

—Sí, mami, te veo luego.

—¿Lo traes para cenar?

—He pensado que estaría bien que durmiera conmigo hoy.

Un nudo en el estómago me sorprende, me aterra, me paraliza.

—Ah… —No sé qué decir—. Bueno, no sé si Bonnie querrá.

Bonnie me mira sin entender mucho.

—Bueno, luego te llamamos y lo hablamos. Hasta luego, Crystal.

—Adiós, chicos. ¡Disfrutad!

Nada más cerrar la puerta me hundo, me apoyo y me deslizo hasta el suelo hundiendo la cabeza entre las rodillas. ¿Cómo he llegado a convertirme en una mujer separada, madre soltera, a la cual le quitan a su hijo varios días a la semana? No quiero esto para mí. Nunca lo quise. Es lo peor que podría haberme pasado en la vida. Fracasar como familia. Oigo los pasos de Cat dirigiéndose hacia mí.

—¡Oh, no, no! —exclama—. No pienso permitir que te hundas.

—Déjame, quiero morirme —le digo acentuando mi dolor.

—¿Realmente estás jodida?

—Claro —le digo levantando la cabeza con furia.

—Te has reencontrado con el amor de tu vida, ha aceptado a vuestro hijo, está loco por ti, y tú por él, y piensas permitirte llorar por un matrimonio roto.

—No tienes ni idea.

—¡Oh, claro que la tengo! No estaré casada ni tendré un hijo con el hombre equivocado, pero sé lo que es estar loca de amor por alguien y que se muera en un mes por un cáncer de pulmón. —Trata de consolarme con su triste historia de amor de la que nunca habla.

—Lo sé, es diferente. ¿Cómo lo llevas? Nunca hablamos de él…

—Han pasado tres años. Lo he superado, aunque pienso en él todos los días. Vivir ese infierno me enseñó varias cosas y una de ellas es a no dejar escapar un amor cuando es de verdad, porque a veces la vida tiene otros planes. Si amas a alguien, debes atreverte. Lanzarte…

—Sí, es muy diferente.

—Así que levántate y sigamos con la colada.

—Que no sea tan triste como lo que le pasó a tu Mark no significa que no duela, Cat. —Intento que me entienda.

—No pretendo que no te duela, Crystal, pretendo que no te hundas.

—Gracias. Me voy a dar una ducha.

Nos damos un abrazo sincero que me regenera.

Dejo a mi amiga y compañera acabando la colada y me voy a dar un baño. Un buen baño.

Oigo a Cat irse para la cocina; seguramente va a preparar la cena. Me permito llenar la bañera, echar unas sales, encender el calefactor y hundirme en el agua caliente y el vapor. Cuánto necesitaba esto.

Me fuerzo a no pensar, pero las imágenes de Zach, su sonrisa, la casa del lago… El modo en que nos cuidó, la fiesta de Halloween, todos los recuerdos de estos días se amontonan en mi cabeza sin poder remediarlo. Estiro el brazo para coger el teléfono que he dejado en la repisa del baño y le escribo un mensaje a Zach. No quiero que sienta que, ahora que nos hemos ido, paso de él. Me sorprende no tener ningún mensaje suyo.

Zach, buenas noches. Ya estamos en casa, el viaje ha ido bien y aquí en casa todo tranquilo. Bonnie se ha ido con Josh al cine y yo estoy tratando de recomponerme. Dime que estás bien. Un abrazo de esos que nos damos.

Me fuerzo para no teclear «te echo de menos». Pues no quiero entrar en ese bucle y empezar a pasarlo mal.

Me paso unos veinte minutos en el agua sumergiendo la cabeza a ratos para no oír nada más allá de su agradable sonido. Al salir percibo desde el baño el olor a comida y agradezco a Cat que esté aquí.

—He encontrado este vino. ¿Lo abrimos? —me pregunta.

—Ábrelo. Emborrachémonos. —Me río.

Cenamos en el sofá con una buena copa de vino tinto y le confieso todos mis sentimientos.

—¿Sabes? Es como si no hubiera pasado el tiempo cuando estoy con Zach. No sé en qué momento olvidé quién soy.

—¿En qué sentido lo dices? —se interesa.

—Pues no lo sé, yo solía ser impulsiva, alocada, divertida y, si me observo en estos últimos años, sé que no he sido ninguna de esas tres cosas.

—Siento decirte que no, no eres ninguna de esas tres.

—Pues sí lo soy. Pero Josh me fue cortando las alas. Cuando empezamos a salir siempre me corregía cosas que hacía y decía. Al principio me molestaba, pero con los meses empecé a creer que tenía razón. Que tenía que madurar.

Doy un trago a mi copa de vino pensativa y añorando tiempos mejores.

—Sé que no lo hizo aposta, pero me pregunto si realmente se enamoró de mí o de quien quería que fuera.

—Ese es el error más recurrente de las parejas. Nos enamoramos de lo que creemos ver en el otro y de lo que nos gustaría que fuese. En realidad, los primeros meses es imposible ver cómo es la otra persona. Estamos demasiado ciegos con nuestras expectativas como para ver la realidad.

—¿Me he convertido en Josh?

—Hombre, desde luego yo no te veo robando ni rompiendo jaulas. —Se ríe al recordarme todas las anécdotas con Zach que acabo de contarle.

—Uy, Dios mío. A Josh le da un derrame si se entera. Tendría una visión nefasta de mí.

—Ya la tiene ahora —bromea mi amiga—. En serio, ¿nunca le has contado cómo eras de joven?

—Gracias, bonita. Por lo de cuando era joven y por lo de que mi marido ya tiene una mala imagen de mí —la regaño, y le tiendo la copa para brindar—. Y no, nunca se lo conté.

—¿Por qué?

—Pues la verdad, no lo sé. Cuando me fui del pueblo enterré todo lo que fui. Y no me supuso demasiado esfuerzo empezar de cero fingiendo ser una persona más correcta.

—Pues a mí me gusta más esta Crystal. Menos correcta y menos temerosa de quedar mal.

—Gracias —le digo, y la abrazo.

Le cuento a mi amiga lo ocurrido en mi juventud para que lo entienda todo, y tras dos horas hablando del tema me doy cuenta de que callármelo tanto tiempo fue un error, porque en cierto modo lo mantuve muy dentro de mí. Ya no ocupa ese espacio en mi interior. Lo he soltado. Ya no me duele, ahora solo parece el capítulo de una serie mala que no quiero volver a ver, y eso me alivia.

—Enséñame fotos de ese hombre, anda.

—¿De Zach?

—No, del vecino. ¡Claro, vamos!

Voy a por el móvil, que sigue en el baño, y veo que Zach ha contestado:

Os echo de menos, más de lo que debo.

¿Cómo está el enano?

Sonrío a la pantalla al ver cómo se preocupa por nosotros y no tardo ni un segundo en contestar.

Está bien, yo con mi compañera de la *bakery* a punto de enseñarle tus fotos, je, je. También te echo de menos.

Me siento como si tuviera un novio nuevo y me pregunto si eso es lo que somos. Cuando le enseño las fotos a Cat, abre la boca de par en par.

—Tía, este hombre es algo que supera mis expectativas, ¡señor! Tiene ese aspecto del malote del instituto, guapo, sexi y estúpido.

Rompo a reír. Justamente era eso, sin lo de estúpido. Es superlisto, cariñoso y atento.

—Te has vuelto a enamorar de él, Crystal.

—¿Es una pregunta? —la vacilo.

—¿Te parece una pregunta? —me la devuelve.

—No.

Volvemos a reír y nos rellenamos las copas.

—Me gusta la nueva Crystal —me dice, y brindamos una vez más.

—¿Por qué le gusto a todo el mundo cuando me emborracho? —bromeo.

Pasamos la noche viendo fotos y comentando nuestro viaje a mi pueblo natal. Y a Cat le asombra tanto el tema de Bonnie en la parroquia que se ofrece a buscar un coro en la ciudad. Josh me llama a las doce y yo, antes de descolgar, ya sé lo que me va a decir.

—Buenas noches —le digo calmada.

—Hola, Bonnie se ha quedado dormido. Mañana por la mañana te lo llevo, ¿vale?

—Ya contaba con ello. ¿Ha estado bien? ¿Te ha hecho muchas preguntas?

—Bueno, es tu hijo, ya imaginas cómo me ha puesto la cabeza. Lo echaba de menos. Ha sido genial.

—Me alegro. Gracias, Josh.

Veo a Cat poniendo los ojos en blanco y nos damos las buenas noches.

—¿A ti qué te pasa? —le suelto a mi amiga con descaro.

—Olvídate de Josh.

—No es tan fácil. Son algo más de diez años y es el padre de Bonnie.

—Sea como sea, nunca te he visto brillar ni babear como cuando hablamos de Zach.

Me hace reflexionar.

—Lo sé, pero eso no lo es todo en la vida.

—¿Y qué lo es? ¿La seguridad que te da? ¿Su trabajo? ¿Esta casa?

—Pues en cierto modo, sí.

—¿Te das cuenta de lo mal que suena eso?

—Ahora que lo dices… Joder.

—Tranquila, date tiempo. Pero no te acomodes, porfa.

—Gracias, Cat.

Le doy otro abrazo sincero.

—Y oye, ¿este quién es? —me dice con cara morbosa al ver una foto de la noche de Halloween de Chris.

—¡Oh! ¿Te gusta Chris? Es el hermano de Zach, y mi mejor amigo de toda la vida.

—¿Y está disponible?

—Sííí —le digo sorprendida—. ¿Ahora vas a irte tú a Mount Pleasant?

—Pues por este tío bueno, me iba, ¡eh! —Estalla a reír.

—Te lo presentaré.

—Más te vale.

—¿Te quedas a dormir?

—Pues creo que sí, así mañana estoy más cerca de la *bakery*.

—¿Qué hay que hacer mañana? Devuélveme a la realidad.

—Tienes que revisarte la propuesta de menú que he hecho para el rodaje.

—Hecho.

Nos acostamos enseguida y logro sentirme tranquila y en paz. Mañana será otro día. Echo de menos a Bonnie, nunca he estado en esta casa sin él desde que nació.

28

Zach, en la actualidad

—*B*uenos días, hermanito —me dice Chris mientras entra por la puerta de casa con Troy.

—Hola, gracias por venir.

—¿A qué viene tanta urgencia y formalidad? —me pregunta Troy.

—Iré al grano. He estado dando vueltas al tema de la herencia y a la voluntad de mamá.

—¡Vaya con mamá! Cómo te ha cambiado la vida incluso tras haber fallecido —dice Chris.

—¡Y que lo digas! —Sonrío recordando lo casamentera que era mi madre con mis hermanos cuando estaban solteros.

—¿Qué sentiste al ver a Crystal de nuevo? —pregunta Troy, que no se entera de nada.

—La pregunta, Troy, debería ser: ¿qué sintió al volver a estar con ella? —le corrige Chris.

—¿Estáis juntos de nuevo?

—¿No le has contado a Troy lo de la casa del lago y todo lo demás? —se sorprende Chris.

—A ver, tíos, no hemos quedado para hablar de mi vida privada. Y no, Chris, Troy no es tan cotilla como tú.

—¿Qué ocurre con la casa del lago que compraste?

—Pues que ha hecho una habitación para el hijo de Crystal y les ha dicho que es su casa cada vez que vengan.

—Es mi hijo también —corrijo al bocazas de mi hermano.

—¡Guau! Y así es como el segundo Hall de la familia sienta cabeza —me dice Troy refiriéndose a él como el primero.

—A lo que íbamos. Os seré franco. Estoy loco por esa mujer y quiero criar a mi hijo.

—Pues lo tienes jodido —me suelta Chris, el muy idiota.

—Por eso os necesito.

—Me das miedo —suelta Troy mirándome con desconfianza.

—Quiero que mi hijo Bonnie sea el heredero de la granja, como mamá deseó.

—Pero Crystal ha rechazado la herencia y, si mal no recuerdo, mañana firmamos la aceptación de la misma por defecto. A partes iguales los tres.

—Exacto. Y lo que quiero es pediros que la rechacéis.

—¿Perdona? —Troy abre los ojos de par en par.

—¿Quieres que acabe formando parte del pueblo y perdamos todo por lo que tanto años ha luchado nuestra familia?

—No, quiero que Crystal acepte.

—Pero eso no ha sido así. ¿Qué te hace pensar que ahora querrá?

—Crystal no permitirá que perdamos la granja.

—Si la perdemos, es por tus malas ideas, no por ella —vuelve a azotarme Chris con su elocuencia.

—Además, tío, eso es chantaje. Te pasas. —Troy me abofetea de nuevo con sus palabras.

—Exacto. ¿Vas a amenazarla para que se quede con la finca o la perderemos?

—Sí, eso voy a hacer. —Y mientras lo afirmo me doy cuenta de lo mala idea que es.

—Eres un egoísta. ¿Qué hay de nosotros? —Chris no me entiende.

—Esta siempre será vuestra casa.

—Eso me la pela, me refiero a nuestros hijos —dice Troy.

—Pero ¿qué hijos, tío? —Lo miro con el ceño fruncido.

—Bueno, pues es demasiado pronto para airearlo, pero estamos esperando un hijo.

—¿De verdad? —Chris se ríe.

—Sí, tíos. Y la verdad, no todo se centra en ti y en Crystal, Zach.

—Lo sé, y sé que no tengo ningún derecho a pediros esto. Pero tenía que intentarlo.

—No sé qué decir, la verdad. La posibilidad de perder la granja me parece muy arriesgada —dice Chris, a quien le dan más igual las propiedades que al futuro padre.

—Felicidades, Troy. De verdad —le digo, y me doy cuenta de que estoy pensando solo en mí, y que si Crystal me quiere, tiene que ser ella la que decida volver, no una herencia.

—Déjanos pensarlo al menos —me dice Troy.

—No. Olvidadlo. Tenéis razón, no lo había visto así, como un chantaje. Nunca sería una decisión tomada desde el corazón. No mola.

—Me alegro de que te des cuenta. —Troy y su sensatez.

—Pensaremos algo para que Crystal vuelva —me anima Chris.

—Gracias, tíos. Voy a volver al trabajo. ¡Y olvidadlo!

Salgo para la plantación y me siento el tío más gilipollas de la faz de la tierra. Mis hermanos tienen razón.

Veo a Hannah al otro lado de la valla y me dirijo a abrirle la puerta.

—Buenos días —me saluda.

—Menuda sorpresa —le digo—. Me alegro de verte.

217

—Me ha costado dar el paso. Pero tirar tantos años por la borda me parece absurdo.

—Lo es. Gracias por venir. Pasa.

—¿Tomamos un té? —me pide.

—Hecho.

Entramos en casa y sé que para ella aún es su casa. Se dirige a la cocina pidiéndome permiso con la mirada y prepara dos tés.

—¿Cómo han acabado las cosas con Crystal? —me pregunta directa al grano.

—Pues no lo sé.

—¿Estáis juntos? Sé que lo habéis estado estos días.

—¿Y cómo lo sabes?

—El pueblo habla...

—No sé qué hay entre nosotros. Pero sé que quiero ser el padre de ese niño. ¿Tú cómo estás?

—Mejor...

—¿Pudiste hablar con Crystal al final? —le pregunto con delicadeza.

—Na. Solo en la fiesta de Halloween, pero la verdad es que no. Aunque no estoy preparada aún. Te echo de menos, Zach. Podríamos intentar...

—Hannah —la interrumpo—. Eres increíble, hemos pasado unos años juntos maravillosos, pero no puedo negar lo innegable. Siento cosas por Crystal y me parece injusto fingir lo contrario y seguir contigo.

Hannah derrama una lágrima y yo no siento nada. Eso reafirma mi decisión.

—Lo siento...

—Es lo que hay... Nunca debí creer que me amabas.

—Te amaba, te aprecio, pero no podemos estar juntos.

—Déjalo, debo irme —dice, y se levanta, herida y decidida.

—Adiós, Hannah, cuídate.

—Sí, tú también.

Y los dos tés se enfrían sin que nos haya dado tiempo de tomarlos. Hannah siempre ha sido así de impulsiva, y no pienso frenarla en un momento como este. No voy a mentirme más. La dejo irse, y me doy cuenta de lo diferente que es cuando se va alguien que tiene tu corazón entre sus puños. Desde luego, nada que ver con la partida de Crystal. La veo alejarse y, a pesar de apreciarla mucho, me siento tranquilo y en paz.

29

Crystal, en la actualidad, Seattle

Cat se ha ido a primera hora para la *bakery* y yo me he quedado para esperar a Josh y a Bonnie; deben de estar al caer. Me pongo a guardar la maleta ya vacía. Observo mi casa y me doy cuenta de lo paradójico que es sentir que perteneces a dos lugares. Si dijera que estoy mal aquí, estaría mintiendo. Esta ha sido nuestra casa durante más de ocho años. He criado aquí a mi hijo. He compartido mucho con Josh y, a pesar de las cosas que he averiguado estos días estando lejos de él, nuestra vida siempre ha sido tranquila y agradable.

Oigo el timbre y no puedo evitar sentirme nerviosa: no sé si estoy preparada para ver de nuevo a Josh en casa.

Me miro en el espejo y me cambio el pijama por unos *jeans* y una sudadera gris. Me hago una coleta y bajo las escaleras con calma, respirando profundamente, esperándome lo peor.

—Mamá. —Oigo a mi hijo gritar a través de la puerta. Impaciente.

—Buenos días —les digo a la vez que abro.

—Hola —me saluda Josh, y me mira con una mirada limpia; no parece enfadado.

—Gracias por traerlo —le digo sin saber muy bien cómo actuar.

—¿Cómo ha ido, Bonnie? —le pregunto al ver que ni Josh se va ni Bonnie entra.

—Bien —dice sin entusiasmo.

Conozco a mi hijo. No ha estado del todo bien.

—Vamos a cambiarte, que tienes que ir al cole.

—Vale —dice, y entra arrastrando los pies sin ganas.

—¿Quieres pasar? —le pregunto a mi marido al ver que sigue ahí petrificado.

—No sé si es buena idea.

—¿Por qué no?

—Bueno, entro a tomar un café.

—Claro, yo aún no lo he tomado.

Pasamos y noto que Josh camina incómodo en su propia casa. Le pido que haga él el café mientras voy a ver a Bonnie. Quiero que se sienta en casa. Al fin y al cabo, la casa es de los dos. Eso no cambia.

—Bonnie, cariño, ¿estás bien? —le pregunto nada más entrar en su cuarto.

—Sí —responde seco.

—¡Hey! Que a mí no me engañas. ¿Ha pasado algo con papá?

—No…

—Bonnie.

—¡Que no!

—¿Estás enfadado conmigo?

—¡Mamá, que no!

—Cariño, sé que es una situación difícil, pero tienes que hablar conmigo de todo. Si no, será muy duro.

—Papá se ha enfadado mucho conmigo.

—¿Contigo?

—Sí —me dice, y hace pucheros luchando para no llorar.

Me enfurezco con Josh, pues Bonnie es un buen niño y no creo que haya hecho nada como para que se tenga que enfadar con él.

—¿Qué ha pasado? —le pregunto mientras lo abrazo y él apoya su cabecita en mi pecho.

—Me gritó porque le estaba hablando de Zach.

Me quedo paralizada por un instante, pues no pensé que Bonnie pudiera hablarle a Josh de Zach, pero ahora que lo pienso, es obvio que lo haga, para él es un nuevo amigo y Bonnie siempre se muestra muy eufórico contando sus hazañas y aventuras con sus amigos. Mierda.

—Cariño, no has hecho nada malo. Papá se ha equivocado.

—Me dijo que, o me callaba, o no estaría más en su casa.

Al oír a mi hijo me dan ganas de bajar las escaleras de un salto y meterle una paliza a mi marido. ¿De qué coño va haciéndole esto? Es solo un niño.

—No quiero ir más con papá. No me deja hacer nada.

—Hey, hey... —Le defiendo aunque no lo merezca—. Papá está pasando por un momento muy duro con la separación, tú eres muy inteligente. Por favor, no le hagas caso. No sabe lo que dice.

—Pero es mi padre. —Me mira con cara extraña.

—Nunca te lo había dicho, pero los padres también nos equivocamos ¿Qué le dijiste de Zach?

—Pues todo lo que hicimos, la fiesta de Halloween, la fuerza que tiene, cuántas calabazas cogió. La habitación con el piano...

—Ya, lo entiendo.

—Mami, no sé qué me pasa, estoy triste.

—Yo también, hijo.

—¿Podemos ir a ver a Zach? —Su pregunta me sorprende.

—No, cariño. Está muy lejos, pero, si quieres, lo llamamos después del cole.

—No quiero ir al cole —me dice, y se gira boca abajo en la cama.

Y por primera vez hago lo que siento.

—Tranquilo, hoy nos quedamos juntos y llamamos a Zach.

Se gira despacito y le cambia la cara. Adoro la facilidad de los niños para llevar bien las situaciones difíciles. Soy afortunada. Aprendo tanto de él...

Lo dejo en la habitación y mientras me dirijo a la cocina siento cómo toda la rabia se esfuma, pues entiendo el dolor que puede sentir Josh si su hijo habla así de Zach.

—Crystal, ha sido horrible con Bonnie.

—Me ha contado... —le digo para que no tenga que explicarme lo ocurrido, pues sé que le debe doler.

—No sé cómo llevar esta situación —me confiesa.

—Yo tampoco.

—¿Estás con ese tío?

—Estoy aquí —le digo sin saber muy bien qué contestar.

—Me repatea la idea de que otro pueda hacer y deshacer con mi hijo.

No sé qué decir y prefiero bajar la mirada.

—He estado pensando mucho esta noche... Y, aunque me va a costar, he decidido volver a casa e intentar perdonarte. Por Bonnie.

Lo primero que pienso es que es un mentiroso. Esto no es por Bonnie, es por él. Y aunque es todo lo que deseaba hace tres días, ahora mismo, al oírle pronunciar esa frase, me he sentido como el día que me pidió matrimonio. Me siento atrapada, sin salida. Como si volviera al pasado de una hostia. No sé qué decir, y Josh se da cuenta.

—¿No quieres?

—No es eso... Es que son tantas emociones. Ahora sí, ahora no...

—¿Y qué esperas, que sea fácil?

—No... Pero Bonnie está llorando en su cuarto.

—Bonnie es un niño. En media hora estará bien. Yo también estoy en la mierda. Solo trato de arreglar las cosas.

—¿Qué te ha hecho cambiar de opinión?

—Quiero recuperar mi vida. Mi familia.

—¿Qué sientes por mí?

—¿Por ti?

—Sí, Josh, por mí. Sé sincero.

Se toma unos segundos.

—Pues no lo sé. Si te soy franco, siento decepción. Pero eres mi mujer y creo que podemos luchar por lo nuestro.

Tomo valor de donde no lo tengo y le suelto lo que nunca pude en el pasado:

—No soy la mujer que crees.

—¿Qué quieres decir?

—Pues que contigo actúo siempre de un modo que no es como soy en realidad.

—Creo que este viaje te ha sentado fatal.

—A eso me refiero. Escúchate —le digo con un tono un poco elevado—. ¿Crees que tú sabes quién soy y cómo soy mejor que yo?

—No es eso.

—Mira, Josh, yo siempre he sido apasionada, caótica, aventurera... Y a tu lado me volví seria, sosa.

—Maduraste.

—No, no maduré.

—Entonces, ¿fingías?

—No, tampoco, pero poco a poco dejaba de ser yo misma para que me aceptaras. Para tener tu aprobación.

—No entiendo nada, de verdad —me dice confundido, y me da la razón de que no tiene ni idea de quién soy en realidad.

—Siempre que hago algo un poco fuera de lo común me sueltas que si soy la madre o el hijo...

Josh me interrumpe:

—Mira, si tienes una crisis de adolescente o de identidad, dejémoslo. Ya hablaremos en otro momento.

225

—No, lo estamos hablando ahora y vamos a hablarlo ahora.

—De acuerdo, sigue... Te he destruido como persona.

—Se hace la víctima.

—No te pases, yo no he dicho esto. Nunca ha sido culpa tuya. Soy yo la que me he cohibido para encajar contigo.

—Ah, claro, que yo soy el soso y Zach, el tío guay.

—No te atrevas a vacilarme así. No metas a Zach en esto.

—No ha sido buena idea venir a hablar contigo.

—Pues yo creo que sí, ya va siendo hora de que hablemos de verdad —le suelto seria, y lo descoloco.

—Crystal, no sé qué bicho te ha picado.

—He vuelto a mi hogar y he recordado quién soy y qué quiero.

—¿Qué quieres?

—Ante todo, ser yo misma y que me amen por ser quien soy, no quien creen que debería ser.

—No soy consciente de haberte prohibido nunca ser quien eres.

—Ya te he dicho que lo hacía yo para encajar.

—¿Tan mal hemos estado?

—No, hemos estado muy bien, hemos sido una familia correcta y estable. Pero me darás la razón en que nunca hacemos cosas apasionantes.

—Pero... —Josh realmente está confundido—. ¿Qué cosas apasionantes quieres hacer? ¿Salir a emborracharnos? —me dice con rabia para hacerme daño.

—Pues ¡por ejemplo!

—Has perdido la cabeza.

—No, Josh, no hablo de beber. Hablo de hacer cosas diferentes.

—¿Quieres hacer cosas diferentes? ¿Apasionadas? Hagámoslas —me suelta nervioso, y de una zancada se planta delante de mí y me besa con pasión. Con la pasión que nunca me ha besado.

Al principio no quiero. Quiero apartarme. Pero su abrazo me recuerda a nuestra familia, a mi vida, y me dejo besar. Al acabar me quedo muda y él también.

—Josh, yo... —Trato de romper el hielo, pero no me salen las palabras.

—No digas nada. Solo intentémoslo.

—No quiero que vuelvas a reñir a Bonnie ni a hacerle sentir mal.

—Lo sé, perdí el control.

—Sí...

—¿Por qué no cenamos juntos en casa esta noche? —me pide, y la propuesta no me parece descabellada.

Sé que le irá bien a Bonnie ver que hay cosas que no pierden forma. Como nuestras cenas familiares.

—Le preguntaré a Bonnie, pero por mí bien.

—Me voy al despacho.

—Vale, que tengas un buen día... —le digo aún conmocionada por el beso inesperado.

—Gracias por rechazar la herencia.

—Sí, claro —le digo, y vuelvo a sentir que es un egoísta.

Josh sale por la puerta y me siento aliviada. Tengo un miedo atroz a que me vuelva a pasar lo que pasó hace diez años cuando no fui capaz de elegir la vida que realmente quería. Sigo confundida. Si Zach estuviera cerca, quizá todo sería diferente pero no tengo ni idea de cómo hacerlo.

—Bonnie, cariño, ¿quieres desayunar?

—Voy —me grita desde la habitación, y en cinco minutos está en la mesa de la cocina.

Le preparo un bol de avena con frutos rojos y observo las ganas que tiene de hablar.

—Dime, ¿qué te pasa?

—¿Podemos llamar a Zach?

—Claro, lo llamamos, espera.

Voy a por el teléfono y me animo al pensar que voy a oír la voz de Zach. Desde que llegué solo hemos intercambiado algún mensaje que otro. Descuelga al momento, y antes de que me dé tiempo a saludar, Bonnie se me adelanta:

—Zaaach, buenos días.

Alucino con la energía de mi hijo hacia Zach.

—Hey, campeón, menuda sorpresa. ¿Cómo estás?

—Muy bieeen. Hoy no voy al cole.

—Anda, ¿y eso?

—Voy a pasar el día con mamá.

—Buenos días, Zach —le digo antes de que mi hijo siga su discurso.

—Crystal, hola —me dice con voz tierna—. No paro de pensar en vosotros. ¿Cómo estáis?

—Nosotros también pensamos en ti —le digo con voz de niña.

—Ven unos días, Zach.

Miro a mi hijo anonadada, parece un niño diferente al de esta mañana y esto me hace pensar. Pensar si lo correcto es seguir con Josh y rehacer nuestra familia o si debería seguir esa voz interior que todos tenemos y que ahora mismo me dice que adoro a Zach.

—Me encantaría. ¿Te parece buena idea, Crystal?

No sé muy bien qué decir, la verdad es que me muero de ganas, pero no creo que sea el mejor momento.

—Sería genial, aunque yo ahora estoy muy liada con la *bakery* poniéndome al día.

—Ah, en otro momento pues —dice sin representar fastidio—. Y dime, ¿cuándo vuelves al cole?

—Mañana.

—Qué bien, tus amigos te habrán echado de menos.

—Sí, y mamá me va a buscar un coro para apuntarme.

—Así me gusta, campeón, los dejarás con la boca abierta. Ya sabes que aquí tienes tu piano para cuando vuelvas.

—Sí. ¿Sabes qué?

—A ver, sorpréndeme —le contesta Zach con ganas de seguir hablando.

—Mi padre se ha comprado un piso muy grande que tiene un ascensor dentro.

Zach se ríe de la inocencia del peque.

—Ostras, pues qué suerte tienes de tener un piso con su propio ascensor.

—Se llama dúplex.

—¿Y qué tal con tu padre? —le pregunta Zach sin recelo, y su madurez con el tema me sorprende.

—Bueno…

—Josh y Bonnie han discutido. Pero se les pasará, ¿verdad, cariño? —Trato de meterme en la conversación.

—Sí —contesta mi peque sin pensar.

—¿Qué tal por la granja? —le pregunto a Zach.

—Ahora mismo recogiendo el resto de cosecha. Es la segunda época más dura del año, así que a tope.

—¿Estás en la casa del lago? —le pregunta Bonnie.

—No, estoy en la granja.

—Ah, vale. Bueno, Zach, me voy a jugar un rato. Adiós —dice, y se levanta para dirigirse a su habitación.

—Adiós, enano —le contesta Zach—. ¿Tú qué tal estás, Crystal? —me pregunta tratando de que no termine la conversación.

—Bonnie ya se ha ido, es la hostia. Bien… Empezando a adaptarme.

—¿Con Josh bien? —me pregunta sin dobles intenciones.

—Sí, más o menos, Bonnie y él tuvieron un momento tenso, pero ya está olvidado.

—Me alegro.

—Bonnie le contó lo guay y fuerte que eres, y Josh, pues ya te imaginas…

—Joder, solo es un niño.

—Ya…, eso mismo opino yo. ¿Y tú cómo vas?

—Bien, trabajando sin parar y pensando en ti a todas horas.

Sonrío como una boba al teléfono.

—Mañana empiezo ya la rutina y me da tanta pereza…. Tengo mil cosas atrasadas.

—Sí, sé lo que es, tómatelo con calma —me aconseja.

—Sí, porque si no…

—Bueno, tengo que dejarte, preciosa, me llaman fuera.

—Vale, Zach, cuídate mucho.

—Igual vosotros. Llamadme siempre que queráis.

—Tú también.

—Adiós.

Nos despedimos con ternura y al colgar el teléfono me doy cuenta de que estoy más perdida ahora que cuando todo empezó. He de aclararme ya, porque la propuesta de Josh de volver me ha descolocado.

30

Se hace de noche mientras ordeno todos los papeles que no he podido atender las últimas semanas de la correspondencia de la *bakery*. Josh viene en media hora y quiero dejarlo listo.

Pido la cena a uno de nuestros restaurantes libaneses preferidos; no me apetece nada ponerme a cocinar, y ordeno el comedor para que la mesa esté lista cuando llegue la comida. Suena el timbre y me dirijo a abrir la puerta en pijama.

Un enorme ramo de flores me sorprende y apenas veo quién hay detrás.

—Buenas noches.

La voz de Josh me devuelve a la realidad; por un momento he pensado que el que estaba detrás del ramo era Zach y se me ha cortado la respiración.

—Vaya, qué sorpresa —confieso honestamente.

—Para vosotros —me dice, y me tiende el ramo.

—No me has mandado flores en los últimos diez años. De hecho, el único ramo fue el del día del nacimiento de Bonnie.

—Nunca es tarde para empezar. Quiero hacerlo bien.

Josh está convencido de que esto va a empezar otra vez y esa vocecita en mi interior grita asustada, pero mi cabeza la hace callar, razonando que es lo más coherente y justo. Toda relación merece su oportunidad.

—He pedido comida libanesa.

—Estupendo.

Nos sentamos a cenar y de repente siento que he vuelto al pasado, todo sucede como si nada hubiera ocurrido; charlamos los tres, compartimos, planeamos ir con Bonnie al partido de su equipo favorito, y mis aventuras en Carolina del Sur quedan tan lejanas que me parecen un sueño. La vida que he llevado estos últimos diez años se desarrolla nuevamente sin esfuerzo y me doy cuenta de que volver con Josh sería lo más fácil. No tendríamos que cambiar nada, todo seguiría igual. Estable, entero.

Al acabar de cenar, Bonnie se pone a ver la tele mientras Josh arregla la cocina y yo me acabo mi copa de vino sentada en la encimera.

—Voy a dejar mi piso.

—Vaya...

—Me pediste que me lo pensara y lo he hecho. Si te parece bien, vuelvo a casa.

Me quedo muda y cuando por fin me atrevo a pronunciar palabra oigo vibrar mi teléfono. Desvío la mirada a la pantalla y veo que es un mensaje de Zach. Qué oportuno. Cierro los ojos y trato de volver al instante presente, pues mi mente ha volado hasta él.

—No sé, Josh, la verdad es que todo es complicado.

—Probemos unas semanas...

—Como quieras... —contesto sin fuerzas para debatir sobre el tema.

Estoy agotada mentalmente de todo este desbarajuste. No sé cómo decirle que no, no me atrevo a echarlo de su propia casa. Con Josh siempre me pasa que me cuesta actuar con pasión y siempre acabo guiada por la razón.

—Estoy muy cansada. Si no te importa, voy a acostar a Bonnie y me meteré en la cama. Tengo *jet lag* aún.

—Claro, yo termino con la cocina.

Noto que ni siquiera él está cómodo y me voy con mi hijo para tratar de pensar qué coño está ocurriendo con mi vida.

—¿Papi va a volver a casa? —me pregunta mientras vamos para la cama.

—Pues eso parece.

—¿Y ya no veremos más a Zach?

—Eso no tiene nada que ver.

—Ah, vale, como papi está enfadado con Zach... —me dice tratando él mismo de explicarse la situación.

—No se trata de eso, es solo que no son amigos. Nada más.

—Vale. ¿Te tumbas conmigo? —me pide, y me hace un huequito.

Y a mí nada me apetece más en la vida que dormir a su lado. Le acaricio la cabecita mientras me voy quedando dormida.

233

La luz de los rayos de sol me despiertan. Miro a mi hijo hecho un ovillo en la cama y le beso la frente. Me quedé frita sin darme cuenta y no tengo ni idea de qué hizo Josh. Me levanto y saco la nariz por el marco de la puerta de nuestra habitación: ahí está. Dormido. Lo observo y tomo nota de cómo tiene toda su ropa perfectamente ordenada. Los zapatos, simétricamente colocados justo en el centro de su alfombra. Su reloj, puesto en su portarrelojes. El pijama, doblado sobre su mesilla de noche. Todo es orden en su cerebro. Me dan ganas de ir y esparcírselo todo. Pero no lo hago.

—¿Te acuestas conmigo un rato? —me dice susurrando y sin abrir los ojos.

—Pensaba que dormías.

—Anoche me cambiaste por otro hombre —bromea.

—Sí, por el hombrecito de mi vida —le digo, y me acerco a la cama.

Nadie podrá decirme que no lo intenté. Me siento y Josh me rodea con sus brazos para que me acurruque con él. Nos tumbamos de lado y apoya su pecho en mi espalda. Como dormimos todas las noches. Y debo admitir que no se me hace extraño. Zach aparece por mi mente pero le veto el paso. No es el momento.

Josh trata de convencerme para hacer el amor, me besa el cuello, me acaricia los muslos... Pero no estoy preparada y con no reaccionar a sus señales es suficiente para que desista y se quede tranquilo, abrazado a mí sin buscar más.

Una parte de mí se siente terrible por Zach, pues creo que para él estamos juntos y seguro que no imagina nada de esto. Nos levantamos de la cama tras diez minutos de abrazo y cada uno se va a su trabajo. Josh lleva a Bonnie al cole, así puedo pasar directa por el obrador antes de ir a la *bakery*.

234   Miro el mensaje que anoche esquivé de Zach y me da pena no haberle contestado.

> Me he pasado la tarde comprando cosas para nuestra casa del lago. Te mando foto cuando las tenga colocadas. ¿Habéis cenado ya?

Sin duda, para Zach estamos juntos y me temo que le debo una explicación. La idea de perderlo me aterra, así que hago lo que no debería hacer. Callarme.

La semana sigue como de costumbre, muchas horas preparando el *catering* para el *film*, por fin encontramos un coro para Bonnie y decidimos apuntarlo a clases de piano. Josh ha traído la mitad de las cosas a casa y yo me he escondido en el baño para chatear con Zach. No sé cómo, sin darme cuenta, he vuelto a convertirme en la mentirosa que tanto odio y empiezo a sentirme realmente mal.

Hoy es viernes, nuestro viernes sagrado, y a mí no me apetece en absoluto pasarlo en familia. Eso me hace sentir una madre terrible, pero necesito salir, airearme, desconectar, reconectar. Así que le propongo a Cat que salgamos a cenar y a tomar algo. La excusa perfecta para pedirle a Josh que se quede con Bonnie. Marco su teléfono y le cuento mi repentino cambio de planes.

—¿De verdad que no te importa? —Me extraña que se lo haya tomado tan bien.

—No, pasadlo bien.

—Gracias.

Cat y yo pasamos la noche comiendo y bebiendo, y la conversación se nos va un poco de las manos.

—Sabes que la estás cagando, ¿verdad?

—Sí —confieso por primera vez en voz alta.

—¿A qué esperas? Si Zach se entera, le romperás el corazón de nuevo, ¿y sabes qué? Hay veces que nada vuelve a ser lo mismo. ¿Has oído alguna vez aquello de que hay trenes que solo pasan una vez?

—Pues claro...

—Bien, pues el tuyo hizo una segunda parada hace unas semanas, y si no lo tomas de una vez es muy probable que lo pierdas para siempre.

—Lo sé, joder, Cat, pero no es fácil.

—¿Sabes lo que no es fácil? Mentir como mientes.

—No te pases.

—Me paso porque soy tu amiga y te quiero. Y si te viera feliz con Josh, no te lo diría, pero te pasas los días en la *bakery* escribiéndote con Zach y sonriendo como una imbécil a la pantalla para luego volver a casa y mentir a los dos hombres que darían la vida por ti.

—Cat...

—Cat nada. A Josh también le estás haciendo daño, aunque claro, él aún no lo sabe.

—Todo esto lo hago por él.

—No te engañes. Lo haces por ti. Porque estás tan muerta de miedo que no decidir te hace sentir segura.

—Eso es verdad —le confieso, y le pido otra copa.

—Pues espabila. Sé que no quieres perder a ninguno de los dos, pero no puedes seguir teniendo a los dos, al menos no engañados.

—La verdad es que me da tanta pena perder a cualquiera de los dos...

—Mira, Crystal, si algo he aprendido en la vida es que elegir es renunciar. Queramos o no. Al elegir, estamos renunciando al otro, y tú tienes que dar ese paso ya.

—¿Y si me equivoco?

—No lo harás. No puede haber error en esto. Hagas lo que hagas, será lo que necesites que pase para llegar donde se supone que tienes que llegar.

—¿Te estás poniendo mística? —bromeo.

—No, estoy siendo más clara que nunca.

—No sé qué hacer. ¿Qué hago? ¿Le pido a Josh que se vaya y mantengo una relación a más de cinco mil kilómetros de distancia?

—Eso yo no lo sé, la vida se encarga de poner todo en su lugar, pero acuérdate de lo que te digo. Si tú no lo paras, lo parará la vida. Ve con cuidado, tía. Que es cuestión de tiempo que uno de los dos se entere.

—No quiero hacerle esto a Josh, no merece que le haga daño otra vez enterándose de que sigo sintiendo cosas por Zach.

—¿Ese es el problema? ¿No te das cuenta de que lo que no es justo es que le mientas? ¿Que lo que Josh merece es una mujer que lo ame y esté al cien por cien por él? No te engañes. Esto no se trata de que no quieras hacerle daño a Josh, se trata de que te da miedo perderle y punto.

Recapacito sobre las palabras de mi amiga y me doy

cuenta de que tiene toda la razón. Lo egoísta es hacerle daño mintiéndole de nuevo.

—¿Qué clase de monstruo soy? —le digo verdaderamente afectada.

—Uno muy sexi y confundido —me responde para hacerme reír.

—Estoy perdida —confieso.

—No.

—Sí.

—Que no.

—Que sí.

—¡Basta ya! Y toma una decisión.

—Es que, Cat, mi vida con Zach es imposible, no voy a volver a Carolina del Sur, y él mucho menos va a venir aquí. No hay futuro —le digo esperando que me consuele y me diga cómo hacerlo, o como mínimo me haga sentir mejor.

Pero hace todo lo contrario.

237

—En ese caso, rompe con él, deja de escribirle mensajes ñoños que borras cada día antes de entrar en casa y mantén una relación de amistad y de paternidad por Bonnie.

«No, eso sí que no. Hablar con Zach me da la vida. No puedo dejar de hacerlo.» Mi maldita vocecita interior no me deja pensar con claridad y prefiero pasar de ella.

—Lo haré.

—¿Qué harás?

—Tomar una decisión.

—¿Estás segura?

—Sí, aunque no tengo ni idea de cuál tomaré.

—Crystal…. Que no sea fácil no significa que no tenga sentido.

—¿A quién elijo?

A mi amiga le da la risa y a mí no me hace ni puñetera gracia.

—¿Quieres que te ayude a elegir, aquí y ahora? Porque puedo hacerlo.

—Sí, quiero. Saca tus dones de pitonisa —le pido, e incluso me creo que ella me puede ayudar.

Veo cómo rebusca en su bolso y me pica la curiosidad.

—¿Vas a sacar tu bola de cristal?

—Más o menos —dice mientras me muestra una moneda de cincuenta céntimos—. Prométeme que harás lo que diga la moneda.

—¿Pretendes que deje mi destino en manos de una moneda?

—¿Tienes alguna idea mejor? —me vacila.

—Estás loca.

—¿Lo hacemos?

—Está bien. El futuro de mi vida a cara o cruz.

—Cara es Josh, cruz es Zach. La cara de la moneda que caiga boca arriba es la persona con la que debes estar.

—Venga, que hasta parece fácil —la animo mientras me burlo de ella, pues esto me parece una completa estupidez.

Cat se pone la moneda en la palma de su mano y la lanza con fuerza. La miro como si fuera a cámara lenta y el infinito mundo de posibilidades de cara o cruz que se presenta ante mis ojos me abruma. Cara, cruz, cara, cruz, cara, cruz.

—*Voilà* —me dice mientras tapa la moneda con su mano para que no vea el resultado.

—¿Me vas a decir con quién me quedo ya o te saco yo la manita? —le digo bromeando.

—Ya tienes la respuesta, Crystal…

—¿Ah, sí?, pues déjame verla.

—No te hace falta. Cuando tiras una moneda al aire, el lado que deseas que caiga boca arriba es la respuesta. Siempre hay en el último momento un deseo de que caiga uno de los dos lados boca arriba. Y sé por esos ojos que tú has deseado uno sobre otro. Y esa, amiguita mía, es la decisión correcta.

De repente mi amiga se convierte en una terapeuta de manual dándome lecciones con metáforas, y lo peor de todo es que tiene razón. Por supuesto, he deseado todo el rato que salga cruz. Cruz, cruz, Zach.

—¿Vas a dejarme con las ganas?

—Dime tú qué lado querías que saliera.

—Mmm...

—No te hagas la interesante.

—Cruz.

—Pues... nunca sabrás qué ha salido —dice a la vez que guarda de nuevo la moneda en el bolso.

—Serás... —le digo fingiendo enfado, pues me moría de ganas por saber qué lado de la moneda había elegido el azar—. Es tarde, ¿vamos?

Salimos del local animadas y acerco a Cat a su casa mientras discutimos sobre qué glaseado les queda mejor a los *muffins* de plátano.

239

31

*E*ntro sin hacer ruido y decido darme un baño calentito con sales para evadirme de todo y disfrutar. Marco el teléfono de Zach antes y le mando un mensaje.

> Buenas noches, perdona si esta semana he estado algo distante, mucho trabajo y situaciones complicadas, me gustaría contarte en persona. Por más que le doy vueltas no veo el modo de estar contigo. Te necesito y estás lejos. Cuando miro todo lo que tengo aquí, todo lo que he luchado… No puedo dejarlo atrás. Perdóname.

Le doy a enviar sin releer lo que he escrito y me meto en el agua con olor a lavanda. Al instante suena el móvil. Es él.

> Eso suena a un «se ha acabado otra vez».

> No sé a qué suena, pero es la verdad. No creo que pueda acabarse algo que nunca ha vuelto a empezar, pero te quiero. Eso nunca cambia.

Soy consciente de que estoy siendo demasiada ambigua para él. Me escribe de nuevo:

> Crystal. Te lo dije una vez y volveré a decírtelo. Si me pides

que nos fuguemos, nos fugamos. Esta vez seré yo el que me fugue a Seattle si hace falta con tal de estar a vuestro lado.

Sé que Zach sería incapaz de dejar el pueblo y la granja, son su vida. Y tampoco quiero pedirle eso. No es justo. No tengo ni idea de cómo llevar la situación. Josh está durmiendo en nuestra cama y, si soy franca, quería que la moneda cayera con la cruz boca arriba. Zach es con quien quiero estar en realidad, con quien siempre he querido estar.

Me doy cuenta de lo débil y cobarde que soy y me hundo entera en el agua. Aguanto la respiración hasta que no puedo más y al acabar cierro el móvil sin contestarle. Me acuesto junto a Bonnie y me acurruco.

—Buenos días a los dos —nos despierta Josh—. Es sábado. ¿Nos vamos a pasar el día por ahí?

—Yo tengo trabajo, ¿por qué no llevas a Bonnie un rato a pasear y por la tarde hacemos algo?

—A hacer acampada, papi —dice mi hijo adormilado entre mis brazos.

—¡Qué buena idea! —les digo, pues ahora mismo necesito sin duda estar sola, me iría bien que se fueran un par de días.

—Pero ¿cómo vamos a ir sin mamá? —pregunta Josh mirándome.

—No pasa nada, yo he de preparar el *catering* con Cat, lo pasaréis genial.

—¡Sí, papá, porfa!

Josh me mira con dudas y luego asiente. Bonnie está tan animado con la idea que es imposible decirle que no.

—Yo os lo preparo todo, vamos, ¿dónde os apetece ir? —pregunto mirando a Josh.

—Pues… Podemos ir al Parque Nacional del Monte Rainier. Está solo a una horita y media.

—Oh, es precioso. Qué buena idea —le digo a mi hijo.

—Voy a hacerme la mochila —dice animado.

—¡Yo te ayudo!

—¿No vas a venir? —me pregunta Josh sin que se dé cuenta Bonnie, que ya está preparando su mochila.

—No, prefiero quedarme... —me sincero.

—Está bien, pero no creo que esta sea la manera de recuperar lo nuestro.

—Tengo mucho trabajo, Josh —medio miento, pues a pesar del trabajo podría montármelo.

Es más, me encantaría montármelo para disfrutar con Bonnie, pero sé que necesito estar sola. Y será una buena ocasión para ordenar mis sentimientos.

—Como veas —me contesta desanimado.

—Será bueno para vosotros —insisto.

—Sí...

—Vamos, voy a buscar la tienda y los sacos térmicos. ¿Cocinas tú algo para que os podáis llevar?

—Lo compraremos por ahí, tranquila.

Se da la vuelta y se dirige a la habitación para preparar su ropa. Me siento mal por no ir con ellos, la verdad. Y estoy empezando a cansarme de sentirme mal.

En menos de una hora salen por la puerta completamente equipados y vestidos. Solemos hacer un par de acampadas al año en familia, siempre nos ha gustado, así que tenemos toda la equipación necesaria. Esa era una parte bonita de nuestras rutinas familiares; hemos viajado muchísimo y a Bonnie le encanta hacerlo. Menos mal que no se ha enfadado por el hecho de ir sin mí. Me da la sensación de que Bonnie está esforzándose tanto como nosotros por mostrar normalidad. El otro día estaba muy triste en su cuarto y me dijo que intentaba ponerse contento para que todo fuera bien. Me partió el corazón.

Una vez me quedo sola, me da por ordenar y limpiar todo a fondo. Abro el teléfono móvil para estar comunicada con ellos y tres mensajes de anoche de Zach me inundan la pantalla. El primero dice:

> Que no me contestes me hace dudar, dudar de que realmente estás volviendo a tu vida con Josh.

Una hora después envió el siguiente:

> Haz lo que necesites, Crystal. Buenas noches.

Y diez minutos después:

> ¿Sabes? Creí que esta vez era la nuestra.
> En fin, olvídalo.

Vuelvo a sentir a Zach como cuando me mandaba las cartas, intenso, inestable, jodido. Y me siento fatal. Le contesto porque me apetece y porque no quiero hacerle daño.

> Necesito tiempo para adaptarme a esta nueva vida, por favor.
> Buenos días, me quedé dormida anoche.

Lo lee al instante y no contesta. Él nunca ha sido así, siempre fue independiente y seguro de sí mismo, pero conmigo es diferente, lo desestabilizo. Me doy cuenta de que lo que siente por mí es profundo y verdadero y me entra el miedo, mucho miedo.

Sigo todo el día con mis tareas del hogar y me permito sentarme un rato a leer una novela que empecé hace un par de meses, un *thriller* de un autor británico que no conocía pero que me está gustando bastante. Llamo a Josh para saber cómo han llegado y si ya han montado la tienda. Me coge el teléfono Bonnie.

—Mami, holaaa.

—Buenas noches, campeón.

—Ya estamos en la tienda a punto de irnos a dormir.

—Me alegro. ¿Cómo ha ido? ¿Qué habéis hecho?

—Hemos ido a comprar comida y chucherías.

—Vaya, vaya —lo interrumpo.

—Y luego hemos dado un paseo para encontrar el mejor sitio para poner la tienda.

—¿Hace mucho frío?

—Sí.

—Bueno, abrígate bien y haz caso a papá en todo. Te echo de menos.

—Y yo a ti.

Se me escapa una lágrima y me siento estúpida por no estar ahí con ellos.

—Buenas noches, cariño.

—Buenas noches.

Colgamos y me doy cuenta de que ni siquiera he hablado con Josh. Uf. Me acuesto en el sofá con una serie y me quedo dormida enseguida.

El tono de llamada de mi móvil me despierta. Maldita sea, me he quedado dormida de nuevo toda la noche en el sofá. Veo que la llamada es de Josh y me alarmo, pues es demasiado pronto. Las siete de la mañana. Descuelgo algo preocupada.

—Crystal. —La voz de Josh es irreconocible y me da un vuelco el estómago.

—¿Qué ha pasado?

—¡Bonnie no está! —grita desesperado.

—¿Có-cómo que no está? —pregunto sin apenas poder respirar.

—Me acabo de despertar y no está en la tienda —dice con la voz rota.

—Habrá salido a pasear o a hacer un pipí, joder. ¿Lo has buscado bien?

—Sí, Crystal, no está.

Un mareo repentino me golpea y soy incapaz de pensar con claridad.

—Voy para allá ahora mismo —le digo.

—Llamo a la Policía.

—¡Sí, llama ya! —le grito—. Pásame la ubicación.

Cuelgo y corro a la habitación para vestirme. Me digo a mí misma que solo será un susto, que seguro que está por ahí, cerca de la tienda y a salvo. Me siento la peor madre del mundo por dejar a mi hijo solo. ¿Y si le ha pasado algo? Esa zona está llena de animales salvajes y en el mundo hay mucha gente perturbada. Dios, no puedo pensar con claridad. Salgo en menos de dos minutos y me doy cuenta de que no he cogido ni abrigo. No importa. Tardaré menos de hora y media hasta Monte Rainier. Acelero y me dan igual las multas, he de llegar cuanto antes.

Llamo a Josh para estar al tanto de todo.

—Ya he llamado a la Policía, están de camino. ¡Joder, maldita sea! —grita.

—Josh, ¿pasó algo anoche después de que hablara con Bonnie?

—No, bueno… —le cuesta hablar.

—¿¡No, BUENO!? ¿Qué significa eso? —grito muy nerviosa.

—Sigo buscando, ahora te veo.

—Josh, maldita sea, ¡explícame qué pasó!

Mi marido cuelga el teléfono y me entra tanta ira de que no sea franco conmigo que lo mataría.

Me invento mil teorías de cómo puede haber pasado, trato de pensar como Bonnie, pero me es imposible. Si se ha enfadado con Josh, puede haber echado a andar y haberse perdido. «Maldita idea la de ir al puto parque nacional.» Tengo miedo, mucho miedo. Justo cuando cruzo la barrera del parque me suena el teléfono y lo cojo sin mirar la pantalla.

—Josh, ¿lo has encontrado?

Mi voz es tan alarmante que Zach, desde el otro lado del teléfono, se asusta.

—Crystal, no soy Josh, soy Zach.

—Joder, Zach, perdona.

—¿Qué ocurre?

—Ahora no puedo hablar, lo siento.

—Crystal, ¿le ha ocurrido algo a Bonnie? —Me ha calado.

—No lo encontramos, no lo encontramos.

—Tranquilízate, necesito que me cuentes más para ayudaros.

—No puedes ayudarnos desde ahí —replico injustamente.

—Seguro que hay algo que pueda hacer, ¿qué ha pasado? Por favor, no me dejes así. —Noto el miedo en su voz y la preocupación.

—Se ha ido de acampada con Josh al Parque Nacional del Monte Rainier y al despertarse esta mañana Bonnie no estaba en la tienda.

—No puede ser, es muy pequeño.

—Zach, ahora no puedo hablar. Tengo que encontrar a mi hijo.

—Es mi hijo también.

—Ahora no —le digo, y cuelgo.

No puedo pensar en nadie más ahora que no sea Bonnie. Aparco al lado de la tienda y veo tres coches patrulla, llamo por teléfono a Josh.

—¿Dónde estás?

—Estoy dando vueltas y más vueltas. La Policía está conmigo.

—Voy a buscarlo por mi cuenta.

—Espérate, un policía va para allá.

—Vale.

ϒ

—¡¡¡Booonnie!!! —grito desesperada.

Pero no obtengo respuesta.

El agente llega enseguida y se sorprende a causa de mi atuendo.

—Señora, sin chaqueta no va a aguantar. Será mejor que se ponga algo y venga conmigo.

—Estoy bien, vamos.

La adrenalina me impide sentir nada que no sea desesperación por encontrar a mi hijo, podría levantar un camión si él estuviera debajo.

—Busquémosle. ¿No tienen perros?

—Acabamos de llegar. Si no lo encontramos en un radio de un kilómetro, vendrán los refuerzos.

—Que vengan ya, por favor, Boonie nunca se iría así sin más. Le ha tenido que pasar algo.

Tengo ganas de llorar, de gritar, pero no lo consigo, estoy totalmente bloqueada. La siguiente media hora se me hace eterna en una búsqueda sin resultado junto a ese policía.

—Necesitamos refuerzos. Aquí no hay nada —dice por la radio al otro agente.

El corazón se me hace añicos y, ahora sí, me arrodillo y estallo a llorar. Josh me agarra del brazo y trata de levantarme.

—Crystal, estamos aquí. Van a traer refuerzos.

—No me toques —le pido, y ni lo miro.

—Por favor, ahora tenemos que estar unidos.

—Señores, será mejor que esperen en el coche.

—Y una mierda —le digo al agente levantando la cabeza como puedo y mirándolo directamente a los ojos.

—Crystal... —me pide Josh con un tono de advertencia para que no le hable así al agente.

248

—No pienso meterme en el coche ni en ninguna parte hasta que mi hijo aparezca —les digo a todos, y empiezo a andar.

—Ahora mismo, señora, este es un caso policial y ya no puede actuar por su cuenta.

—Soy su madre.

—Y yo el jefe. ¿Quiere encontrar a su hijo? Pues ayúdenos, no nos lo ponga difícil.

Lo miro con los ojos abiertos de par en par y, mientras oigo a los otros coches patrulla llegar, monto en cólera y me dirijo a Josh:

—¿Qué le has dicho? ¿Qué le has dicho?

—Crystal, por favor…

—Disculpen, pero ¿ha ocurrido algo que no sepamos? —nos pregunta el agente al mando, y yo señalo a Josh.

—Que os lo cuente él. ¿Qué le dijiste que ha hecho que se vaya?

Josh está petrificado, muerto de miedo, y yo siento ganas de pegarle para que reaccione.

—Caballero, si ha pasado algo, si han discutido o el niño se ha enfadado, necesitamos saberlo.

—Bueno, él, yo… —tartamudea avergonzado, y yo me doy cuenta de que todo esto es culpa mía. Yo les he puesto en esta situación con mis decisiones inmaduras y estúpidas—. Me enfadé porque dijo que Zach molaba más que yo.

Las lágrimas vuelven a correr por mis mejillas y Josh agacha la cabeza. Como un relámpago, me entra en el cuerpo la certeza de que aquí soy yo la única culpable. Siento pena por Josh una vez más.

—Señor, disculpe…, no entendemos —dice el agente.

—Zach es el padre biológico de Bonnie, y me dolió que dijera eso —aclara con un hilo de voz.

—Y usted ¿qué le dijo?

249

—Que su padre era yo y que no dijera tonterías. Entonces él se calló, se dio la vuelta para dormir. Soy un monstruo.

—No, caballero, no pasa nada. Encontraremos al niño.

El equipo de refuerzos ha llegado con cuatro perros y nos preguntan si queremos avisar a amigos y familiares para organizar una búsqueda en grupo. Cuantos más seamos, antes lo encontraremos. Llamamos a la gente cercana y todos los que pueden se ponen en camino. Me siento afortunada de tener a tanta gente a nuestro alrededor que quiere ayudar.

—De acuerdo, esta es la situación —nos explica el agente al cargo cuando ya somos un grupo lo suficientemente grande—. Seguramente Bonnie se ha ido enfadado a dar un paseo y se ha perdido. Es muy común, y estamos muy entrenados y habituados a casos como este. No tiene por qué haberle pasado nada, así que mantener la calma es crucial. Nos dividiremos en cuatro equipos y seguiréis mis órdenes en cada momento. Nadie se separa de su equipo. Los perros marcan el rumbo siguiendo el olor de Bonnie —nos dice mostrándonos la manta en la que ha dormido.

Josh me rodea la espalda con su brazo derecho mientras yo lucho por no volver a llorar. El policía sigue dando instrucciones a los voluntarios:

—Hace ya cinco horas que Josh, el padre del niño, se ha dado cuenta de su ausencia. Tiene diez años, no puede haber ido muy lejos. A las cuatro ya no habrá luz suficiente, así que disponemos de cinco horas para encontrarlo. ¿Alguien tiene alguna pregunta?

Nadie dice nada. Miro a los padres de Josh y a nuestros amigos. Han venido todos, incluso Cat, que habrá cerrado la *bakery*. Nos vamos distribuyendo en los cuatro equipos y le pido a Josh que vaya en otro distinto al mío. Prefiero ir con Cat.

—Señora, encontraremos a su hijo sano y salvo. No tema —me dice el agente para calmarme, pues estoy al borde de un ataque de ansiedad que dificultará la búsqueda.

Me mantengo en pie y entera porque tengo una misión: encontrarlo.

Las siguientes horas se pasan como a cámara lenta. Seguimos al agente con el perro y cada vez nos alejamos más y más de la zona de acampada sin encontrar señales de Bonnie. Cat me da la mano en todo momento y me va diciendo cosas, la mitad de las cuales ni las escucho. Cada vez que oigo la radio del agente con noticias de sus compañeros se me hace un nudo en el estómago. «Sin novedades.» «Sin rastro.» No lo aguanto. No voy a soportarlo. Son ya las tres de la tarde. Hemos vuelto a juntarnos los cuatro equipos. Solo nos queda una hora para que empiece a oscurecer. Busco a Josh entre los voluntarios y lo veo con la mirada totalmente perdida. Sé que también se siente culpable. Me acerco a él.

—Esto es culpa mía. Lo encontraremos —le digo, y le tiendo la mano en señal de ánimo.

—¿Y si alguien le ha hecho algo? —me dice.

—Por favor, Josh… Esto no ayuda.

Él agacha la mirada y yo vuelvo con Cat.

—Señores, será mejor que paremos un rato y nos reorganicemos. Haremos turnos para descansar y recuperar energías, en relevos. Cuando oscurezca, todo se complicará. Vamos a movernos de esta zona.

Contemplo el paisaje y por primera vez me doy cuenta de lo denso que es, la cantidad de árboles, follaje, arbustos… Si le ha pasado algo, podría estar en cualquier parte. Me parece imposible encontrarlo y me visita la idea de no verlo nunca más y siento que mi vida ha perdido todo el sentido.

«Bonnie, por favor, mándame una señal, te lo suplico, una señal…», pido con desesperación.

251

—Cat, la he cagado bien —le digo a mi amiga mientras tomamos una taza de té que nos ha servido la brigada de rescate.

Si fuera por mí, no pararía de buscar, pero las piernas empiezan a fallarme y empiezo a estar helada.

—Cariño, nada de esto es culpa tuya. No encontrarás a Bonnie si te centras en lo que has hecho o has dejado de hacer. Céntrate en él, intenta pensar como lo estará haciendo él.

—No puedo...

Miro el teléfono y compruebo que no tengo nada de cobertura. Nos ponemos de nuevo a buscar, esta vez ya preparados con linternas. Según el agente, a las ocho habrá que parar la búsqueda hasta las seis de la mañana si no lo encontramos. No entiendo nada. ¿Cómo van a parar la búsqueda? Mi hijo está ahí fuera herido, perdido, solo...

—No podemos parar a las ocho, es absurdo. —Me acerco al agente que lidera nuestro equipo de voluntarios.

—Señora, sabemos lo que hacemos. Avanzar de noche es una pérdida de tiempo. Abarcamos terreno sin rastrearlo al cien por cien.

—¿Van a dejar a mi hijo solo?

—Entiendo perfectamente cómo se siente, vamos a aprovechar lo que queda de día. Ya hablaremos más tarde sobre cómo evoluciona la búsqueda.

Me alejo de él con desprecio y me paro al pie de un gran árbol.

«Bonnie, sé que puedes sentirme, sé que estás aquí. Por favor, dame una señal, por favor...»

Se ha hecho de noche y algunos de nuestros conocidos y gente que se ha unido a la búsqueda se van a sus casas para volver por la mañana. «No, por favor, no os vayáis, no os vayáis —suplico en silencio—. Sigamos sigamos.» Apenas me quedan fuerzas para caminar, tengo los pies helados, necesito entrar en calor para reponerme. Son ya las siete de la tarde y la voz de los agentes cambia drásticamente.

—Nos queda una hora. Vuelvan al campamento. Nosotros seguimos.

—No —digo—. Yo sigo con vosotros.

—Señora...

—Se lo suplico. No me trate como a una inútil. Si usted puede, yo puedo.

—Está bien. Usted decide.

Josh, sus padres, Cat y yo seguimos adelante con los policías mientras los demás regresan. La oscuridad nos envuelve y entonces reconozco que buscar de noche es una tortura, no se ve nada.

Oigo por la radio cómo avisan de que hay una llamada para la señorita Crystal. Y me sobresalto. «Por favor, que sean noticias de Bonnie.»

El agente me pasa su teléfono especial para rescates; es enorme y tiene una antena muy larga, imagino que para tener cobertura.

—Crystal, gracias a Dios...

—¿Zach? —Reconozco su voz, pero no entiendo nada.

—Acabo de aterrizar, estoy en el aeropuerto en la zona de Policía. Les he contado lo ocurrido y se han puesto en contacto con la patrulla que lleva el caso. ¿Dónde estáis? Voy para allá.

Estoy tan sorprendida que no sé qué decir... ¿Zach está aquí? Es imposible. ¿Cómo puede ser? Hago cálculos y evidentemente han pasado diez horas desde que me ha llamado. Ha podido coger el primer vuelo directo a Seattle, y el aeropuerto está como a dos horas de aquí.

—¿Crystal, sigues ahí? Necesito la ubicación...

—Yo no..., no sé dónde estamos.

El agente me reclama el teléfono y, sin despedirme de Zach, se lo tiendo.

—Señor, ¿es usted familiar del niño?

—Soy su padre —oigo decir desde el otro lado de la línea.

—Está bien, ahora mismo mando la ubicación a mis compañeros, que lo acercarán en un coche patrulla. Quédese en el puesto policial del aeropuerto. Van a recogerlo lo antes posible.

A continuación, llama a comisaría y dispone lo necesario para que vayan a buscar al padre del niño desaparecido. ¿Cómo ha podido mi tranquila vida dar este giro tan radical en menos de un mes? ¿Me merezco tanto dolor?

Seguramente sí, seguramente estoy pagando. Los pensamientos tóxicos se amontonan en mi cabeza mientras una agente me pasa el brazo por el hombro y con voz tierna me susurra:

—Tenemos que parar por hoy, señora.

—No, por favor... —le suplico. La sola idea de que mi hijo pase la noche solo me aterra—. ¿Y si está herido y muere?

—No puedo asegurarle nada. Pero, según el protocolo, si un niño de esa edad hubiera estado cerca, los perros lo habrían detectado hace rato. También si estuviera muerto o herido. El olor de la sangre o de un cadáver lo encuentran con facilidad.

Oír la palabra «cadáver» relacionada con mi hijo me pone todo el cuerpo en alerta. Noto cómo se me tensa la musculatura del cuello hasta el final de la espalda.

—Entonces, ¿cree que no está aquí?

—Creo que hay algo que se nos escapa, o bien no está cerca, o bien está muy bien escondido.

—No pienso parar de buscarlo. No me lo pueden prohibir. No está prohibido pasear de noche por el bosque —le desafío.

—Sí lo está cuando hay un control policial. Por favor,

señora. Soy madre, entiendo por lo que está pasando, yo haría lo que estuviera a mi alcance por encontrar a mis hijos. Pero buscar de noche solo contribuye a empeorar las cosas; borra pruebas y perdemos el rastro.

—¿Me promete que no hay ninguna posibilidad de encontrarlo aquí?

—Si estuviera en esta zona, lo habríamos encontrado ya. Seguro.

—¿Y dónde puede estar? Soy incapaz de imaginarlo...

—Nosotros tampoco tenemos una hipótesis de trabajo, pero vamos a abrir una investigación y su marido es el principal sospechoso.

—¿Qué? No, él jamás...

Miro a Josh, que está sentado en unos bancos de pícnic con sus padres, muy afectados también, y niego con la cabeza. Josh jamás haría daño a Bonnie.

—¿Está segura? Esta mañana no parecía tan segura.

—Sí, no sé, ahora mismo no puedo pensar con claridad.

—Vamos a interrogarle y luego le interrogaremos a usted. Ahora mismo es todo lo que podemos hacer.

Regresamos al campamento y, en cuanto nos entregan unas mantas térmicas, dos agentes le piden a Josh que los acompañe a la carpa que han montado.

¿Sería capaz Josh de cometer tal locura? Dios santo... Dudo incluso de él, y eso me hace sentir aún peor.

—Cielo, es un mero trámite, no te preocupes —me dice Cat—. ¿No estarás pensando que...?

—No lo sé, Cat, ya ni conozco a Josh. Ahora mismo solo quiero encontrar a Bonnie, no puedo pensar en nada más. Solo te digo que si Josh es culpable... —siento cómo se me enturbia la mirada—, lo mataré con mis propias manos.

Cat me mira preocupada y me arropa bien con la manta, que se me ha resbalado.

255

—Tápate.

Una hora más tarde llega otra patrulla y adivino que debe tratarse de Zach. Cuando lo veo bajar del coche no puedo evitar correr hacia él. Su cara es de espanto total y me abraza con fuerza.

—Crystal, ¿cómo estás? ¿Hay alguna novedad? No han querido contarme nada.

—Gracias, gracias… —logro pronunciar, y niego con la cabeza.

—¿No?, ¿nada?, ¿no habéis encontrado nada?, ¿ni un rastro?

—Zach… No sé qué le ha podido pasar a Bonnie, creen que no está en la zona. Están interrogando a Josh, creen que puede ser sospechoso.

—¿Cómo? No puede ser…, él quiere a Bonnie.

—No lo sé… Tengo tanto miedo.

—Estoy aquí. Y no pienso irme hasta que encontremos a nuestro hijo.

—¿Cómo has llegado tan deprisa?

—Antes de que me colgaras esta mañana ya había salido rumbo al aeropuerto de Columbia, he tenido suerte. Había plazas libres en el primer vuelo a Seattle.

—Te necesitaba. Gracias por venir —le confieso mientras siento sus labios cálidos en mi frente.

Nos acercamos hasta donde está Cat mientras Zach me sostiene. Me cuesta andar, estoy abatida.

—Ella es mi amiga Cat —le digo con la poca voz que logro sacar.

—Zachary —se presenta tendiendo la mano.

—Encantada —contesta ella.

—¿No hay nada que podamos hacer? —me pregunta Zach.

—Dicen que dormir y esperar a que salga el sol… Pero yo no puedo… ¿Cómo voy a quedarme aquí?

—Estás helada, Crystal —me dice, y vuelve a abrazarme. Me fijo en que ha venido vestido de negro y lleva botas marrones de montaña—. Ten, ponte mi abrigo. Yo ahora no tengo frío.

Nos sentamos en unas sillas plegables dentro de la otra carpa que han montado para los participantes en la búsqueda. El interrogatorio de Josh se me hace eterno. No puedo creer que haya una mínima posibilidad de que él le haya hecho algo a mi pequeño. No, no puede ser. Me han dicho que luego me interrogarán a mí, y no puedo evitar la inquietud de saber qué les está contando mi marido.

Por fin vemos salir a Josh de la carpa principal, desde la que coordinan el operativo, y me levanto como impulsada por un resorte para saber cómo ha ido.

—Josh, ¿qué te han dicho?

—Creen que soy sospechoso de la desaparición de Bonnie. Todo se ha vuelto absurdo e increíble. Esto no tiene ningún sentido. Ahora mismo estoy muy cabreado. Pienso poner una demanda cuando todo esto acabe.

—Josh, cálmate. Lo hacen para encontrar a Bonnie, no te preocupes.

—¿Soy yo el único sospechoso o qué?

—No lo sé… Ha venido Zach.

—Genial… Pues que lo interroguen a él también —me dice mirando hacia donde están Zach y Cat, y se da media vuelta y se va junto al grupo donde están sus padres, que toman té caliente.

Cojo de una mesa un par de caldos que han preparado los ayudantes de la Policía y le llevo uno a mi amiga.

—Tenemos que pensar como si fuéramos él. ¿Dónde irías si fueras Bonnie? Imagínate que eres él —me pregunta Cat mientras siento el calor del caldo por todos los poros de mi piel.

—Lo intento… —Suspiro, no puedo pensar en nada con claridad.

257

—Sí, Cat tiene razón —dice Zach—. ¿Tenéis un mapa de la zona?

—No, pero seguro que puedes pedírselo a la Policía.

—Voy a ver si me lo dejan, nos puede ayudar a pensar.

Zach se levanta y se dirige a la carpa principal, lo miro anonadada pensando en lo improbable que era que él pudiera estar aquí, y Cat me lee la mente.

—Cariño, tienes suerte con este hombre —me dice, y me acaricia el brazo.

—Lo sé, Zach siempre ha sido el típico amigo que ayuda a todo el mundo.

—No creo que venga en calidad de amigo… Me refiero a que tienes suerte de que Bonnie tenga un padre así.

—Sí, supongo… —No puedo evitar pensar en que mi hijo ha desaparecido por culpa de todo esto y eso me impide sentirme afortunada.

—Ojalá lo hubiera conocido en otras circunstancias… —me dice.

—Ojalá.

Zach se ha quedado hablando con un agente unos quince minutos y trato de adivinar qué se dicen. Imagino que le está poniendo al día de todo lo que ha sucedido hasta ahora y de cómo vamos a proceder. Se acerca a nosotras y abre el mapa, lo mira con detenimiento y se concentra en cada dibujo, en el trazo de cada pista… Yo solo veo una inmensidad que me hace perder la esperanza de encontrar a Bonnie sano y salvo. ¿Cuántas posibilidades hay de que lo encontremos si no lo hemos encontrado ya? Mi vida se desmorona por instantes.

—¿Crees que alguien ha podido llevarse a Bonnie? —le pregunto a Zach.

—No, nadie se lo ha llevado. Pero aquí hay algo que se nos escapa. El agente me ha dicho que lo raro es que no haya ningún rastro, como si se hubiera esfumado.

—Sí, eso dicen... No entiendo nada.

—Dejadme pensar... —me pide, y se concentra en el mapa.

Zach es un hombre de campo, se desenvuelve mucho mejor que yo en estos hábitats. Apenas pasan cinco minutos cuando levanta la cabeza y me mira con una expresión casi risueña.

—¿Qué? —le pregunto extrañada, pues denota que ha descubierto algo.

—Ya sé dónde está —afirma sin dudas.

Yo abro los ojos como platos y le suplico que siga.

—Bonnie es mi hijo, lo siento con todo mi ser y me siento conectado a él. Acabo de tener una certeza muy fuerte.

—¿Dónde está? —Cat me roba las palabras de la boca.

—¿Bonnie tenía un mapa? —quiere confirmar Zach.

—Sí, Josh siempre lo lleva en nuestras excursiones —le digo.

Zach me tiende el mapa y me señala la única zona despejada.

—¿El lago?

—Crystal, escúchame con atención. Bonnie está aquí. Lo sé. Es donde yo iría. Se ha enfadado con Josh porque le estaba hablando de mí y él le ha regañado. Seguro que ha tratado de ir al lago. Le encantó el de nuestra nueva casa, ¿te acuerdas?, y es donde se siente cerca de mí... Está intentando llegar al lago. ¡Joder, cómo no se me ha ocurrido antes!

—Acabas de llegar..., no se te podía haber ocurrido antes —le digo sorprendida.

—No, llevo todo el viaje dándole vueltas y no se me había ocurrido mirar el maldito mapa. Vamos a hablar con los agentes —me pide.

Nos levantamos y su seguridad restablece mi confianza,

una pizca de esperanza. Sí, tiene sentido. Pero ¿por qué no hemos hallado ninguna señal de su recorrido desde la tienda de campaña? ¿Cómo va a llegar solo al lago con lo lejos que está?

—Agentes, disculpen, sé dónde está mi hijo.

—¿Dónde? —le pregunta el agente sorprendido.

—Está tratando de llegar al lago. O esa era su intención.

—Déjeme ver.

—¿Han buscado por esta zona?

—La verdad es que no, ese lago está muy lejos y no se puede acceder andando desde aquí. Permítame ese plano un segundo, ahora mismo salgo.

El agente entra a la carpa principal, los siguientes minutos se me hacen insoportables. Josh se acerca a nosotros y pregunta:

—¿Qué ocurre?

—Creemos saber dónde está —le digo.

—¿Cómo es eso posible?

—Bonnie está tratando de llegar al lago, si no ha llegado ya —afirma Zach seguro de sí mismo.

Miro a Josh y sé que quiere mandarlo a la mierda, pero en vez de ello suelta:

—Ojalá.

El agente sale acompañado de su superior y nos preguntan:

—¿Qué les hace pensar que está allí?

—Es el único sitio al que tiene sentido que haya ido si se ha enfadado —contesta Zach, y todos nos quedamos mudos alucinando de que lo tenga tan claro.

—Está bien, vamos a mandar al lago a un equipo reducido. Dennos unos minutos y les informamos.

—Yo voy —dice Zach.

—Está bien, ahora le avisamos.

Zach le tiende la mano a Josh y se presenta una vez más. Josh manda a la mierda sus inseguridades y se comporta como un hombre. Me sorprende y me siento tranquila, tranquila de no tener que lidiar con un problema más.

Los agentes salen enseguida y nos informan:

—Hemos confirmado que hay un telesilla gratuito que no tiene vigilancia. Funciona de las ocho de la mañana a las siete de tarde todos los días, festivos incluidos. Ha podido subir él solo y dirigirse hacia el lago.

—¿Eso explica que no haya rastro de él? ¿Que haya cogido un telesilla?

—Sí, eso lo explicaría, no hemos buscado en esa dirección aún. Pero ahora mismo sale un equipo de búsqueda.

—Mil gracias, agente, gracias.

—Se nota que está fresco, señor. Van bien mentes claras a estas horas.

—Vamos —dice Zach, y me tiende la mano.

—¿Viene alguien más?

Josh se queda mudo y yo lo miro esperando una respuesta:

—Me quedo en el campamento, por si vuelve o hay noticias. Creo que es lo más sensato.

Sensatez. Justo lo que necesitamos ahora, bien que al menos alguien la conserve. Cat, Zach y yo subimos a un coche patrulla; nos sigue otro vehículo con cinco agentes más y un par de perros.

—Lo encontraremos —me dice Zach muy serio.

En momentos como estos me doy cuenta de la falta que me hace. De lo mucho que me gusta y de cómo me hace sentir segura estar a su lado. Apoyo mi cabeza en su hombro durante todo el trayecto tratando de descansar y recobrar algo de fuerzas.

Llegamos más rápido de lo que esperaba al telesilla, que está parado. Los agentes llaman al cuerpo de seguridad del parque para que arranquen el trasto y podamos bajar al valle, donde está el lago.

—¿Cómo puede haber llegado solo hasta aquí? —pregunto aún dentro del coche.

—No lo sé, pero no está lejos del campamento, son solo dos kilómetros —me informa el agente—. Lo raro es que la gente no haya llamado a la Policía al ver a un niño solo por aquí.

—Quizá no hubiera nadie cuando él ha subido…

Hacen bajar a los perros del otro vehículo y rezo para que den muestras de que detectan el olor de Bonnie. «Por favor, ladrad, ladrad.»

Los dos perros adiestrados olisquean los asientos que están detenidos junto a la cabina, pero no dan señales de alarma.

Cuando llegan los guardas del parque lo ponen en marcha y, antes de indicarnos que subamos, los policías guían a los dos perros para que rastreen asiento por asiento todos los que van pasando por delante de nosotros. Entonces ocurre. Empiezan a ladrar como locos frente a uno en concreto y los de seguridad del parque detienen el telesilla. Zach ya ha bajado de un salto del coche patrulla. Yo estoy mucho más paralizada.

—Efectivamente, ha estado aquí, señora. Vamos a bajar al lago. ¿Vienen?

—Por supuesto —me adelanto yo esta vez.

Nos montamos en el telesilla y empezamos a descender la montaña colgados de los asientos helados. Al llegar abajo no puedo evitar llamar a mi hijo.

—¡Booonnie!

—No se oye ningún ruido.

—El lago queda cerca, señora. Vamos —me dice el agente para animarme.

—Lo encontraremos —me anima Cat.

—Sí…

Zach va delante junto a los agentes y todos empezamos a llamar a mi pequeño.

El camino de media hora se me hace eterno. Hay señales que indican el lago cada pocos metros, parece fácil de llegar de día, mi hijo podría haber ido hasta ahí sin problema. Me parece que no llegamos nunca avanzando por la oscuridad. Los potentes focos que llevan los agentes nos guían y los perros parece que han encontrado otro rastro. Es curioso el modo en que me siento aliviada a la vez que aterrorizada. Cada vez que oigo sus ladridos recupero la esperanza que he perdido a lo largo de la noche.

—Estamos en el buen camino, ha pasado por aquí. —Me sonríe Zach.

—¿Y si está herido? Han pasado muchas horas.

—Escúchame, Crystal. —Se detiene y me coge ambas manos—. Encontraremos a Bonnie sano y salvo. Te lo prometo.

Su seguridad me abruma y le creo. Quiero creerle. Parece que aún queda mucho trayecto cuando de pronto veo el reflejo de la luna en el agua; salir de la espesura de los árboles a campo abierto permite que la poca luz que refleja la luna esta noche nos sirva para contemplar todo el escenario.

—¡Bonnie! —Oigo cómo lo llaman los policías, y nosotros empezamos a gritar su nombre también.

Los perros tienen claro hacia dónde se dirigen, pegan sus hocicos al suelo y avanzan sin parar, sin hacer ni un ruido, pero de repente empiezan a ladrar como locos frente a un arbusto.

«Cielo santo.» Corro hasta ellos y, cuando estoy tan cerca que casi choco con uno de los agentes, veo cómo un cuerpecito pequeño se levanta del suelo.

—¡Bonniiie, mamá está aquí! —grito acercándome a él, que parece recién levantado.

«Es él y está vivo. Está vivo», es todo lo que consigo decirme a mí misma.

—Cariño, ven con mamá.

Veo a Bonnie con total claridad cuando los agentes lo enfocan con sus linternas dejándolo deslumbrado. No logra vernos, pero me oye.

—Mamá….

Un hilo de voz sale de su boca y me tiro a abrazarlo de rodillas. Estallo a llorar y siento cómo él empieza a llorar también.

—Perdóname, perdóname —me suplica.

—No hay nada que perdonar, cariño. Estaba muy asustada…

—No me castigues, porfa…

—Estás helado.

La policía le tiende una manta térmica y me piden que les deje hacerle una exploración para asegurarse de que no está herido. Me separo del abrazo que nos une y sin soltarle la mano veo cómo le hacen un chequeo rápido. Está bien, lo sé desde que lo he visto.

—Señora, déjenos solos un instante —me pide un agente al ver que no le suelto.

Zach da un paso adelante y me tiende la mano para que me levante y sus cálidos brazos me envuelven una vez más haciéndome sentir entera.

—¿Cómo lo has sabido? —le pregunto entre sollozos.

—No lo sé, pero sabía que estaba aquí.

—Eres su padre —le digo, y veo su sonrisa—. Te he echado de menos.

—Y yo a vosotros —me confiesa.

Bonnie nos abraza al acabar su chequeo y Zach lo coge en brazos.

—Campeón, menos mal que estás bien.

—Pensé que, si venía al lago, me sentiría feliz —aclara nuestro hijo partiéndome el corazón.

—Pero, cariño, puedes ser feliz en todas partes —le digo tratando de explicarle que la felicidad está en uno mismo y no en algo exterior. Pero aún es demasiado pequeño.

—Quería verte. Te echaba de menos —le dice Bonnie a Zach dejándome completamente perpleja, pues pensé que estaba genial de vuelta en casa junto a Josh—. Papá está muy enfadado conmigo. No quiero que me riña.

—No, no lo está. Está asustado. Nos está esperando en el campamento.

Mi hijo me mira incrédulo y me abraza.

El camino de regreso se me hace mucho más corto y, si soy franca conmigo misma, me doy cuenta de la pereza que me da la situación que vamos a vivir. Estar delante de Josh junto a Zach, contarle a Zach que Josh ha vuelto a casa. Todo se complica y ahora que hemos encontrado a Bonnie vuelvo a la realidad. Ya no estoy en la nube de preocupación y miedo que me permite evadirme de la vida cotidiana. Ahora me toca enfrentarme a ella.

265

32

Ya cerca del campamento distingo a Josh caminando arriba y abajo de tienda en tienda y siento sus nervios a distancia. Ya sabe que Bonnie está a salvo, así que no tiene mucho sentido ese histerismo que percibo. Algo me dice que es más por el hecho de que haya sido Zach el que lo ha encontrado.

Bajamos todos del coche patrulla y Bonnie camina lento, como si arrastrara los pies. Sé que no quiere enfrentarse a su padre.

—Tranquilo, cariño, todo está bien. —Intento que se calme.

Nos acercamos a Josh, a quien en cuanto ve a Bonnie le cambia la cara por completo. Zach se ha quedado atrás hablando con Cat, y no puedo creer que Josh esté tan disgustado tras comprobar que su hijo está a salvo.

—¿Dónde estabas, Bonnie? —le pregunta muy enfadado y aún asustado.

—Solo quería ir al lago.

—¿Cómo se te ocurre hacerme esto, irte así? Lo he pasado fatal.

Lo interrumpo molesta cuando Bonnie agacha la mirada, y le digo muy flojito a Josh:

—Ya basta, Bonnie está bien, es lo importante. Es un niño.

Pero no basta para él, que alza la voz:

—¡Casi me da un infarto! ¡Te has portado muy mal, Bonnie, esto no se hace!

Desde luego, Josh ha perdido los papeles.

Bonnie rompe a llorar y, justo cuando estoy a punto de cogerlo en brazos y consolarlo, entra Zach en escena y me saca las palabras de la boca:

—Hey, colega, es solo un crío y está asustado. No deberías hablarle así. —Zach suena protector.

Bonnie se abraza a mi cintura y esconde su cabeza entre mis brazos.

—¿Y tú qué sabes de este niño? ¿Quién te crees que eres para darme lecciones?

Veo la ira en los ojos de Josh y decido poner paz, por el bien de todos. Zach me mira antes de contestarle, como pidiéndome permiso; por suerte no es tan visceral como lo está siendo ahora mismo Josh. No le permito hablar, me adelanto:

—Basta ya. Gracias, Zach, está bien. —Y le hago un gesto para que se retire. Lo hace al instante y vuelve unos pasos más atrás con Cat—. Y en cuanto a ti, Josh, te comportas como un niño. Basta ya de estar siempre enfadado. Nos vamos.

Me doy la vuelta y le digo a Cat que volvemos a casa.

Josh se queda paralizado, iracundo y confundido. Se gira en busca de sus padres y le oigo de lejos refunfuñando algo que no logro entender.

Pasamos por la carpa policial a rellenar unos papeles y, en cuanto acabamos, me despido de todo el mundo. Zach no se separa de mi lado.

—Zach, nos vamos ya para casa, Bonnie necesita descansar… Gracias por todo y siento mucho la tensión del momento… —me disculpo mientras Bonnie sube al coche y se despide de él con la mano.

—No te preocupes… ¿Puedo hacer algo por vosotros?

—No, por ahora solo necesitamos descansar... ¿Vas a volver a Carolina?

—Me quedo unos días. Os echo de menos...

—¿Te importa si nos vemos mañana y nos ponemos al día? Ahora estoy destrozada.

—Claro, estaré alojado en la ciudad. Hablamos mañana, necesitáis descansar.

—¿Tienes cómo bajar a la ciudad? —le pregunto, pues no tiene coche y no quiero que se quede aquí tirado.

—Yo lo acerco —se ofrece Cat para no ponerme en un compromiso con Josh.

Ella sabe que Josh ha vuelto a casa, pero Zach no tiene ni idea, y mucha menos idea tiene Josh de que pasó algo entre Zach y yo. Vuelvo a estar jodida, vuelvo a estar en medio de dos caminos... Maldita sea. Necesito dormir.

269

Conduzco mientras sale el sol. Estoy destruida, pero soy capaz de conducir. Bonnie se duerme nada más arrancar el coche. En cuanto llegamos a casa, corro las cortinas para evitar que entre el sol y me acuesto junto a él en mi cama. Necesito abrazarme a su cuerpecito y olvidar el pánico y la tensión que he vivido esta noche. Nos quedamos dormidos y no es hasta las cinco de la tarde que la llegada de Josh a casa nos despierta a ambos. Le oigo entrar con sigilo mientras me desperezo entre las sábanas.

—Buenas tardes... —Se le ve cansado y arrepentido—. Quiero pediros perdón. Sobre todo a ti, Bonnie. Papá se ha equivocado en muchas cosas.

Bonnie se incorpora y abraza a Josh, que está sentado a los pies de la cama.

—No quiero que te enfades más conmigo —le pide Bonnie tranquilo y sereno.

—No lo haré. Te lo prometo.

Los miro desde mi lado de la cama y me da paz que estén tan tranquilos.

—Os he traído desayuno-merienda, ¿por qué no vas a prepararlo, Bonnie? —le pide Josh para quedarse a solas conmigo.

—¿Dónde has estado? —le pregunto.

—He ido a casa de mis padres a desayunar y a descansar y despejarme.

—¿Estás bien, Josh?

—La verdad, no. Necesito saber qué está pasando en mi vida, en nuestra vida. No me siento bien y eso me afecta.

—Lo siento… —me disculpo.

—No es tu culpa, tranquila.

—Bueno… —No me apetece discutir.

Merendamos los tres juntos sin hablar demasiado y después Bonnie se va a su cuarto a hacer deberes.

—No esperaba que Zach viniera.

Noto que tiene ganas de hablar del tema.

—Yo tampoco.

—¿Qué hay entre vosotros?

—No lo sé.

—¿No lo sabes? ¿Y entre nosotros? —Frunce el ceño preocupado.

—Tampoco lo sé, no quiero mentirte.

—No lo hagas, por favor, duele demasiado. ¿Sientes cosas por él aún?

—Sí —le suelto sin pensar, necesito desahogarme.

—Vaya… —Josh resopla y se pone en pie—. No entiendo cómo mi vida, nuestra vida, se ha podido ir a pique tan rápido en tan poco tiempo.

—No estoy bien, Josh, no puedo fingir lo contrario…

—Por eso no te alegraste de que volviera a casa, ¿verdad?

—No lo sé…

—Voy a tumbarme un rato, estoy cansado.

—Sí, claro.

Me siento tranquila y en paz de volver a ser sincera. Me hubiera gustado afrontar más en profundidad la situación, pero Josh huye cada vez que huele problemas, siempre ha detestado discutir.

Busco el móvil que enterré esta madrugada en el bolso y veo un mensaje de esta mañana de Zach:

> Ya he llegado al hotel, estoy en el Hilton, habitación 230. Si necesitas hablar, estaré unos días. Si te apetece, podemos cenar esta noche los tres.

Salgo de casa para que nadie me oiga y lo llamo; descuelga enseguida.

—Hola. ¿Has descansado?

—Sí, gracias —le contesto—. ¿Y tú?

—¡Uf, sí! Lo necesitaba después del vuelo.

—Zach, quiero serte sincera. Josh volvió a casa hace unas semanas...

—Ya lo sé.

—¿Cómo lo sabes?

—Dejaste de escribirme con tanta frecuencia. Y Crystal, te conozco de toda la vida.

—Lo siento...

—Pensé que teníamos algo... La verdad es que ahora ya no sé, pero lo de Bonnie me ha hecho darme cuenta de que, más allá de lo que tenga contigo, tengo algo con él.

Me deja sin palabras.

—¿Sigues ahí? —me pregunta.

—Sí...

—Bueno, nos vemos otro día si te apetece. Me gustaría ver a Bonnie un día de estos si es posible.

—Cenamos tú y yo esta noche. ¿Te parece?

—De acuerdo... —Lo noto descolocado.

—Paso por tu hotel.

—Hum…Vale.

Vuelvo a entrar en casa y recojo la cocina antes de arreglarme y salir para la *bakery*. Josh se queda en casa con Bonnie y le pido que lo cuide esta noche. Necesito desconectar. Josh no pregunta y yo me siento liberada. Aunque en el fondo sé que sabe que voy a ver a Zach.

Me quito el delantal tras hornear más de cien *cupcakes* para una fiesta de cumpleaños y me dirijo al hotel Hilton. No me da tiempo de pasar por casa y tampoco me apetece ir y arreglarme y meter más el dedo en la llaga, así que me cambio los pantalones por unos *jeans* ajustados y me retoco el maquillaje en el baño.

33

Crystal, hace doce años

—*P*izza, quiero pizza —le digo mientras, sentada a horcajadas sobre Zach, le hago cosquillas.

—La reina de la pizza —me dice, y trata de sacarme de encima para atraparme y no dejar que me mueva.

—No podrás conmigo. Soy la reina de la pizza. —Subo la intensidad de las cosquillas, que pasan a ser dolorosas para Zach.

—¿Nos mudamos a la ciudad y vivimos cerca de una pizzería? —me propone entre carcajadas.

—Síí, síí, prométeme que viviremos un tiempo encima de una pizzería.

—¿Encima ha de ser?

—Síí, para que huela todo a pizza —bromeo, y Zach aprovecha mis risas para zafarse de mí.

Me coge en brazos y me coloca en su hombro como si fuera un saco de patatas y da vueltas sobre sí mismo.

—¡Para, para! —grito mareada.

—¿Vas a vomitar toda la pizza que te has comido o qué?

—Sí, encima de ti. ¡Para, idiota!

Zach me baja y agradezco que sea esa clase de tipo que sabe cuándo parar las cosas. Solo nos queda una semana juntos antes de que empiece la universidad y ya estamos planeando las veces que nos veremos y qué haremos.

—Me mandarás vídeos eróticos, ¿verdad? Para cuando te eche de menos…

—¡Claro! ¿Con quién te crees que estás saliendo? —le sigo el rollo.

—A ver, enséñame cómo serán esos vídeos —me reta ahora que estamos solos en la granja.

—¿Qué te parece si empiezan así? —le pregunto a la vez que me separo un paso de él y me levanto la falda enseñándole las braguitas entre risas.

—Oh, sí, sí, enséñame más…

—Tendrás que ganártelo.

—Eres malvada.

—Y tú estás muy salido.

—Siempre.

Zach se abalanza sobre mí y me tira en la cama cayendo encima de mi cuerpo y quitándome la falda sin esfuerzo.

—Si me dejas hacerte el amor ahora mismo, te llevaré pizza siempre que vaya a verte.

—Todo sea por la pizza —le digo mofándome de él mientras me dejo desnudar.

Zach frunce el ceño y acepta la oferta mientras dulcemente me devora a besos, y yo atravieso las puertas del cielo.

—Sabes que haría cualquier cosa por ti, ¿verdad? —me confiesa, y su rostro se torna grave y sereno.

—¿Hace falta que te pongas tan serio? —le digo realmente sorprendida por su cambio de humor.

—Sí, quiero que lo tengas claro, ratita. Haría lo que fuera por ti. Lo que fuera.

Su mirada gélida y cálida a la vez me atraviesa y sé que dice la verdad. Tenemos esa clase de amor que es de verdad. Esa clase de amor que cuando lo tienes has de vivirlo al máximo, porque ser tan feliz nunca es eterno. La vida tiene subidas y bajadas, y lo nuestro está siendo demasiado perfecto. Cada mañana que amanecemos juntos lo abrazo con fuerza y me digo a mí misma: «Vive este momento porque nunca sabes qué pasará mañana». Y saboreo ese momento, su cara, su respiración, sus labios, su olor. Y mientras él aún duerme le beso los labios con suavidad, sin que se despierte, y doy las gracias a la vida por hacer que esto dure un día más. Con Zach he aprendido a agradecer y a valorar al máximo cuando las cosas van bien, porque ya sé lo que es perder a un ser querido.

34

Crystal, en la actualidad

*E*l taxi tarda unos quince minutos en dejarme delante del hotel Hilton y sin darme cuenta estoy llamando a la puerta de la habitación 230. Voy en piloto automático y prefiero no pensar en si lo que hago está bien o mal.

Zach abre y me sonríe con esa mirada tan suya. Y su sonrisa imperturbable.

—Pasa.

—Gracias —le contesto educada.

Me siento cortada y un tanto insegura; no tengo ganas de dar explicaciones.

—¿Salimos? —me dice mientras recoge su teléfono móvil, la cartera y la chaqueta.

—¿Adónde me llevas? Si no conoces la ciudad —bromeo, y agradezco que no me pida explicaciones.

—Ya, pero te conozco a ti. —Y de nuevo esa sonrisa. Uf…

Cogemos un taxi y Zach le indica una dirección que ni me suena. Durante el trayecto hablamos de cómo van las cosas por la granja y por mi *bakery* sin darle importancia a nada en especial. Nada más llegar, me sorprende que haya elegido reservar en un restaurante italiano. ¿Cómo logra acordarse de estos detalles?

—¿Te apetece? —me pregunta mientras me cede el paso para que pase yo primera.

—Claro —le digo, y estallo a reír.

—¿Recuerdas la lata que me diste con vivir algún día cerca de un italiano para comer pizza a diario?

—Cerca no, encima. No me lo recuerdes, me dio por la pizza durante un tiempo.

Nos reímos al unísono.

—¿Durante un tiempo? A ti toda la vida te ha dado por la pizza.

—Ahora ya no.

—Cierto, a partir de los treinta las mujeres ya no tomáis carbohidratos.

—No seas bobo. —Le doy un empujoncito para devolverle la broma.

—No conozco nada la ciudad, pero por Internet decían que era el mejor italiano. Bonito es.

—Sí, mucho —le digo al reparar en el montón de lucecitas que cuelgan de las ventanas dándole un aire romántico—. Sentémonos, vamos a ponernos hasta el culo de pizza.

Ocurre muy deprisa, como si se tratara del tráiler de una película: toda nuestra historia pasa por delante de mis ojos. Con emociones y sentimientos incluidos. Miro a Zach y veo ese brillo en sus ojos al mirarme. Aún lo hace como el primer día, nunca ha dejado de mirarme como si me acabara de descubrir, y eso es algo que no he vuelto a sentir jamás con nadie.

Y de pronto lo sé. Lo siento. La vida es corta y, por supuesto, no siempre es bonita o feliz, eso lo sé bien. Pero cuando lo es, hay que saber apreciarlo y jugártela, porque pocas cosas más valen tanto la pena como cuando tienes una certeza absoluta, y yo con él siempre la he tenido. No puedo seguir mintiéndome, no puedo seguir negándolo. Estoy enamorada. Sigo enamorada de él. Y no pienso ocultármelo más.

Nos sentamos en una mesa apartada y tranquila, y de nuevo me siento tranquila y a gusto; con él siempre es tan fácil...

Miramos la carta y pedimos enseguida, pues ambos estamos de acuerdo en compartir nuestra pizza favorita, la de cebolla caramelizada.

—Estás guapísima.

—Pelota.

—¿Qué se supone que trato de conseguir a cambio de decirte que estás guapa? —me vacila.

—¿Que pague yo la cuenta? —se la devuelvo.

—Mierda, me has pillado. —Finge ofenderse y nos reímos ambos con la mirada en llamas.

Es curioso el modo en que a su lado todo fluye. Todo son bromas y risas.

—¿Has dejado la granja sola? —le pregunto.

—Se ha quedado Chris.

—¿Desde cuándo a Chris le interesa la granja?

—Desde que le soborno con dinero. Y, oye, se le da bien.

—No te creo.

—Pues sí, ya lo verás cuando vengas.

—Me muero de ganas por ver a ese hermano tuyo esparcir estiércol.

—Eso me ha asegurado que no lo hará.

—Ya decía yo. —Me da la risa mientras veo al camarero acercarse con nuestra comanda.

Me quedo completamente muda al ver lo que contiene la pizza. Trato de adivinar si es una broma y miro a Zach, que sonríe de oreja a oreja.

—¿Qué es esto?

—Una pizza de cebolla caramelizada.

—No me refiero a la pizza...

—Ah, lo otro, es una oferta —me dice enfocando la mirada a la llave que brilla en el centro de la pizza.

279

—Zach…

Me interrumpe:

—Te perdí una vez por capullo y cobarde. No te perderé dos. Pienso pedirte que vuelvas conmigo todos los días hasta que me digas que sí. Me da igual que te decidas hoy o dentro de diez años. Esta vez voy a esperarte de verdad. Prefiero envejecer solo a hacerlo con otra por no haber luchado por ti.

—Zach, han pasado muchos años.

—Los años me la sudan, Crystal —contesta tajante y seguro—. Sé que eres mi mujer, si tú aún no lo sabes, esperaré. Pero la oferta está sobre la mesa. He alquilado un piso en Seattle para pasar temporadas aquí y hacer cosas con Bonnie y contigo.

Un *flash* atraviesa mi mente, un *flash* de cuando éramos niños y nos besábamos por todas partes, ese cosquilleo solo lo he sentido con él y es todo lo que quiero sentir el resto de mi vida. Así que no dudo y le suelto lo primero que me viene a la boca sin pensar:

—Quiero volver contigo.

—¿Cómo? —me contesta totalmente sorprendido; se ve que esperaba un no.

—Que sí quiero. Que quiero estar contigo. Que no quiero pensar más ni razonar más cosas. Desde que he llegado de Carolina no he dejado de hacer lo que se supone que es lo correcto, lo que toca, pero a tu lado todo es diferente, todo es fácil, sucede sin esfuerzo, me siento joven, alegre, alocada. Es lo que quiero a partir de ahora.

—¿Me estás diciendo en serio que estamos juntos?

—Tengo mis condiciones.

—Dispara. —Está anonadado.

—No voy a mudarme al pueblo. Al menos, por ahora. Quiero seguir con mi negocio y quiero que Bonnie siga en este cole.

—Nos lo montaremos. Por eso he cogido un piso aquí. No seré tan egoísta esta vez. Te prometí que haría lo que fuera por ti y, aunque un poco tarde, pienso cumplirlo.

—¿Te estás planteando vivir lejos de la granja?

—No permitiré que nada me ate. Buscaré a alguien que se haga cargo cuando yo no esté. Chris, por ejemplo. Y listo.

—¡Guau! Nunca pensé que harías algo así…

—Yo también tengo una petición.

—Vaya, a ver, dime.

—Que se haga la voluntad de mi madre y aceptes la herencia para Bonnie.

—Hummm…

—No pienso mudarme aquí si no lo haces.

—Acepto.

No entiendo cómo de repente todo se ha vuelto tan claro, pero estoy harta de hacer lo correcto.

—Mañana no cambiarás de opinión, ¿verdad?

—No, Zach. Se ha acabado. Te amo solo a ti. Lo supe en el instante que bajaste del coche patrulla anoche.

—No tengo palabras para expresar lo que siento… —Y, por primera vez, el elocuente Zachary Hall se queda mudo.

Se acerca para besarme, pero lo paro antes de que lo haga y, muy cerca de sus labios, le susurro:

—No. Esta relación empezará bien. No te besaré hasta que no hable con Josh y solucione lo nuestro. Quiero que sea de verdad. Quiero sentirme bien en todo momento. Quiero que el resto de mi vida empiece con buen pie.

—Me muero de ganas de besarte y hacerte el amor, pero acepto.

—Siempre te han gustado los retos.

—Te lo pondré difícil —me dice, y me besa el cuello desatando su niño chulo y rebelde que no cumple normas.

—No te pases ni un pelo, futuro marido —me burlo.

—Lo que usted diga, señora.

281

Disfrutamos de la pizza y tras un largo abrazo, pido un taxi que me lleva a casa.

Es ahora o nunca. Subo las escaleras para comprobar que Bonnie ya duerme y le digo a Josh, que está en su despacho, que necesito hablar.

Se lo suelto, se lo suelto a bocajarro. Como si no me importara nada, como si no fuera yo misma. Como una completa egoísta. Porque, por primera vez, he pensado solo en mí. Y me da igual que sea lo correcto o no. Quiero ser feliz. Y quiero empezar ahora mismo. Le digo que se ha acabado, que ya no siento lo que sentía por él. Que es un buen padre y que siempre lo será, pero que ya no quiero ser su mujer.

Cuando empieza a preguntarme por qué, no entro en su juego y me voy a la habitación de Bonnie a dormir.

Cat tenía razón: Josh merece una mujer que lo mire como yo miro a Zach y que lo ame de ese mismo modo.

Lloro, lloro casi dos horas hasta caer rendida. Lloro de liberación, de pena, de nostalgia, de destrucción, de pérdida, y al final, con los ojos al rojo vivo y casi sin aliento, me duermo.

282

$\mathcal{H}$an pasado cinco semanas desde la cena con Zach. Al día siguiente le pedí por favor que se volviera a Carolina del Sur porque quería hacer las cosas a mi manera, y aceptó. Es un tipo seguro de sí mismo y no dudó de mis sentimientos hacia él.

Se despidió de Bonnie en el aeropuerto cuando lo llevamos y me dio el abrazo más intenso que me han dado en la vida, junto a un susurro prometedor:

—La próxima vez que te vea te haré mi mujer.

—Machista —le respondí para picarlo.

—Llámame como quieras, no lograrás deshacerte de mí —me advirtió.

—No lo pretendo.

—Te veo pronto. Te quiero.

—Te quiero.

Y así se esfumó. Ahora, más de un mes después, tengo los documentos del divorcio en mis manos y me dispongo a firmar. Josh ya los ha firmado y la idea de que Bonnie y yo nos quedemos en Seattle lo tranquiliza. Sé que él no está bien, pero no puedo responsabilizarme de su felicidad. Cada uno debe afrontar sus sentimientos, ya me he cansado de hacer cosas por miedo o por pena; a partir de ahora haré las cosas solo por mí y para mí.

ϒ

—Mami, ¿cuánto queda? —me pregunta Bonnie a escasos veinte minutos para llegar a la casa del lago.

—Poquito, cielo.

—Tengo ganas de darle la sorpresa a Zach.

—Y yo. Se quedará a cuadros.

Si algo recuerdo de nuestra adolescencia es hacer saltar una alarma. Así que hago saltar la de la casa de Zach para que empiece mi plan. Me siento como una niña y me encanta, y a Bonnie más.

—¿Ya está, mami?

—Sí, es cuestión de tiempo que Zach aparezca muy preocupado. Cuando llegue, puedes hacerle tu baile de claqué.

He avisado al hermano mayor de Zach para que hable con su tío el *sheriff* y le advierta que es una falsa alarma y que se trata de una sorpresa, así que seguramente solo vendrá Zach a ver qué pasa porque la Policía ya sabe que no sucede nada alarmante. Troy me ha dicho que hay cosas que no cambian y que no me acostumbre a saltarme la ley, que ya no soy una niña. Adoro a este hombre, siempre queriendo parecer correcto. Malditos hermanos Hall. Son gotas de agua.

No pasan ni quince minutos cuando distingo a lo lejos los faros de su inconfundible camioneta. Nada más aparcarla, se dirige hacia la puerta; no nos ha visto, estamos bien escondidos. Zach se acerca a la ventana para ver si hay alguien y, justo cuando mira dentro, le damos un susto por detrás.

—¡Feliz Navidaaad!

—¡¡Joder!! —Da un salto y se queda perplejo—. ¿Habéis sido vosotros? ¿Qué hacéis aquí?

—Darte un sustito —le digo entre risas mientras veo cómo se le ilumina la mirada y su sonrisa va de oreja a oreja.

—Serás… ¡mala! —me dice, y saluda a Bonnie chocándole la mano y dándole un abrazo.

Saca las llaves y abre la casa para que pasemos. Bonnie

corre hasta su cuarto con su piano sin preguntarnos y yo le cojo la mano a Zach para que se quede un segundo más en el porche.

—Espera —le pido.

—¿Más sustos?

—Solo uno más.

Me mira con intriga y me lanzo a sus labios sellando mi sorpresa y mostrándole que es el principio de una vida, de un camino juntos.

—¿Eso significa que eres mi mujer?

—Sí —le digo más segura que de nada en mi vida.

—Pues acabas de hacerme el hombre más feliz del mundo. —Se ríe como un niño y de fondo oímos el piano de Bonnie y su dulce voz.

—Bienvenidos a nuestra casa de vacaciones —me dice ilusionado.

—¡Me encanta! ¡Siempre me encantó!

—A mí me encantas tú. ¿Me convertirás en un hombre de ciudad?

—Parece que sí, pero tranquilo, volveremos cuatro veces al año…

—Me da igual dónde esté. Quiero estar con vosotros.

—Pues bienvenido a casa a ti también.

—Y tan bienvenido. ¿Pedimos unas pizzas? —me tienta.

—Sí, pidamos unas pizzas —le digo, y nos fundimos en el beso más dulce que me han dado jamás, si eso es posible aún después de haberle besado tantas veces.

Paramos, nos miramos, sonreímos, nos besamos de nuevo y fluimos por el río de los sinsentidos de la vida. Felices, ilusionados y sabiendo que vendrán tiempos difíciles, porque ya los ha habido y sabemos que la vida es un tremendo remolino, pero que podremos con ellos porque, al final, lo único que importa es rodearte de las personas adecuadas. No existe la persona perfecta, pero sí la correcta.

285

Y nosotros, por fin, nos hemos dado cuenta y vamos a bailar juntos hasta el final, no importa si ahí fuera llueve o rugen las tormentas: en una esquina de nuestros corazones lucirá siempre un rayo de sol. Y bajo su luz y su calor podremos refugiarnos.

Dulcinea

Paola Calasanz (Barcelona, 1988), más conocida como Dulcinea, es directora de arte, creativa, *instagramer* y *youtuber* (con más de 700.000 seguidores). Ha creado varias de las campañas más emotivas de la red, ganándose así su reconocimiento. Ha colaborado con programas como *El Hormiguero*, con sus famosos experimentos psicosociales. Es fundadora de una reserva para el rescate de animales salvajes llamada @ReservaWildForest. Debutó en 2017 con la novela *El día que sueñes con flores salvajes*, un éxito de público y ventas de la que se han publicado ya más de ocho ediciones, que apeló a toda una generación de lectores apasionados por una historia llena de emociones y a la que siguen *El día que el océano te mire a los ojos* y *El día que sientas el latir de las estrellas*, último volumen de esta maravillosa trilogía. En 2018 también publicó en Roca el libro de *lifestyle* y recetas veganas *El cuaderno del bosque*. En 2019 nos entusiasmó con la serie Luna, compuesta por las novelas *Suenas a blues bajo la luna llena* y *Si la luna nos viera tocaría nuestra canción*.

Este libro utiliza el tipo Aldus, que toma su nombre
del vanguardista impresor del Renacimiento
italiano, Aldus Manutius. Hermann Zapf
diseñó el tipo Aldus para la imprenta
Stempel en 1954, como una réplica
más ligera y elegante del
popular tipo
Palatino

En la tierra de los primeros besos
se acabó de imprimir
un día de invierno de 2020,
en los talleres gráficos de Liberdúplex, s. l. u.
Crta. BV-2249, km 7,4. Pol. Ind. Torrentfondo
Sant Llorenç d'Hortons (Barcelona)